I0638271

Novela

# Robert

# Maximiliam

MAYO 2025

# EL CAMINO DE LOS VOLCANES

## (Al encuentro de mi vocación)

## Robert Maximiliam

**Bajo el embrujo del**

**«REALISMO MÁGICO»**

*«Los nombres de los personajes, cuentos, historias y algunos referentes del lenguaje náhuatl son la creación e inspiración del escritor»*

# EL CAMINO DE LOS VOLCANES

## Al encuentro de mi vocación

# Robert Maximiliam

# EL CAMINO DE LOS VOLCANES

## ISBN 978-1-989983-12-6

Papel

© Copyright, 2025

Editada bajo el sello de

**«EDICIONES ROMAX»**

## NOTA DEL ESCRITOR

Esta obra ha sido escrita con el deseo de dar a conocer la belleza de los volcanes de **El Salvador, y su cultura indígena.** El pulgarcito de América, como es conocido popularmente, se encuentra ubicado, actualmente, en el llamado: **valle o tierra de los volcanes**.

Para escribir el cuento « **el rey cara chuca**», tuve que investigar sobre el origen del **disco solar del dios jaguar**, encontrado en el sitio arqueológico de «**Cara Sucia**». Ahí encontré, para mi sorpresa, que pertenecía a **la cultura Cotzumalguapa**. En mis estudios primarios me hablaron, únicamente, sobre los mayas y los pipiles.

Siendo nativo de esa zona, la curiosidad provocó que deseara saber más sobre mis orígenes, así que busqué a mi abuelo y a otras personas mayores para que me hablaran del pasado. En sus cuentos, leyendas y recuerdos salieron a la luz tres frases que marcaron mi inspiración: **la tierra de los volcanes, el camino de los volcanes y la ruta de los ancestros.**

En el transcurso de mi investigación, esta obra fue tomando vida. Sentí, a cada paso, un gozo en mi alma, una especie de espuma creciendo alegre y unas alas se fueron formando en mi espíritu. Era mi inspiración que sin sentirlo, estaban alzando un vuelo eterno hacia lo divino, mágico y místico. Sin imaginarlo, la creación de esta obra cambiaría algo dentro de mí.

Siendo un ignorante de mi cultura y de su lenguaje «náhuatl», al crear esta obra «**el camino de los volcanes**» me enriquecí con cada palabra indígena y su significado. De igual manera, al hacer virtualmente este caminar, caí enamorado de mi pulgarcito y su belleza natural.

De ninguna manera, esta obra puede ser utilizada como referencia histórica porque está basada en la simple inspiración del escritor y su insipiente investigación cultural. Muchos de los relatos, cuentos y nombres indígenas son parte de mi creación.

Al escribir este libro deseaba poner de manifiesto la belleza de mi tierra, sus volcanes, la cultura Cotzumalguapa, el lenguage náhuatl y la folclórica jerga salvadoreña.

Aconsejo ponerse en el rol del anciano para poder vivir con él el camino de los volcanes y en cierta medida, buscar su propia vocación.

*Robert Maximiliam*

# PRÓLOGO

## «EN BUSCA DE MI VOCACIÓN»

En la tradición de mi pueblo, cuando el joven adulto comenzaba a mostrar signos de desarrollo debía de iniciar su preparación para dar el salto a la madures y covertirse en un adulto. Dejaba de estar bajo la sombra de su madre, quien lo había preparado sentimental y emocionalmente con principios, valores y tradiciones, para caer en los brazos de los hombres maduros y la sabiduría de la vida.

En esta nueva etapa de crecimiento, los guerreros, los sabios y ancianos eran los responsable de mostrar como comportarse en la vida adulta. Le enseñarían a defenderse antes los peligros de la montaña, la vida y sus semejantes. De igual manera, a comportarse, como hombre ante los demás: los mayores, las mujeres, sus semejantes, la madre tierra, las costumbres y la creación.

Después de la formación, el joven debía probarse así mismo lo que había aprendido, por esa razón estaba obligado a realizar «**el camino de los volcanes**» que buscaba llevar al joven adulto a dar lo máximo de su esfuerzo para encontrar el significado de su existecia, **su vocación personal**.

Esta historia se desarrolla en **la tierra de los volcanes** en lo que ahora se llama: **El Salvador**. Este pequeño territorio está inmerso en el corazón de todo el territorio que pertenecía a la cultura Cotzumalguapa. Era considerado como terreno sagrado porque ahí la madre tierra a través de los volcanes expresaba su alegría o descontento con relación a los habitantes que deambulaban sus tierras.

La tierra de los volcanes en la actualidad tiene más de cincuenta volcanes con cierta actividad. El camino de los volcanes se enfoca en siete volcanes considerados como símbolos sagrados que representan a diferenes dioses: El dios de la vida, la luz, el alma, el bien y el mal, el amor pasional, la paz y la esperanza. Cada uno de ellos, ayuda a dar un paso más hacia el descubrimiento de la persona y al final, lograr descubrir el objetivo principal de vida, su vocación o en otras palabras la razón de venir al mundo para que las generaciones se acerquen al Dios universal.

La vocación no es otra cosa que poner de manifiesto el don que se recibe para el bien de los demás. Los dones que se dan no son para sacar un beneficio personal. No buscan el egocentrismo, sino la solidaridad para que, a través de ella, el ser humano se despoje de sí mismo y su alma se vuelva más pura. Un alma celestial es capaz de mirar de frente al dios de dioses.

Entonces, un volcán es una expresión de vida y muerte. Un volcán se convertía en la respuesta a un comportamiento de los seres vivos, en especial del hombre que por su naturaleza, al estar despegado de la divinidad de la madre tierra, se aleja de su amor. El hombre se ve, en su camino, tentado a caer en la oscuridad o el inframundo. Según las creencias indígenas, desde su nacimiento, el hombre está destinado a dar un paso adelante hacia lo divino; cada generación debe dar su aporte para que los demás evolucionen hacia el bien. Sin embargo, las fuerzas oscuras del inframundo tratan de evitarlo porque, de esa manera, tienen más poder ante los seres vivos.

Nuestros ancestros o sabios dicían que el Dios de dioses se enfadó con los habitantes de sus tierras, nuestros antepasados, porque en lugar de tratar de avanzar en la vida hacia lo divino, se habían enfranscado en guerras absurdas. Por esa razón, los castigaron con quinientos años de oscuridad.

El inicio de ese castigo estaría marcado con la llegada de hombres de otro color, cubiertos con metales y montando animales de cuatro patas con andar elegantes. Los ancianos aconsejaron que no se debía de pelear con esa amenaza porque nos acabarían como civilización. En cambio, aconsejaron que se dispersaran entre los montes cubriendo a su paso cada huella de nuestro legado físico y espiritual.

Durante ese tiempo, los pueblos tendrían una depuración y muchos de ellos, desaparecerían de la faz de la tierra. No habría abundancia y las enfermedades se multiplicarían; los pueblos se dispersarían y sus dioses o deidades caerían de sus pedestales. La civilización, como tal, moriaría bajo el olvido y sería cubierta por la naturaleza. Sin embargo, al salir de ese camino oscuro se comenzaría a ver de nuevo la luz. El final de los quinientos años se está acercando.

Bajo este manto histórico, nuestra historia nace bajo el embrujo de uno de los último sabios de la cultura Cotzumalguapa, mi abuelo Félix.

# INTRODUCCIÓN

## LA CULTURA COTZUMALGUAPA

*«COTZUMALGUAPA significa en náhuatl: lugar de las comadrejas»*

La cultura Cotzumalguapa nos habla de las manifestaciones de la vida de un pueblo indígena que se ubica en cierta parte de centroamérica, más específicamente tocando los paises de México, Guatemala, El Salvador, Honduras y Nicaragua. Según mi abuelo, nuestra cultura limitaba al Oeste, con México; al Este, con Nicaragua; al Norte, con el océano Atlántico y al Sur, con el océano Pacífico.

Esta cultura trabajó mucho sobre el basalto o roca volcánica, la obsidiana o vidrio volcánico, el jade y el oro. Entre las manifestaciones que se han encontrado, están los baños de vapor, los talleres de obsidiana, el juego de pelota, puentes, caminos pavimentados con piedra, castillos, pirámides, deidades, títeres, tambores, etc. Su economía estaba basada en la agricultura, la caza y la pesca. Sus esculturas estaban manifestadas en la realidad y el detalle. Entre sus creencias se decía que la tierra era la gran mamá que daba vida a todo, por eso era venerada. El sexo femenino y los árboles, por tener la cualidad de dar vida, seguían esta línea, debían ser venerados.

Los pueblos temían a la oscuridad porque representaba lo malo. El día, en cambio, representaba la luz, lo bueno. Por esta razón, el hombre cazaba de día y descanzaba para recuperar sus fuerzas desde que anochecía. Había algunas deidades representadas por animales, como: el jaguar de dos caras; la culebra, el tigre, el venado, el quetzal y otros. Los astros eran considerados como dioses secundarios. La cultura Cotzumalguapa utilizaba imágenes para tratar de dar una idea de la muerte, el inframundo, la vida, la resurrección y la esperanza.

Entre las costumbres, la jovencita al tener su primera menstruación estaba lista para convertirse en dadora de vida por lo que las mujeres mayores se encargaban de prepararla para esa nueva vida. En general, las mujeres se encargaban del hogar, de los hijos, del cultivo de plantas y conseguir la comida diaria. Los hombres, por su parte, se dedicaban a la caza mayor y a proteger a su pueblo. Al dejar el seno familiar pasaban a ser parte de la gran familia: el pueblo. La importancia del hogar se trasladaba al pueblo, la comunidad. La figura del padre y la madre quedaba atrás; se convertía el individuo adulto en parte de un pueblo. Todos eran como hermanos y el pueblo la gran familia.

Al llegar a cierta edad, el niño, según las lunas llenas vividas, pasaba del cuido de la madre a la enseñanza de los hombres en cuanto a la caza de animales grandes y peligrosos, la destreza en el combate y a convertirse en un verdadero hombre. Por esta razón, todo joven debía de hacer dos viajes en su vida para convertirse en un hombre completo: **el camino de los volcanes** que significaba ir al encuentro de sí mismo y **el camino de los ancestros o ancestral** que era conocer todos los lugares de sus antepasados porque ellos creían que nadie puedía caminar hacia adelante o futuro si no sabía de dónde venía. El pasado era fundamental para continuar el camino.

El número siete para la cultura Cotzumalguapa tenía un significado muy especial, era símbolo de luz y sombra; vida y muerte. El número siete representaba la perfección. Ellos creían que todo ser viviente estaba entre la vida y la muerte, una lucha constante por sobrevivir. Por esa razón, el camino de los siete volcanes signifcaba que si el hombre lograba hacer ese viaje, lograría encontrar su objetivo de vida, su vocación. Según ellos, todos tenemos un objetivo en la vida y este objetivo lleva al ser humano a la perfección, a convertirse en deidad. Cada descendencia tenía la obligación de acercarse un poco más a lo divino.

Sin embargo, este camino estaba lleno de pruebas y aventuras que tratan de alejarlo de lo divino para que se quedara vagando en el presente. El inframundo es un espacio oscuro dónde las almas se encuentran perdidas.

El camino de los volcanes se desarrollaba en aquellos tiempos en el sitio llamado: la tierra de los volcanes. Ahí se encontraban siete volcanes que representaban los siete vértices para tocar el cielo y al mismo tiempo, las siete caídas al inframundo. Por lógica se sabe que un volcán hay que subirlo y bajarlo. Por eso, entre más alto se sube, más cerca de cielo se llega y ahí se encuentran los dios benignos. Por otro lado, entre más bajo se desciende, más cerca del inframundo se llega y ahí se encuentran los dioses malos o que buscan alejarte de lo divino.

Entonces, con cada subida de un volcán se pretendía ponerse en paz con cierta deidad que formaba parte del camino de la vida. Era imprescindible ponerse en comunicación a través de la oración en una ceremonia especial para pedir perdón por dicho comportamiento y al mismo tiempo, esperar que dicha deidad diera los siguientes pasos a seguir en el camino hacia la perfección espiritual. No se podía marchar del lugar, sino se recibía el nuevo destino.

**El camino de los volcanes**, según la historia de mi abuelo, comienza a orillas de lo que se conoce hoy en día, como : el río Paz. Más precisamente, en el lugar conocido como «La frontera de la Hachadura». El pueblo pegado al río se conoce popularmente, como: «Puente Arce». Simplemente, porque dicho puente que se contruyó en los años cincuenta del siglo pasado, lleva el nombre del primer presidente de centroamerica: José Manuel de Arce y Fagoaga.

En dicho lugar nació el cuento de «los guanacos» y éste hacía referencia al pleito entre dos pueblos hermanos. Dicho relato nos habla de los orígenes de los sobrenombres, guanaco y chapín, dados a los habitantes de esa zona que estaban separados por dicho cause.

El camino de los volcanes tiene su punto final en el volcán del Espíritu de la montaña, Conchagua, frente a lo que hoy conocemos, como: golfo de Fonseca. Desde ahí, la persona puede ver como la tierra se va hundiendo hasta terminar en la línea del infinito.

Hoy en día, los siete volcanes que se encuentran en la tierra de los volcanes, EL SALVADOR, se conocen, como: 1- **Santa Ana** (Ilamatepec), 2- **Izalco,** el faro del Pacífico, 3- **San Salvador** (El Boqueron), 4- **San Vicente** (Chinchontepec o cerro de las dos tetas), 5- **Usulután** (tierra de los ocelotes), 6- **San Miguel** (Chaparrastique) y 7- **Conchagua,** el Espíritu de la Montaña.

El camino de los volcanes nos lleva por diferentes lugares, algunos de ellos son: La frontera Puente Arce, El Talpetate, el parque El Imposible, Tacuba, Ahuachapán, Chalchuapa, Juayua, el Lago de Coatepeque; el valle de Zapotitán, Joya de Cerén, Quezaltepeque, El Boqueron, la Puerta del Diablo, el Lago de Ilopango, el bosque la Joya, el valle de Jiboa, Usulután, Berlín, Chinameca, San Miguel, La laguna de Olmega, Conchagua y La playa de Maculis.

En la tradición de nuestros ancestros se dice que antes de conocer al dios de la vida, debes conocer al dios de los muertos; antes de conocer al dios de tu interior, debes de conocer al dios de los hombres; antes de conocer al dios de tu hermano, debes de conocer al dios de tu enemigo; antes de conocer al dios de la naturaleza, debes de conocer al dios del inframundo; antes de conocer al dios del tiempo presente, debes de conocer al dios del pasado; antes de conocer al dios del amor, debes de conocer al dios del desamor y antes de conocer al dios de la vocación, debes de conocer al dios del rechazo.

**El camino de los volcanes** era el paso del joven al adulto.

*«El pasado es parte de nuestra historia y quien niega su pasado, es un hombre sin historia. Para bien o para mal, soy el resultado de mi historia»*

# EL CAMINO DE LOS VOLCANES

## INDICE

## «EN LA TIERRA DE LOS VOLCANES»

Ahí, dónde el torogoz hace su nido,

Dónde el maquilishuat florece rosado,

Dónde la flor de Izote se vuelve bocado,

Dónde el bálsamo es legado.

De ahí vengo,

De la tierra de los volcanes.

Porque nací entre sus montañas,

Porque crecí comiendo castañas,

Porque bebí de sus manantiales,

Porque sufrí entre sus cañaverales.

De ahí vengo,

De la tierra de los volcanes.

Dónde el Izalco es un faro,

Y el Chinchontepec una silueta;

Dónde el Chaparrastique es un eterno llamado

y el Conchagua el espíritu de una montaña.


De ahí, vengo

De dónde la pupusa es una comida,

Dónde la mara era una cherada,

Dónde la siguanaba una leyenda,

Y la Selecta, una bicha perfecta.

# RECUERDOS DE INFANCIA

Un día, mi abuelo, en uno de nuestros encuentros nocturnos, nos contó una historia muy bonita relacionada con sus antepasados, los indígenas pertenecientes a la cultura Cotzumalguapa que según sus «decires», abarcaba desde tierras mexicanas, territorio de los mexicalis hasta el lago de Managua, donde la tierra se confunde con el mar. Y desde el océano Atlántico hasta el océano Pacífico.

En esa ocasión nos habló sobre el viaje que todos los hombres debían hacer al inicio de su vida adulta. A ese caminar se le llamaba: **«el camino de los volcanes»** porque, en ese entonces, a esa zona se le llamaba: **«la tierra de los volcanes»**.

Los ancianos le llamaban **«el camino de los siete volcanes»** porque la prueba era escalar y descender siete volcanes muy peligrosos que representaban a siete deidades. El camino tenía su inicio al pie dónde el guanaco encontró la paz y terminaría su camino en la playa Maculis.

Aquella historia no pasó por alto porque algunos años más tarde, volvería a mi vida causando un revuelo espiritual. La necesidad me llevó a preguntarle a mi madre y demás tíos sobre el camino de los volcanes y si alguno de ellos lo había hecho. Entre todos, sólo uno había hecho ese recorrido y se veía la satisfacción en su vida. Él me contó algunas anéctodas que vivió en ese camino y al comentarlas, sus ojos brillaron con una luz de esperanza, paz y amor. En ese momento, quise sentirme como él.

Como había caído en un bache sentimental y mi vida se encontraba en una encrucijada, me dije: «quizás todo esto me pasa porque no he encontrado mi vocación en la vida; por eso, no soy feliz. ¡A lo mejor debería de hacer ese viaje!»

La duda quedó flotando en mi silencio y un día, de la nada, escuché en mi interior que algo o alguien me dijo, fuerte y alto: «¡Has el camino de los volcanes!» Me desperté asustado y se lo comenté a mi madre. Ella sonrió y me dije: «El único ser que puede ayudarte es mi padre. ¿Quieres ir? Y mi respuesta fue: Sí, rotundo». Hicimos las maletas y nos dispusimos a viajar al país de los volcanes, El Salvador.

## La llegada a la casa del abuelo Felix

Después de varias días de camino, Carlos y Flor estaban a punto de llegar a la casa del abuelo Félix. Por cierto, estos nombres habían sido españolizados o sea que en lengua náhuatl se llamaban: Uitsilin, colibrí; Xochitl, flor; Tlakitl, nacer de nuevo, fénix o Félix.

El abuelo estaba sentado a un costado de la puerta de entrada de su rancho tomándose un café y fumando un puro. El anciano casi no veía porque tenía en ambos ojos una nube que le impedía ver con claridad. Sin embargo, su oído seguía en buen estado y podía distinguir en la distancia todos los sonidos. El trote de los caballos era muy peculiar y por eso, levantó la mirada en dirección del camino comunal. Luego, sonriendo, dijo:

—¡Viene alguien! ¡Y ya sé quién es!— Lo decía avisando a las personas que se encontraban adentro de la vivienda para que salieran a recibir a los visitantes.

El señor se quedó atento y después de unos segundos, sonriendo identificó un aroma conocido y apreciado. Expresó con alegría:

— ¡No me digan que es Xochitl!

— ¡Sí, papá, es ella! Y viene con Uitsilin. ¡Ya está todo un hombre!

Los otros familiares se apresuraron a salir al encuentro de los visitantes y a los minutos, estaban frente al abuelo. En ese tiempo, las personas corrían hasta encontrar a los visitantes y juntos llegaban a la casa.

— ¡Hola papá! — Le dijo poniéndose de rodillas y besándole las manos.

— ¡Hija! ¡Qué gusto saber de ti! Pensé que me iría sin verte de nuevo. ¿Imagino que no vienes sola?

— ¡Koli! — dijo el nieto. —Eso quería decir: abuelo en náhuatl.

El chico le abrazó con mucho cariño y el señor le recibió con mucha ternura. En signo de cariño, le acarició la cabeza con sus manos.

— ¡Entren! ¡Deben estar muy cansados! — Dijo la hermana mayor.

La familia se reunió en medio de la casa y se pusieron a contar todo el viaje y algunas novedades para ponerse al día. Como estaba por caer la noche, el abuelo preguntó:

— ¿Quién me lleva a la peña de los azacuanes?

Varios nietos se apresuraron a levantar la mano para realizar dicha misión. Carlos se unió al grupo y juntos caminaron rumbo al mirador que no quedaba muy lejos del hogar. Desde ahí, acostumbraban admirar el atardecer frente a las costas del océano Pacífico. Había un espacio que se abría entre las montañas para mostrar un panorama que parecía una postal.

Desde el lugar se observaba perfectamente el mar y sus olas, cómo líneas blancas desapareciendo en la arena. De igual manera, en la distancia, se apreciaba la línea del mar mostrando el horizonte como el límite entre la tierra y el cielo.

En ese momento, los azacuanes surcaban entre nubes de purpura y oro en busca de un lugar para dormir. Poco a poco, la noche sustituía al día y las estrellas mostraban, una a una, su brillo natural. Los grillos en el silencio cantaban sonatas de melancolía que parecían contar, al abuelo, cuentos del ayer.

El señor, en su sabiduría dijo:

— Es momento de volver a casa para prepararnos para descansar y recuperar energías; si el dios de la vida nos da la bendición de otro día, tenemos que aprovecharlo desde que los primeros rayos del sol aparezcan en el oriente.

Uno de los nietos, dijo casi en son de súplica:

— Koli, pero nos vas a contar una historia antes de dormir, verdad.

— Claro que sí. Mi misión en la vida es ayudar a comprender mejor el camino.

— Koli, ¡Yo quiero ser como tú cuando sea grande! — Dijo uno de los nietos.

— Eso no lo determinas tú, sino el dios de la vida. Esa es mi vocación y cada uno tiene la suya. Una vocación es como un don. Tú, simplemente, tienes que aceptar el don que se te da y ponerlo de manifiesto ante los demás. Un don no se recibe para que lo escondas, sino para el servicio de los demás.

— ¡Koli! ¿Cómo puedo conocer mi don?

— Tienes que ver tu historia y descubrirte en ella. Sin embargo, eso lo lograrás en su momento oportuno. No antes ni después. No comas ansias. Normalmente, se hace un camino para llegar a descubrirlo. ¿Les he habaldo del camino de los volcanes?

— ¡No!, dijeron los más chicos. — Sin embargo, los más grandes movieron la cabeza indicando que si conocían dicha historia.

— Entonces, un día se las contaré. Ahora ayúdenme a llegar a la casa. Es hora de cenar y prepararse para descansar.

Luego de caminar, en fila, unos minutos por un camino reducido, el abuelo se puso a hablar en su idioma maternal y en su canto, parecía recitar un poema. Los chicos acostumbrados a las oraciones del anciano siguieron caminando en silencio mientras el señor dejaba escapar las palabras para que alzaran vuelo hacia lo desconocido. La música de los animales e insectos ponía una sinfonía en el trasfondo del hablar. En su musitar, el anciano, decía:

*«El tiempo se acaba, como se acaba la vida. Los pasos ya no volverán. Han quedado atrás las historias, los sueños y las metas. Los cometas dejaron de volar, las estrellas de brillar y el sol me recuerda que mañana volverá. He sido feliz en esta vida, no le debo nada a nadie ni nadie me debe nada. Quizás, lamento no haber sido capaz de musitar más bondad ni de iluminar el firmamento de aquel que vive en la oscuridad. No he sido más que una hormiga que ha vivido sólo para trabajar; no he sido más que un águila que desde la altura me mira con piedad. El jaguar de dos caras un día me miró y me dio su bendición; bajo el árbol de la hermandad aprendí a ser poeta de la soledad. Los suspiros de los ancestros me*

*calmaron la ansiedad y el espíritu de la montaña me hablo de mi lugar en este caminar. He querido ser buena persona para dejar una estela que recordar. He querido ser fiel a mi vocación y me he bañado en la bendición de ser llamado sabio, quizás, sin merecerlo. Hoy me doy cuenta que no soy verbo sino pronombre de un nombre...»*

En ese momento, se escuchó en la distancia un grito que llamaba a cenar. Los más pequeños salieron corriendo y sólo se quedaron junto al anciano, los moyores y entre ellos, Carlos que aunque no entendió la oración, supo deducir que se trataba de un canto a la vida.

— ¡Koli! He venido a hablar contigo porque deseo hacer el camino de los volcanes. ¿Quieres ayudarme para prepararme a hacerlo?

— Lo sé y con gusto te ayudaré. — El anciano esbozó una pequeña sonrisa.

— ¿Cómo lo sabías si apenas acabamos de llegar?

El señor sonrió y con su aire de sabio, dijo:

— El río siempre corre hacia el mar; nadie puede avanzar sin conocer su pasado; ninguna piedra se mueve sin el permiso de la vida; el hombre está llamado a ser mejor. Todo en la vida comunica: tu voz, tu caminar, tu sentir, tu espíritu y tu alma. Yo no puedo ver, pero el resto de mis sentidos corporales y espirituales están todavía muy bien.

— ¡Comprendo! Mi padre me ha enseñado muchas cosas para defenderme en la vida. Sé cazar, cultivar, pelear y sobrevivir en el bosque. Me gustaría saber si me hace falta algo para poder hacer el camino de los volcanes. Te soy honesto, en este momento me encuentro algo desubicado en la vida. Tengo muchas preguntas sin responder y me encuentro en una encrucijada. ¿No sé lo que deseo? ¿No sé a dónde voy? ¿No sé para que he venido a este mundo? ¿No me siento a gusto conmigo mismo?

— ¡Comprendo! Has venido al lugar indicado.

— Eso mismo me dijo mi madre. ¿Me ayudarás a encontrarme?

— Mejor aún, te daré las herramientas para que te encuentres, para que sepas buscar y para que seas feliz en tu camino.

Al escuchar las palabras del sabio, el chico sonrió con una sonrisa que iluminaba su rostro porque las palabras le daban vida a su espíritu y calma a su alma.

— ¿Cuándo comenzamos?

— ¡No comas ansias! ¡Ya comenzaste! Nadie puede avanzar en la vida si no sabe dónde le aprieta el zapato; si no se pregunta, no se obtienen respuestas; el que hace preguntas correctas, encuentra respuestas correctas. El tiempo tiene su propio tiempo, de nada vale apresurarlo. Lo que ves, posiblemente, es lo que deseas ver; por eso, es importante ver con los ojos de la verdad. El hombre es una cadena de aprendizajes que se transmiten a la siguiente generación para que pueda avanzar en su propósito de llegar a ser divinidad. No puedes avanzar desconociendo de dónde vienes, ignorando quién eres, desconociendo que hay otros seres a tu alrededor y destruyendo la creación que tienes a tu servicio para ayudarte en la busqueda de la perfección espiritual. Todos somos parte de un sólo universo, nos complentamos para el bien común. No puedes ir por la vida sintiéndote superior a los demás y queriendo obtener todo a la fuerza. Ser agradecido es el principal gesto de amor que debes aprender a practicar. Si todo se te da gratis, no es porque seas el mejor, el superior o el que se merece todo. Se te da gratis porque es un gesto de amor hacia tu existencia y como tal, tú debes de replicar ese gesto. Los dones no son para guardarlos ni para esconderlos. Son como una vela que debe permanecer encendida para que alumbre siempre en cualquier oscuridad. Agradecer es símbolo de humildad y de reconocimiento a nuestra pequeñez frente a un amor inmensurable. Todo ser no viene al mundo por casualidad ni por desecho. Cada uno de nosotros somos algo especial, singular e importante. Somos como una pequeña estrella en el cosmos. Siempre debemos brillar. Nunca debes de apagar la luz que llevas dentro ni apagar la de los demás. Tu luz ilumina una parte del universo presente de tu vida y el resto pone lo demás. Si tu luz se apaga, una parte de otra persona no tiene claridad y la parte de ésta hará falta a alguien más. Nunca dejes de creer en ti, nunca te falles, nunca pienses que no vales nada, nunca te rindas. Has sido creado para brillar, para triunfar, para ayudar y para crecer. El dios del universo crea vida y vida significa bondad. Él no crea basura, ni sobra. Cada una de sus creaciones es una obra de arte. Mírate, eres la perfección hecha realidad. Alguien se puede parecer a ti en lo físico o en lo espiritual, pero nunca será igual.

El señor soltó una sonrisa agradable porque sintió que su alma se había dado un brindis de libertad, una muestra de su vocación. Él sabía perfectamente que cuando alguien actuaba según su vocación, su alma se regocijaba en la complacencia de hacer lo que se le había encomendado.

— ¡En verdad, cómo dice mi madre, tienes palabras que dan vida al espíritu. ¿Siempre fuiste así desde pequeño?

— ¡No! Yo fui como todos, como tú. Simplemente que encontré mi vocación y luego, me puse a cultivarla. Encontrar la vocación te da un sentido a tu camino, una alegría a tu existir y un gozo al ponerla en práctica. Un árbol no se siembra y se deja al abandono: se riega, se apoda, se alimenta y se le da su espacio. Tu no recibes un regalo para dejarlo tirado o olvidado. Eso es ser mal agradecido. La vocación es como un niño al que debes mimar, cuidar, educar, ayudar y sostener. La sabiduría se viste con el pasar de la vida. A veces, los eventos llegan, pero no para quedarse. Se debe saber tomar lo que te ayuda para crecer y desechar lo que te estorba. En ciertos momentos debes callar para escuchar; en otros, mirar con atención; otros te invitan a participar y otros a salir huyendo del lugar. En la vida, a veces necesitas retroceder porque no has aprendido la lección que debías aprender y por eso, a veces, piensas que no avanzas. Se dice que un ciego no puede guiar a otro ciego. Yo te digo, un ciego si puede guiar a otro ciego si mira con su corazón.

Mientras el señor hablaba, se acercaban a la puerta de la casa. El abuelo tenía tan memorizado el camino que antes de llegar hizo un gesto que indicaba que la puerta estaba a unos centímetros de distancia.

— Entremos, ya encontraremos más tiempo para seguir platicando sobre el camino de los volcanes que es para lo que has venido.

Como de costumbre, después de cenar, la familia hacía una fogata frente a la casa y el abuelo con toda su familiares se sentaban alrededor. Era el tiempo de los cuentos, historias, anécdotas y más de algún chisme familiar que, por lo general, era jocoso. Mientras algunos tomaban chocolate caliente o café, el abuelo fumaba su puro de tabaco. Los pequeños, como siempre, pedían sus historias favoritas en las cuales salían a relucir el tío coyote, el tío sapo, el tío conejo, el tío tacuasín y el tío venado.

Conforme la noche avanzaba, los cuentos se tornaban en leyendas o anécdotas y ahí salía la Ciguanaba, el Cipitillo, el Cadejo y otros. De igual manera, salían cuentos que se convirtieron en leyendas, como: Chasca la virgen del agua, la virgen del Imposible, el árbol de la hermandad, el lago de los suspiros, el rey cara chuca y los guanacos.

Este útimo cayó como anillo al dedo por el recién llegado. En el camino de los volcanes daba el banderillazo de salida porque, en el lugar dónde se desarrolla el cuento, se encuentra el árbol que es símbolo de paz entre los pueblos.

## El cuento de los guanacos

Esa noche, la elección del cuento le tocó a Carlos por ser el recién llegado y éste decidió «los guanacos» porque quería saber el origen de ese apelativo con el cual se conocía a los salvadoreños. Como decía el abuelo, no se puede avanzar en la vida, sino se conoce su pasado. Carlos tenía sangre guanaca por su madre. El hecho de vivir lejos no le hacía menos que los que vivían en el lugar. Por esa razón, no le gustaba que le dijeran «el extranjero» porque parecía que no lo consideraran familiar o peor aún, familiar de sugundo grado. De hecho, él también tenía relación con los chapines porque su abuela había nacido en el país vecino: Guatemala.

El abuelo comenzó hablando de manera seremoniosa, pausada y cómo escogiendo las palabras correctas. Sus ojos aunque no veían, los dirigía al universo como alguien que deseaba escoger cada palabra escondida en el diccionario de la vida.

Félix dijo: El sobrenombre de «guanaco» que dieron a los nativos de estas tierras proviene del árbol «Guanacaste» que por alguna razón, hoy en día le dicen: «Conacaste». Es un palo que tiene la característica de ser gigante, con la punta de sus ramas se percibe que casi toca el cielo; además, sus raíces bajan tan profundo que se cree que se alimentan del corazón de la mama, la madre tierra. Para nuestra raza, es uno de los árboles sagrados. No se puede talar sin el permiso divino porque de él dependen muchos seres, como: animales, insectos, arbustos y los hombres.

El señor respiró como tomando impulso para llenar su alma de sabiduría, dijo: ¡Pongan atención! Les voy a contar cómo sucedió todo. — El señor, como todo buen contador de historias, animaba cada palabra con gestos, mímicas, sonidos y silencios para poner vida y emoción a sus relatos — Pues bien, — dejó un breve silencio como pidiendo atención— comenzó con un grupo de jóvenes indios pipiles que se reunían casi todos los días bajo la sombra de un joven árbol de guanacaste que se encontraba en el borde de un peñasco en la ribera del río de la culebra en movimiento «Koatlolin» que luego se convertiría en lo que hoy conocemos como el río Paz. Sí, ese que sale de las montañas, se mueve entre los acantilados, se enconde entre los matorrales y va a beber agua del mar. Lo mencionaba porque todos los días, al atardecer, veían parte de la corriente desde el mirador.

Estos chicos pertenecían a un asentamiento indígena llamado «La Echadura», donde hoy es la Hachadura. La razón de su nombre es porque al cruzar el río, las personas dejaban descansar a los animales para que comieran, retomaran energías y se aparearan. Toda esa zona costera pertenecía a los pipiles que pertenecen a nuestra cultura Cotzumalguapa que significa: lugar dónde abundan las comadrejas. Si un día caminan por esos terrenos encontrarán restos de nuestra cultura escondidos por el tiempo. Por ejemplo, en Cara Sucia, Barra de Santiago y Acajutla hubo grandes asentamientos o ciudades indígenas. Eso, muy pocos lo saben, pero las leyendas y relatos provienen de esas vivencias.

En la Hachadura, había muchos pastizales y por eso, era un lugar perfecto para el paso del ganado que venía del otro lado del río. En esa parte, el nivel del agua tenía medio metro de hondo y los animales no tenían problemas para atravesarlo. Algunas familias, de ese asentamiento, se habían alejado un poquito y sus chozas estaban en «la montaña de los pepetos» porque sus tierras eran mejores para el cultivo y la caza de pequeños animales, sin contar la proximidad del río. Esta montaña era atravesada por un riachuelo que nacía cerca de la poza del recedo. En verano era pequeño, pero en invierno se salía de su cauce y se unía al Koatlolin. No era muy ancho y sus pozas se escondían bajo la sombra de los amates. En algunos tramos había muchos coyolares, no sé si los conocen, pero se parecen a los cocos porque sus tallos pelones crecen, tienen palmeras y dan cocos. En este caso, los coyolares, son plantas que no tienen más de tres metros de alto y su tallo está lleno de espinas. El racimo de coquitos se parece al de las uvas, pero es casi igual como un coco grande: tiene agua adentro y carne. Las iguanas, lagartijas y pájaros son asiduos visitantes porque les proporciona protección y alimento. Inclusive, yo he encontrado, en su base de raíces, algunos lagartos, comadrejas, tortugas y hasta pichiches. Éstos últimos prefieren los zacatales que nacen en las riberas del riachuelo.

De estas familias que habitaban la montaña de los pepetos, salieron cinco jóvenes muy activos y juguetones. Sus nombres eran: Nik, Isel, Temak, Minat y Tlaloc que en lengua náhuatl significaba amigo, solitario, liberador, astuto y fuerte, respectivamente. Todos eran muy hábiles con el manejo de la honda, el arco y las manos. Tres eran más pescadores y dos preferían la caza. Unos decían que el río tenía mucha magia, belleza y aventura; los otros, en cambio, decían que en la montaña encontraban libertad, embrujo del misterio y abundacia de alimentos.

Era curioso verlos cerca del árbol de guanacaste, unos miraban con asombro el río y otros se quedaban maravillados viendo los colores del sol vistiendo las montañas en la distancia. Desde ese lugar se puede ver nuestro pueblo. Si tienen buena imaginación, lograrán descubrir la letra «doble ve»entre las montañas.

No se sabe que tanto hablaban, pero que se la pasaban de lo lindo, nadie lo podía negar. Era casi un ritual encontrarse cada atardecer bajo el tronco de ese árbol.

El mencionado árbol estaba ubicado sobre una colina que tenía un peñasco que iba a dar a una especie de playa en donde se divertían practicando todo tipo de juego, entre ellos dos. Uno que era el juego de pelota, no como nuestros ancestros que utilizaban la cadera o el hombro. Estos habían inventado jugar con los pies porque utilizaban estopas de coco seco que eran bastante sólidas y pesadas. Luego, crearon pelotas rellenas con algodón y terminaron fabricando una con cuero de vaca y algodón que cuando se mojaba, se volvía muy pesada.

Sin embargo, cuando no había pelota, se quedaban con el segundo juego: la lucha cuerpo a cuerpo. Se revolcaban con tanta alegría que hasta daba envidia. La rutina era simple, comenzaban forcejeando uno a uno y a veces dos contra dos; luego, se metían al agua y continuaban el juego. Después se salían y se acostaban panza arriba sobre la arena, como garrobos secos. Al salir no se iban de inmediato para sus casas, volvían al tronco del guanacaste hasta que la noche, los jejenes y los zancudos los espantaban del lugar.

Del otro lado del río, frente a ellos, estaba la poza de los «chillos» esos pájaros de pecho amarillo que gustan de los frutos de los palos con espinas llamados «ixcanales». En ese lado del río no había playa y era visitado por otra tribu que se caracterizaba por el cuido del ganado.

Los muchachos que llegaban a bañarse de ese lado, utilizaban las ramas de los árboles como trampolín para lanzarse a la poza de agua que era relativamente profunda. No lejos del lugar, río arriba, se encontraba «el recodo del diablo». Le habían puesto ese nombre porque el río cruzaba drásticamente porque chocaba con un paredón de roca que en sus profundidades había perforaciones en forma de tragantes. Éstos creaban remolinos que se tragaba todo lo que se acercara a ellos. La poza que se formaba enseguida era profunda, tenía más de diez metros. Curiosamente, sobre esta poza construyeron no hace mucho, un puente de metal al que le pusieron el nombre de un presidente y por eso, se le conoce como: Puente Arce.

Pues bien, como les contaba. Ese grupo de jóvenes del otro lado del río era más bullicioso que gualcachillas en el matorral. Además, eran arrogantes y posesivos, no les gustaba que la gente de otras tribus merodeara sus tierras y aguas, mucho menos que miraran a sus mujeres. Según ellos, esa parte del río les pertenecía.

Los cipotes pescadores, que eran muy creativos y se rebuscaban para atrapar sus presas, sabían que a las mojarras les gustaba esconderse en medio de las ramas con espinas. Entonces, a alguno de ellos se le ocurrió la magnifica idea de cortar algunas ramas de los árboles de ixcanal del lado de la poza de los chillos para realizar algunas balseras y horquetas, mala idea. Los chicos de ese lado, al ver que les habían cortado los palos y sus intrumentos de juego, se enojaron mucho y en represalia, destruyeron las balseras y las horquetas. Inclusive, al encontrar solo a Isel, lo golpearon quitándole todo lo que había pescado.

Ahí nació un conflicto entre los dos bandos que provocó ciertos encontronazos, los compañeros de Isel se la desquitaron con otro joven de la tribu contraria que no tenía vela en el entierro. Aunque claro, Isel no estuvo de acuerdo porque el cipote no era pelionero, mejor dicho, pleitisto.

Cuando ambos grupos estaban en sus respectivos lados, siempre salían los insultos y las invitaciones a atravesar el río. Claro que ningún valiente se atrevía porque no saldría vivo. En ese momento, nadie se atrevía a cruzar porque sabía que estaba en desventaja. Así que se limitaban a lanzar semillas de almendro macho o de tempate para luego terminar con piedras. Sin embargo, casi siempre se quedaba en cacareo y amenazas. Por suerte, porque las hondillas eran muy potentes y atravezan en algunas ocasiones la anchura del río, en ese tramo.

Nadie atravesaba mientras el enemigo estaba en la orilla opuesta. De ahí nació el apodo de «guanacos» a los que se reunían bajo el árbol de guanacaste y dc «chapines» a los del otro lado del río. Este sobrenombre surge porque los guanacos le pusieron «chapulines» a los que saltaban al agua, sólo que algunos niños no podían pronunciar la palabra y la cortaban diciéndoles simplemente «chapines». Por su parte, «guanaco» viene del fruto del árbol. Como parecía que los chicos vivían bajo la sombra de ese árbol, fue lógico llamarlos de esa manera.

En esa guerra de cipotes, los chapines estaban bien resguardados detrás de los árboles de espinas. Por su parte, los guanacos, se encontraban desprotegido sobre la arena. Al estar sin protección y a la interperie, decidieron crear una especie de muralla sobre la arena: crearon unas estatuas de piedra. Amontonaron piedras hasta formar moles del tamaño de dos metros que, poco a poco, le fueron dando forma de gigantes de piedra. Inclusive, las decoraban con ramas para que parecieran guerreros armados y listos para la batalla.

Los pleitos entre guanacos y chapines era como el pan de cada día; si no eran unos, aparecían otros; se insultaban y se lanzaban lo que tenían a su alcance, pero siempre terminaban citándose para el siguiente día.

El tiempo pasó y un buen día, un aguacero provocó que el río aumentara su caudal y se llevara las estatuas de piedra. Cuando vino la calma, los chapines no perdieron la oportunidad para burlarse. Eso provocó que los guanacos decidieran construir en lo alto del peñasco y cerca del árbol de Guanacaste, unas estatuas más grandes que las anteriores. La guerra entre los guanacos y chapines siguió viento en popa hasta que sucedió lo que nadie se esperaba: un guanaco se encontró con una chapina y nació un romance que ni el tiempo pudo borrar ni olvidar.

Así es, Isel que era buen pescador y haciendo alarde de su nombre se encontraba solo, había ido a echar un vistazo a sus trampas en el río. En esa ocasión estaba como iguana entre las ramas del guanacaste disfrutando de la belleza del medio día. El suelo estaba que ardía y, solamente, algunos valientes se atrevían a desafiar el sol. El chico había cortado mangos tiernos y jocotes para comérselos con un poco de sal.

Él era un experto nadador, parecía un bute en el agua; sin contar su atractivo particular: callado, de mirada penetrante, muy bien dotado físicamente y, sobre todo, respetuoso. El cipote odiaba la guerra y aunque lo habían golpeado, no había estado de acuerdo con lo que habían hecho sus amigos. Siempre que se ponían a lanzar cosas, él se contentaba en observar. Eso si, era un fino conocedor de todas las pozas de las cercanías y se las conocía todas: el higueral, el recedo, la cueva del tigre, el remolino, las peñas blancas, la poza de los patos, el paso a caballo, el recodo del diablo, etc. Precisamente en esta última, sucedió lo que marcaría a los dos pueblos y quizás los uniría como hermanos.

Pues bien, como les contaba, en ese tiempo cerca del guanacaste había muchos árboles de fuego que, en ese momento del año, estaban hasta el copete de flores amarillas y rojas. De igual manera, se encontraban algunos árboles de maquilishuat con sus lindas flores rosadas. Era hermoso ver el paisaje cerca del río. Y creo, sin miedo a equivocarme, que esa fue la razón que atrajo la abeja a la miel de las flores.

Mientras descansaba sobre el árbol, vio que una mujer atravezaba el río en la distancia. Algo en ella le llamó la atención y supuso que era chapina porque venía de ese lado del río.

El chico paró la oreja y afino los ojos, como un lince o un águila al asecho. En el fondo, el muchacho quería saber si había más chicos o chicas con ella. No era normal que una mujer anduviera sola, pero ese era el caso.

Como dicen, la curiosidad se lo comió vivo. Desde que la vio no le quitó la mirada de encima. La joven se había enrollado su vestido hasta el pecho para cruzar las aguas y no mojarse la vestimenta. La chica parecía un poco inquieta porque no dejaba de mirar a todos lados como queriendo asegurarse que nadie la estuviera viendo.

Al estar en la otra orilla, ésta se dirigió hacia unos árboles de fuego y escogiendo el que estaba más florido, se subió. La muchacha trepó fácilmente, pero al querer alcarzar un manojo de flores, la rama cedió y en su intento por no caer, la chica quedó enganchada entre otras ramas y en mala posición. Isel que la había seguido con su mirada y había decidido no intervenir para no asustarla, al ver que estaba en peligro se lanzó del palo y fue de inmediato a ayudarla. Como un gato de monte, se había bajado del árbol y en dos patadas estaba cerca del árbol de fuego.

Claro que la joven no se dio cuenta de dónde salió Isel, pero cuando le escuchó decirle si podía ayudarla, se asustó un poco. La verdad, la muchacha no tenía para dónde agarrar porque estaba en mala posición y con riesgos de desplomarse.

Con mucha vergüenza dio su brazo a torcer y cedió al ver que por si sola no podía salir del problema. Entonces, le pidió con mucha vergüenza que le ayudara a bajar del árbol aunque le suplicó que no viera tanto sus partes íntimas que tenía al descubierto. El bicho, solamente, le sonrió y se subió en dos brincos; como era muy fuerte, se agarró de una rama sólidamente y con el otro brazo, levantó a la jovencita como si era una pluma. La mujer en sí no era flaca, al contrario estaba bien formadita, pero la fortaleza del pescador la hizo sentirse como una pequeña bolita de algodón. En su interior, el gesto masculino le agradó de sobre manera.

Sin decir palabra alguna, bajaron y él la depositó con mucho cuidado al pie del árbol. Luego, le preguntó si no se había hecho daño y la joven le respondió con un simple meneo de cabeza que no. El chico, algo malicioso, le tomó la barbilla dulcemente para verle el rostro. Hasta ese momento, él no la había visto como mujer, sino como un simple ser humano que necesitaba ayuda, pero cuando le levantó el rostro, la belleza de la muchacha lo impactó completamente, sobre todo el color de sus ojos. Su corazón se puso a palpitar a mil pulsaciones por segundo. Los ojos eran gateados tirando a mielosos, grandes y expresivos. Y para colmo, la chica le sonrió cálidamente y un poco sonrojada. En ese momento, ambas almas se unieron espiritualmente. Ambos sintieron aquella atracción. Isel no tuvo más reacción que preguntarle como se llamaba, pero casi tartamudeando. La chica, con una voz suave y dulce, le respondió: «xochitletl» que significa flor de fuego, en náhuatl.

Isel se quedó un poco confundido porque la había bajado del árbol de fuego y pensaba que le estaba mintiendo. El joven le aceptó el nombre, pero le dio a entender que no le creía y la chica se tomó su cabellera rojiza y le dijo que le pusieron así por su cabello. Un poco apenado, le sonrió diciendo que comprendía la razón. Luego, la mujer le preguntó a él su nombre y al decirle Isel que significaba «solo o solitario» la jovencita le hizo la misma cara y el chico le aseguró que era verdad. Ambos sonrieron al descubrir sus nombres. Después de ese pequeño compartir, la mujer se puso de pie y le dijo que tenía que marcharse porque si sus padres o hermanos se daban cuenta que había atravesado el río para pisar las tierras de los guanacos, la matarían. Ellos eran muy posesivos y celosos de sus mujeres.

Isel, se quedó un poco sorprendido al escuchar la palabra guanaco, era la primera vez que la escuchaba. ¿Guanacos?, dijo extrañado y mostrándose así mismo. La muchacha, un poco apenada, le dijo que del otro lado del río así les llamaban porque siempre se les veían debajo del árbol de guanacaste.

Isel le respondió un poco sarcásticamente, ¡Así que los chapines nos llaman guanacos! La chica abrió sus hermosos ojos y dijo: ¡Chapines! ¿Por qué? Sonriendo, Isel, le explicó la razón, le dijo: ¡Porque parecen chapulines saltando de las ramas de los árboles de ixcanal! La mujer se quedó sin comprender y preguntó de nuevo: ¿chapines y chapulines? No tienen nada que ver. Luego, Isel profundizando, le dijo que los más chicos tienen la dificultad de pronunciar el nombre de chapulines y cuando lo dicen parece que dicen «chapines» y con el tiempo, ganó y se popularizó la palabra: «chapín». Así que tú eres: una chapina. Le respondió sonriendo. A lo que ella le dijo y tú ere: un guanaco.

Ese primer encuentro dio inicio para otros encuentros bajo la sombra de los árboles de fuego que luego cambiaron para otro lugar arriba del recodo del diablo, en la poza del sauce llorón para evitar ser visto por ambos pueblos. El romance entre ambos fue creciendo como la espuma y las continuas escapadas de lsel puso en avispero a los amigos que no tardaron mucho tiempo en averiguar la relación. Al principio, no mucho les gustó y le advirtieron porque se estaba metiendo en una camisa de once varas. Sin embargo, como eran buenos amigos, no les quedó otra que ayudarle guardándole la espalda en el supuesto caso que los hermanos de la novia se dieran cuenta de esa relación. Siempre había uno vigilando escondido en la distancia entre los chaparrales o árboles que crecían por todo lo largo de la ribera.

Para no hacer larga la historia, el día que nadie deseaba que sucediera, se acercó a pasos agigantados. Los enamorados se habían citado como de costumbre en el mismo lugar, pero como siempre no debe de faltar un pelo en la sopa, una lengua larga les había ido con el cuento a los hermanos. Éstos se presentaron en el lugar y quisieron llevarse a la fuerza a la hermana; mientras dos se peleaban con Isel queriendo cobrárselas; el otro, se llevó en el hombro a la chica. Isel, como pudo y por amor, venció a los dos hermanos y se lanzó al rescate de su amada. Los alcanzó justo en medio del río en plena corriente y se puso a pelear contra el hermano. Lo estaba venciento, pero luego llegaron los otros dos. Isel estaba en desventaja aunque la chica se metió a defenderlo. La trifulca se armó en medio del río Paz.

Por otro lado, el vigilante de turno, desde que vio la llegada de los hermanos de la chapina, salió en guinda a avisar a los amigos. Estos no estaban muy lejos, bajo el árbol de guanacaste. Al escuchar en la distancia los gritos de ayuda, no esperaron a que llegara y salieron a su encuentro. Al conocer la razón de los gritos, no esperaron permiso y se fueron al rescate del amigo que en ese momento perdía la batalla.

Saltando piedras y peñascos se pusieron en un santiamén en el lugar. Cuando llegaron, la pelea se había trasladado, por la corriente como atraidos por el mismo demonio, hasta las puertas del recodo del diablo. En ese preciso momento, una corriente se llevó a la chica y al oír los gritos de auxilio. La pelea entre los hombres se detuvo en seco. Isel se lanzó como flecha tratando se socorrer a su amada y detrás de él los hermanos. El problema fue que éstos no eran buenos nadadores y lejos de ayudar, entorpecieron el rescate.

En ese momento ya no era uno el que se ahogaba sino cuatro y, claro, el pobre Isel a pesar de sus dotes de nadador no pudo con ellos. Los chapines lo arrastraron y el diablo y sus mañas se los llevó a todos. Los amigos sin pensarlo dos veces se lanzaron para tratar de ayudar a Isel que se había undido. Al final, el diablo salió ganando porque únicamente se salvó un chapín.

Los que fueron testigos dijeron que en un momento dado, pareció que la poza del diablo rugió fuerte haciendo temblar todo el lugar para luego quedar en un silencio profundo. Un silencio de muerte.

El chapín que se salvó salió pálido y se quedó mudo para siempre, luego contaría, con gestos y ademanes, que él estaba atrapado, pero que un guanaco lo jaló fuerte y lo llevó a la superficie. Sin embargo, el guanaco, al ver a sus amigos atrapados quiso rescatarlos y no volvió a salir. Después, al rescatar los cuerpos, encontraron a los enamorados abrazados y alrededor de ellos al resto de jóvenes, unidos como si fueran una sola familia. Ahí no había divisiones, solo seres humanos. Guanacos y chapines se habían unido para siempre.

Los jefes de las tribus se reunieron en ese peñasco y juntos oraron por la paz de las siete víctimas; ellos juraron que nunca más pelearían entre ellos. Desde ese día, guanacos y chapines se trataron como hermanos. Las peleas a la orilla del río no se volvieron a ver. También, desde ese día el río cambió de nombre y le llamaron «paxiapan» que quiere decir río de la paz, que luego pasó a llamarse simplemente «paxia» o sea paz. Hoy en día los mestizos le llama: río Paz.

El pueblo de los guanacos construyó a la orilla del río y cerca de la base del gran guanacaste, unas estatuas de piedras: tres viendo hacia el río y dos viendo a las montañas. Además, agregaron a una chica, xochitletl, cerca de Isel para santificar su inión en el amor.

Con el tiempo, algo curioso sucedió con la estatua de Isel y xochitletl porque estaba cerca del árbol de fuego y ahí siempre encontraban un chapulín subido en el árbol de fuego. La gente decía que era la chapincita que lo acompañaba siempre.

Las estatuas se fueron cayendo con el tiempo, pero el nombre de guanaco quedó para los que vivien de este lado del río y chapín para los del otro lado. Dos pueblos hermanos que se unieron por una tragedia y que son separados por el río Paz».

Cuando el abuelo terminó de contar la historia, varios de los pequeños se habían quedado dormidos por lo que algunas madres se los llevaron a la cama o a la hamaca.

En ese momento, sólo quedó en el lugar: el abuelo y Carlos con la mamá. Así que el chico aprovechó para hablar más íntimamente con el anciano.

— ¡Koli! — Abuelo. ¿Cuántos años tienes?

El señor sonrió porque pensaba que tenía muchos, su pelo estaba completamente blanco, al igual que su barba.

— ¡No lo sé! Nosotros no medimos nuestra edad por los años, sino por las lunas llenas. Y si haces el cálculo, estoy llegando a las mil lunas llenas.

— ¿Y eso es mucho?

— No lo sé, pero mis pies ya están cansados. ¡Creo que es tiempo de ir a visitar al jaguar! Si haces el cálculo, cada luna llena dura lo que llaman un mes. Aunque si bien comprendo, los meses no siempre son iguales. En cambio, las lunas sí.

— ¡No diga eso papá! ¡Acuérdese de su nombre y de su vocación!

— Lo sé, créeme que sino fuera el caso, hace mucho lo hubiera hecho como mis antepasados.

En sus tiempos, las personas ancianas, cuando llegaban a cierta edad, ellos mismos decidían cuando era el momento de ir a visitar «el gran jaguar de dos caras», el de la vida y de la muerte. Se despedía de los suyos, tomaba sus cosas y se iba al lugar llamado «El Imposible». Después de ese día, no se les volvía a ver y siempre se les recordaba con mucha nostalgia, pero se sabía que se había ido a reunirse con sus antepasados y volvían al regazo de la mama, la madre tierrra.

— Yo también lo sé, pero no apresures el tiempo. Mira que todavía hay personas que necesitan de tu sabiduría.

— Dime, ¿a qué has venido? ¿A despedirte? — Sonrió.

— No quería venir y no volverlo a ver ni a escucharlo. ¡Quería pedirle perdón en vida y ponerme en paz con usted!

— Cuando no se debe nada, no hay nada que perdonar. Entre padres e hijos siempre habrá malentendidos y fricciones, pero siempre existirá el amor que los une para siempre. Los padres siempre buscarán lo mejor para sus hijos y sus hijos un día dejarán el nido. ¡Es la ley de la vida!

— Hubiera querido ser hombre para acompañarte más tiempo y salir al campo contigo.

— Pero fuiste mujer y tuviste que aprender de tu madre. ¡Hizo muy buen trabajo contigo! ¡Debe de estar orgullosa en el cielo!

— ¿No la has olvidado?

— Los grandes amores nunca se olvidan porque son eternos.

— La otra razón de mi visita es para que Uitsilin haga el camino de los volcanes.

— ¡El camino de los volcanes! — El señor dejó escapar un suspiro lleno de nostalgia.

—¡Ya me ha comentado eso!

— ¿Cuántas lunas hay que hacer? — Expresó Carlos.

— Más o menos ciento ochenta. — Sonrió dejando en el aire el misterio y la certitud de la duración.

La madre intervino diciendo.

— En las tierras dónde vivo no existe ese camino para ayudar al hombre a convertirse en mayor. Su padre le ha enseñado todo lo que sabe, pero todavía no se ha encontrado consigo mismo. Le había hablado cuando niño del camino que tu hiciste para encontrar tu vocación. Él no se recordaba, pero con el tiempo sus recuerdos avivaron. Fue él quién me pidió que viniéramos a hablar contigo.

— Ese camino es muy peligroso y se hace después de haber recibido el entrenamiento con los varones de la aldea. ¿Sabe utilizar un machete? ¿Sabe sobrevivir sólo en la montaña? ¿Sabe hace un nudo ciego? ¿Sabe utilizar un látigo o lacial? ¿Sabe matar un ave en vuelo? ¿Sabe crear fuego de la nada? ¿Sabe subir un árbol?, etc.

— ¡La mayoría de cosas las hago, Koli! — Respondió el nieto que seguía la conversación.

— ¿Y quieres hacer ese camino?

— ¡Quiero encontrar mi vocación en la vida! Si es necesario hacer dicho camino para lograrlo, créeme que lo haré. Y cómo sé que lo hiciste, me gustaría hacerlo, igualmente.

— ¡No comas ansias! Un paso a la vez y llegarás a tu destino.

— ¿Cuántas lunas se toma hacer el camino, en verdad? Al menos, ¿en cuanto lo hiciste tú?

— Depende, volando la mitad de una luna; corriendo, una luna. Sin embargo, como no es una carrera, el tiempo que la vida te lo permita. Yo hice ese camino en tres lunas. No llevaba prisa y quise aprender todo lo que necesitaba saber. Se pasa por muchos lugares pintorescos, conoces mucha gente hermosa, tienes aventuras interesantes y otras peligrosas. Muchos no han llegado porque no quisieron seguir o porque algo les pasó en el camino.

— Antes que se aventure en ese camino, me gustaría que le hablaras de tu experiencia. De esa manera, no lo hará a ciegas y sabrá a qué atenerse. — Se pronunció, la hija.

— ¿Cuándo te regresas a atender a tu marido?

— Tengo planeado quedarme una luna contigo y las demás hermanas.

— Entonces, dejemos que los espíritus me hablen y me den el permiso de ser nuevamente luz en la oscuridad de un colibrí. — Se refería a su nieto que se llamaba «Uitsilin», en náhuatl significa colibrí.

Esa noche, terminaron en esos términos y los siguientes días, el chico se convirtió en un alumno atento y dedicado a las enseñanzas del abuelo. En sus planes, el señor pretendía mostrarle aquellas técnicas necesarias para sobrevivir en la montaña y al mismo tiempo, contarle con lujo de detalles el camino a recorrer mientras subía y bajaba cada volcán porque cada uno tenía un significado especial.

## La brújula de la vida

Ese día, el abuelo le mostraba cómo hacer diferentes nudos con unas cuerdas a uno de sus nietos. Mientras ejecutaba su enseñanza, le contó a Carlos sobre la metáfora de la brújula, le dijo:

— Nuestros antepasados creían firmemente que en la vida todo hombre o mujer debe de estar centrado para vivir en harmonía. —El señor hizo una señal con su mano derecha subiéndola de arriba para abajo y luego, abriendo en cruz ambos brazos— Tiene que ver su vida como una brújula: el Norte, la cabeza, significa el dios de los dioses. El Sur, los pies, significa el interior de la persona; el lado derecho, el Oeste, significa la naturaleza, la creación; el lado izquierdo, el Este, el lado del corazón, los semejantes.

Si el hombre está en discordía con uno de esos puntos cardinales, no está en paz en la vida. Por ejemplo: si no crees en dios o que existe un ser superior que ha creado todo o que teje los hilos de tu destino, estás en disonancia con él. Tienes que ponerte en paz. Hay que pedir perdón, pero no basta con decir «lo siento», es necesario reparar con hechos lo deshecho. Si no estás en paz contigo mismo, no te has encontrado en la vida, algo no anda bien dentro de ti, piensas cosas negativas o simplemente, no has encontrado tu vocación. Es decir descubrir para que has sido llamado a la vida. Significa que estás mal contigo mismo, con tu Sur. Si no estás bien con los seres vivos que te rodean, te cae mal el día, la noche, las estrellas, la lluvia, los temblores, el frío, el calor, la humedad, excétera. Estás mal con tu lado derecho. Ahora bien, si estás mal con tus semejantes, el resto de la humanidad. Te peleas con tu padre, madre, hermanos, amigos, vecinos o con cualquiera. Es tu lado izquierdo que está fallando, el lado del corazón. De esa manera se sabe si alguien no está centrado en su vida. La brújula te ayuda a descubrir en dónde la mesa de cuatro patas está cogeando.

Te cuento esto porque el camino de los volcanes te ayudará a encontrar el equilibrio que no tienes en tu vida. Si bien entiendo, no has encontrado tu vocación. No estás en harmonía con los cuatro puntos porque la vocación es un don del dios de la vida. Este don es para ponerlo al servicio de tus semejantes con quienes tienes que ponerte en paz y ayudar; ponerlo al servicio y nutrirte de la naturaleza o creación. Y por su puesto, al ponerlo al servicio de los demás, te ayudas a ti mismo porque creces como persona y del mismo modo, agradas a quien te lo ofreció. El camino de los volcanes está diseñado para ir encontrando esa armonía completa.

## La estrella de los siete picos

Además de esa metáfora, en el camino de los volcanes necesitarás tener pleno conocimiento de la estrella de los siete picos. — Continuó hablando don Félix. Normalmente, se cree que el ser humano tiene cinco sentidos: la vista, el olfato, el oído, el gusto y el tacto. En nuestra cultura se agrega el sentido de la percepción por medio de tu espíritu y la percepción por ciertos órganos del cuerpo, como: el corazón, el estámago y otros. Por ejemplo, hay ciertas ocasiones que tú sabes que algo o alguien está cerca, pero no lo puedes descubrir con tus cinco primeros sentidos, pero tú sientes en el espíritu que algo está cerca. Sientes que tus pelos se ponen de punta y tu sensibilidad se agudiza. En otras ocasiones, tu corazón te avisa de algo, se pone a palpitar. Es una sensación que te avisa o advierte de que algo puede pasar. Por ejemplo, yo sabía que tu madre vendría a verme. Escuché su voz pronunciando mi nombre. Otros hubieran tenido miedo al escuchar en el silencio, pero cuando te haces amigo de ese sentido, le escuchas y pones atención. De esa manera puedes descubrir de quién se trata. El tiempo y la distancia carecen de fronteras para esos dos sentidos. Cuando dominas la estrella de los siete picos, dominas tu entorno y más allá. Puedes prepararte y anticiparte a los hechos. Tienes que tener en cuenta que todas las decisiones son guiadas por las emociones y nunca son racionales. Por eso, es importante tener cuidado cuando se está a gusto, conforme o relajado porque por ahí entra el peligro, uno está descuidado y no pone atención a los detalles. Cuando caminas en la montaña estás solo. Es necesario fortalecer la intuición, sin ser análitico. La intuición te permite que la respuesta surja sin juzgar. A veces, la realidad es la proyección de nuestros deseos. Por eso, siempre tienes que cuidarte, no dejarte atrapar por la dimensión del tiempo y del espacio. En ciertas situaciones, el miedo bloquea, paraliza e impide actuar. El dominio de los siete picos te ayuda a enfocarte en tí mismo y tus virtudes. Tienes que ver el miedo como un amigo y no como un enemigo porque te dará fuerzas para superarlo. El miedo está en tu subcosciente y éste es cómo un gigante dormido. Por eso, la importancia de hacerlo tu amigo porque con él, de tu lado, te vuelves invencible. Yo he llegado a comprender que, a veces, el ser humano es el que se pone las trabas. Por ejemplo, el cerebro nos puede hacer jugar malas pasadas porque él no entiende de medias tintas o es blanco o es negro. Si piensas negativo hará que tu cuerpo actue negativo y lo contrario se da igual. Por eso es importante, el pensamiento positivo. Si te dices que eres valiente, vas a actuar como un valiente; si te dices que eres hermoso, te verás hermoso; si te dices que eres inteligente, actuarás con inteligencia. Lo contrario, también sucede. En la vida tenemos que ser confiados en ciertas cosas para que todo fluya bien, ejemplo: si confías que lo que te pertenece nadie te lo quitará, eso pasará. Y si todavía no lo tienes, significa que está en camino. Si confías que eres parte del universo y éste trabaja para ti. Te da confianza en el camino. Si confías en la perfección del dios creador, todo se resolverá en el momento perfecto para ti. Como seres de luz, el ser humano tiene que tener una gran esperanza en la vida. Si necesitas, tienes que pedir y se te dará; si crees, aceptarás la respuesta y luego, dejarás libertad para que se de el milagro.

La estrella de siete picos representa al hombre en su conjunto y es él, quien tiene la responsabilidad de descubrir su potencial. Para ser sincero, creo que sin ese conocimiento no hubiera salido con vida del camino de los volcanes.

— Si bien comprendo, el camino de los volcanes tiene exigencias extremas tanto físicas como espirituales. Hay que subir siete veces y bajar siete veces.

— ¡Correcto! No es un paseo y siempre tienes que estar enfocado en lo que estás haciendo y hacia dónde vas. En el monte, fácilemente te puedes perder. Sin contar con las inclemencias del tiempo: lluvia, frío, calor, altura, temblor y cosas paranormales. Lo espiritual siempre irá de la mano con lo material. El camino de los volcanes es una experiencia tanto física como espiritual, pero su objetivo no es fortalecer tu cuerpo, sino tu espíritu. Acuérdate que tu objetivo es y será siempre descubrir tu vocación. Aunque, te seré sincero, en el camino fui descubriendo sus elementos. Las señales siempre estuvieron presentes.

— Si bien entiendo, cada volcán representa una respuesta.

— Claro, nuestra cultura cree que en lo más alto viven los dioses bondadosos y en lo más profundo, los peligrosos. Con los dioses sólo se puede comunicar a través de lo espiritual. A veces, no necesitas hablar; sólo, estar. Eso sí, tu disposición es esencial. Con ellos no se puede mentir, la verdad es la bandera del saludo. Un alma impura no puede entrar en comunicación con los dioses de la bondad.

Sin embargo, muchas veces para una buena purificación, es necesario pasar por el cincel de la maldad para probar de qué estás hecho. Porque caras vemos, pero corazones no sabemos. Tu puedes mostrar por fuera una cara, pero por dentro tienes otra. Entonces, en el camino de los volcanes, se sube para hablar con los dioses de la bondad y al mismo tiempo, bajas para probar tu valor delante de los dioses del inframundo.

— ¿Qué hiciste antes de comenzar tu caminar?

— Antes de adentrarme al Imposible, bajé al valle porque deseaba ponerme en paz y recibir la bendición del caminante. Me quedé bajo la sombra del árbol de guanacaste. Ahí hice mi primera oración para pedir permiso de comenzar el camino hacia mi verdad eterna.

— ¡El árbol que cobijaba a los guanacos en el cuento! Entonces, ¿es verdad?

— La verdad es relativa porque tiene dos caras: la mía y la tuya. Tú decides en quién creer. De igual manera, nunca debes de creer el cien por ciento del otro porque tiene, solamente, un lado de la moneda. Tienes que tener en cuenta que una mentira contada mil veces, con el tiempo, se convierte en verdad indiscutible hasta que alguien la desnuda.

— ¿Y sólo bajaste por eso?

— Como mis orígenes pertenecen a **la cultura cotzumalguapa**, me interesaba conocer el lugar dónde vivió el rey cara blanca que hoy en día se conoce como: cara chuca. Ahí se encontró el disco del jaguar de dos caras. El que representa el mundo y el inframundo. Luego, me interesaba visitar el mar porque sólo lo había visto desde mi montaña. Además, quería recorrer los senderos de agua por el cuál se deslizaba «Chasca, la virgen del agua», en Barra de Santiago. En esos dos lugares había asentamientos indígenas.

— ¡Cuéntame sobre el rey cara chuca!

## El rey cara chuca

Cuentan que en los tiempos de nuestros antepasados, en esta zona, apareció un guerrero muy hábil con el arco y la flecha llamado, Luna Blanca (Mestlok); su nombre fue dado porque había nacido en un día de luna llena.

En ese entonces, en las montañas misteriosas del Imposible y sus alrededores, había un animal o quizás dos que habían sembrado el terror entre los habitantes. Según decían los más aguerridos cazadores, este animal era un puma o un jaguar, nadie lo supo. Sin embargo, por la noche era negro y se parecía a un puma y durante el día, en jaguar. Aquellos que habían tenido la suerte de salvarse contaban que, solamente, habían escuchado el respirar del animal asechando a su presa; sus ojos eran cómo dos brasas que reflejaban fuego. Atravesaban la noche cómo dos fugases luceros en medio de la oscuridad. En el día, se parecía a un jaguar, un gato salvaje muy escurridizo y peligroso.

Un día, Metstlok apareció de la nada cargando sobre sus hombros al animal que era más grande que cualquier humano; Balaam, como le llamaban, tenía los pómulos salientes y unos enormes colmillos de fuera, sus ojos redondos como dos lunas adornados por unos arcos negros que hasta muerto daba miedo verle. Su rostro tenía ambas caras.

Nadie supo como el cazador había logrado matar a ese feroz animal porque según los mejores guereros, no tenía ningún lado flaco; pero luego, se sabría que el animal se trasfromaba de puma a jaguar con los primeros rayos del sol y era ahí, la parte vulnerable. Esa razón venía a explicar porque el animal tenía en su cuerpo las manchas del jaguar pero en su rostro aún guardaba su cara de puma.

Desde ese día, Metstlok se convirtió en el cacique o rey de aquella zona que comenzaba desde Akaxotlan, es decir: Acajutla o lugar de las albercas y llegaba hasta después del río negro, en Guatemala. Luna Blanca era muy inteligente y nunca quizo entrar en conflicto con sus vecinos Atlacatl et Atonal en la zona de Izalco y Caluco.

El cacique se convirtió en alguien muy querido y temido. Sus dotes de cazador le abrieron las puertas para conquistar al resto de los pueblos que bordeaban el mar y transformó a su gente en cultivadores de calabazas, maíz y frijol, por una parte; y en guerreros y cazadores, por el otro. Su imperio creció tanto que convirtió a su ciudad en una metropolis, en un centro comercial muy importante, hizo construir un acropolis de más de cincuenta metros de alto para poder admirar casi todo su reino y al mismo tiempo, la belleza del mar que, por las noches, se transformaba en otro cielo.

En ese entonces, Metstlok, se hizo llamar «konetlmetstli», hijo de la luna, y por eso su ciudad se llamaba «Mestlitak» luna blanca porque todo en ella era blanco. Sus pirámides y sus cincuenta estructuras de bajareque y piedra de canto estaban pintadas de blanco, inclusive las dos canchas de juego de pelota de hule que tenía una forma alargada.

Cuando Metstlok estaba en lo más alto de su reinado, apareció un brujo que se ganó la confianza del cacique y que rápidamente se convirtió en su mano derecha. Este se hacía llamar «Tekutxiuitl», el señor de las hierbas porque era especialista en todo típo de plantas. Este individuo venía de lejanas tierras y su saber cautivó al rey de inmediato, le hizo probar algunas bebidas nuevas y exóticas que le provocaron alucinaciones agradables a su espíritu.

Poco a poco, el brujo se fue ganando la confianza del cacique y sus consejos ayudaron al soberano a convertirse en un verdadero conquistador; los brebajes que daba a los guerreros les ayudaba a convertirlos en verdaderas fieras de combate. Él fue quien le dio la idea de construir el acropolis lo más alto posible para poder observar la grandeza de tu territorio. De igual manera que pintara todo de blanco. Le aconsejó que hiciera el decreto para que todas las jovencitas se convirtieran en sus princesas. Le dijo: « un rey sin doncellas es como un cielo sin estrellas». El brujo le decía que una luna sin estrellas no era muy bonita y el rey siendo descendiente directo de la luna no podía estar sin ellas. Es así que las mejores mujeres estaban a su lado vestidas completamente de blanco. Cada atardecer se subía a la cúspide de su pirámide para admirar la puesta del sol que pintaba el pecho de sus queridas montañas de color rojizo. De igual manera, al caer la noche, se extasiaba viendo como la luna y las estrellas se reflejaban en el manto azul del océano.

Metstlok se acostaba boca arriba abriendo sus piernas y brazos, se dejaba enamorar por el universo; sus estrellas o doncellas, igualmente, se acostaban a su alrededor para unirse a su canto. El brujo como era avaricioso y pícaro, le propuso consumir ciertas hierbas alucinógenas con el fin de volverlo adicto a ellas. Claro que aquella ceremonia llena de aromas de canela, yerbabuena y clavos de olor ponían el ambiente propicio para unirse con el universo. El rey, drogado, viajaba entre las estrellas y desde ese momento comenzó a realizar locura y media. Él decía que su destino era estar al lado de la luna y por eso, cuando estaba plena, casi se volvía loco.

El rey comenzó a quedarse en su trono con sus estrellas día y noche. El brujo se encargó de la gobernanza de su pueblo. Sin embargo, éste tenía entre ceja y ceja, el deseo de construir su propia ciudad en un lugar lejano a lo zancudos y jejenes. El señor de los poderes mágicos, como le decían en el pueblo, había escogido un lugar cercano llamado: la tierra de los perros, Escuintla, en los linderos de los territorios de Metstlok. A escondidas había comenzado a realizar su sueño e inclusive se había robado algunas imágenes de la ciudad blanca, aquellas que hacían referencia al puma y al jaguar para mostrar su devoción al dueño del inframundo.

El rey, en su locura, había mandado a cortar toda copa de árbol que obstruyera su mirada, de ese modo muchas ceibas y árboles de fuego quedaron «mochos». Ahí comenzó la debacle de este rey porque para nosotros, los árboles son sagrados. Además, la ciudad se llenó de todo tipo de plantas de flores blancas: amapolas, orquídeas, lirios, margaritas, júpiter, monjas blancas, cartuchos, campanillas, jaras, rosas blancas, la dalia, la hortensia, claveles, y otras especies. Había ordenado a sus cultivadores poner énfasis en los cultivos de flores blancas como la coliflor, el izote y el maíz. Este último era uno de sus preferidos porque al estar floreando sus espigas ondeaban al viento y bailaban sin miramientos. Inclusive, impuso a sus habitantes dejar de consumir el ojusthe para darle prioridad al maíz.

Metstlok en sus «locuras» se volvió vegetariano y frutero porque se le había metido en la «chontoca» que la sangre roja contaminaba su sangre real. De un día para otro, se puso a consumir aves y pescados. Su rostro comenzó a palidecer y los signos de debilidad fueron apareciendo en su cuerpo. De aquel guerrero erguido y enseñoriado no estaba quedando ni la sombra para el placer de su mano derecha. «Un rey enfermo es un rey reinable», pensaba el brujo.

Un día de esos, un chamán bajó de la montaña para advertirle que el dios de la vida estaba enojado con él y su gente por la forma de comportarse con las personas, los animales y las plantas, especialmente con los árboles viejos. Le advirtió que sus locuras lo iban a llevar a la perdición. Metstlok sintió mucho temor porque sabía que no se había comportado de muy buena manera y su debilidad, física y mental, lo llevó a preocuparse mucho, pero su mano derecha, muy inteligente, se aprovechó para meterle más miedo. Eso sí, mandó a sacar del terriotio al sabio y prohibió que lo dejasen entrar. El brujo cambió todo a su favor y aconsejó al rey diciéndole que debía dedicarse a rendir tributo a la luna para que lo protegiera y que todos sus habitantes lo hicieran igualmente realizando rituales todos los días.

Al rey le enseñó un nuevo baile, «el baile de las estrellas» que consistía en acostarse con brazos y piernas abiertas. Él y sus doncellas lo hacían completamente desnudos. Sus movimientos siempre los llevaban a unirse, terminando orgías infinitas que duraban toda la noche.

Cuando los primeros signos fueron apareciendo según lo había profetizado el sabio, la gente se fue poniendo nerviosa y a escondidas fueron dejando la región buscando las montañas. Tal como lo había baticinado el anciano, las hormigas y culebras serían las primeras en salir de sus cuevas para huir a los cerros, luego le seguirían los animales pequeños.

Como siempre sucede cuando una tempestad se acerca, los primeros en dejar los barcos son las ratas; el brujo, que no era tonto, preparó sus menjurjes y bebidas para el rey. De esta manera, pudo mantenerlo en su mundo por mucho tiempo. El brujo alzó vuelo rumbo a su ciudad soñada.

Con el tiempo, los seguidores llamaron al rey «Istlitlok» o sea cara blanca porque se había vuelto muy pálido y enfermo. Los los más fieles, siguieron hasta el fin a su monarca. Cuando se escuchó en la distancia el retumbo del mar avisando de su enojo, éstos no esperaron la orden del rey que seguía sumergido en su mundo mágico y salieron corriendo hacia las montañas.

El mar había levantado una inmensa ola que medía el doble de la acrópolis y viajaba a una velocidad incalculable. Sin tanta pompa arrasó con todo a su paso cubriendo de lodo cada pulgada de tierra que encontraba hasta llegar a la mitad de las faldas de las montañas.

Según dicen, solamente se salvaron aquellos que habían escuchado al sabio y algunos suertudos que quedaron trabados en las ramas de las ceibas. La desolación en todo aquel valle era muy triste, casi no había quedado parado mucho árbol. De la ciudad del rey cara blanca no había quedado ni los los vestigios porque habían quedado destruida y enterrada. Su territorio había quedado sumergido bajo grandes cantidas de lodo y tierra. Se formaron unos grandes cerros de tierra sobre las instalaciones y por eso, le llamaban al lugar: los cerritos.

Al rey luna lo encontraron todo enlodado y medio loco buscando su ciudad. Como a muchos no les interesaba que siguiera gobernando, se hicieron los desentendidos y lo tildaron de loco. El tipo se puso a gritar por sus subditos, por su mano derecha, por sus estrellas y hasta por la imagen en forma de círculo del jaguar de dos caras.

La gente se comenzó a burlar de él y como seguía todo enlodado y mugriento, le comenzaron a decir: rey cara chuca que significa cara enlodada. Los españoles al llegar y conquistar ese territorio, le cambiaron de nombre y le llamaron: Cara Sucia.

Con el tiempo, la gente se puso a socavar en el sitio dónde se ubicaba el pueblo del rey cara chuca y saqueron el lugar. Se dice que ahí encontraron un círculo con la figura del jaguar de dos caras. Así termina ese cuento.

— ¿Y la leyenda de Chasca es ahí mismo?

— No, esa historia se desarrolla cerca del lugar llamado «Barra de Santiago» por los españoles, pero los nativos llamaban al lugar «chanexaltli o Asomalan» o sea «la playa de los cangrejos o lugar de los mangos de mono».

## Chasca, la virgen del agua

La leyenda de Chasca se desarrolla en lo que ahora se conoce como «Barra de Santiago» que queda más allá del pueblo de Cara Sucia. En ese lugar había otro asentamiento indígena. Ellos se habían establecido en el lugar porque muy cerca se encontraba el estero y éste es muy rico en especies marinas como terrestres. Tiene su propia flora, fauna y écosistema marino.

Desde su acrópolis, el cacique podía ver fácilmente la pared roja hecha naturalmente por los mangles de ese color, algo muy peculiar de la zona aunque existen otras especies de mangles más adentro, pero en menor cantidad, como: el de color negro, blanco, el de botoncillo amarillo y otros que no me recuerdo su nombre. Es muy curioso ver cómo la naturaleza se adapta a su entorno, porque los cangrejos son de color rojo, los icacos rosados y una especie de mago de tamaño pequeño y redondo, al que le dicen «mango de mono» porque a estos animalitos les fascina, son de color rojo. Igualmente, hay un loro muy bullicioso que tiene una mancha roja alrededor de sus ojos como si fuera un bendaje y una mancha blanca en la frente como si fuera una nube.

En la zona, había varias tribus: Unas, en las afueras del manglar tierra adentro; otras, vivían dentro del manglar y otras, al otro lado del manglar, en la parte que quedaba entre el estero y el mar. Éstos últimos se habían especializado en la pezca mar adentro, cosa que las otras dos tribus no hacían mucho porque preferían quedarse dentro del manglar o en las afueras. La tierra en las afuera del manglar eran más fértiles. Esto provocó que estas tribus, poco a poco, fueran tranformando su modo de vivir. Su tiempo lo dedicaban más al campo y menos a la pesca.

Según cuenta esta leyenda, el cacique del lugar tenía muchas hijas, pero la más pequeña tenía una belleza espectacular. Desde su nacimiento, el padre había quedado enamorado de su belleza y decidió, desde muy temprana edad, que se convertiría en la futura reina o deidad para su pueblo. Sus ojos azules resaltaban con su cabellera negra y su piel achocolatada. Cuando fue creciendo, su belleza fue admirada por muchos hombres. Por esa razón, el padre cada vez se fue volviendo más celoso y fue restringiendo la libertad de la princesa. Sin embargo, como todo joven, ésta se las arreglaba para buscarle la vuelta al padre. Claro que siempre en complicidad de su madre y hermanas.

Le pusieron el nombre de Chaska o Chasca porque en náhuatl significaba «princesa hermosa del agua». Como era hija del cacique, le quedó: la princesa del agua.

El cacique solamente tenía ojos para su adorada hija. Inclusive, había hecho un decreto que si un hombre se atrevía a posar sus ojos o tan siquiera acercarse a la dama, lo mataría. La chica había nacido con un don especial, amar los peces, plantas y animales. Muchos decían que hablaba con ellos. Como el padre le tenía prohibido alejarse de la aldea, su tristeza al sentirse presa en su propia casa, llamaba a la compasión de todo aquel que la rodeaba, especialmente su madre.

Así que se confabulaban para ofrecerle un espacio de libertad. Tenían vigilado al cacique y sus más cercanos ayudantes. De ese modo, Chasca, vestida como cualquier mujer de su pueblo, se escapaba cada atardecer. Si había algo que la mujer adoraba era subirse a los mangles o algún árbol de gran tamaño para ver los hermosos atardeceres o puesta de sol bajo el embrujo del mar. Luego, la mujer se subía en una canoa sencilla y pintada de blanco para recorrer todos los recovecos que se formaban en los pasillos de los manglares. Dicen que se veían la mancha de peces siguiendo la canoa como se sigue a una deidad. Las garzas azules y blancas jugaban a irse pozando en las ramas de los árboles e inclusive, los cocodrilos le hacian pleitesía al verla pasar. La chica siempre llevaba consigo una bolsa tejida con junco, palma y algodón. Según dicen, ahí guardaba mangos y sus preferidos icacos que al navegar los metía al agua para darle un sabor salado.

Pues bien, las salidas de Chasca eran desconocidas por el cacique, pero no así del pueblo que guardaba el secreto con mucho celo por miedo al padre. Eso sí, la madre siempre enviaba a alguien para que desde la distancia vigilara que no le pasara nada a la mujer. Sin embargo, la chica no era tonta y como los peces y animales la obedecía, éstos le ayudaban a evadir a los vigías de la madre.

Fue así como un día se encontró con un joven que vivía al otro lado del estero, frente al mar. Este chico prefería los manglares que meterse noches y días mar a dentro para pescar. Él decía que prefería la belleza y variedad que le ofrecía el estero. Las dos almas se encontraron y de inmediato, sus espíritus se unieron como llamados a ser una sola persona.

Acayetl, se llamaba el joven, que significaba: aquel que perfuma o agrada al agua. En ciertas ocasiones, cuando la marea bajaba, solía ir a los manglares en busca de conchas, cangrejos y jaibas. Por esa razón, le apodaban «chaneque» cangrejo playero.

La busqueda de cangrejos dentro del manglar no era cosa fácil, se necesitaba de cierta técnica. Como los árboles se llenan de arena y con el tiempo se solidifican formando pequeñas espinas, al contacto hieren la piel. Además, es necesario meterse en el lodasal que, en ciertos lugares, se puede hundir hasta la cabeza. Además, zancudos, mosquitos y jejenes son insoportables. Por eso, para evitarlos es necesario cubrirse completamente de lodo.

Nuestro héroe conocía muy bien la técnica de capturar cangrejos y consistía en no tener miedo. Entras al manglar, te quedas quieto observando para descubrir en que hueco salen los cangrejos. Al verte, ellos regresan de retroceso y se quedan quietos cruzando sus tenazas. La persona debe acercarse y sin miramientos tiene que meter su mano de manera rápida. Debe entrar con sus dedos listos para agarrar fuerte la presa, no se debe dar la oportunidad de abrir sus tenazas porque de lo contrario sufrirá la consecuencia de sus tenazas.

En algunas ocasiones, las raíces juegan malas pasadas y la mano se traba. Ahí hay que rezar que el cangrejo no se encuentre cerca porque si te agarra con una de sus tenazas, te puede hacer llorar como un bebé. Entre más grande, más aprieta.

Siguiendo con el cuento, una noche de luna llena, Chasca se escapó del poblado y se subió a su canoa para navegar entre los manglares. De igual manera, Acayetl decidió atravesar el estero para ir en busca de algunos cangrejos o punches. El joven para evitar los zancudos y los comejenes se tuvo que poner lodo en todo su cuerpo. Se confundía con la noche porque hasta sus ojos eran negros. Luego, se introdujo en el fango caminando por entre los manglares. Con el lodo casi hasta la cintura, el chico comenzó a meter las manos en cada hueco que veía porque sabía que ahí se encontraban los cangrejos. En esa época abundaban los cangrejos azules, los punches rojos con morado y los tiguacales que son negros azulados.

Cuando consideró que ya había atrapado suficiente, se puso el costal al hombro y trató de salir del manglar. Para su mala suerte, el nivel del agua de mar había subido y la otra orilla se veía lejos. Como buen pescador no le tuvo miedo al agua y se lanzó a nado como un perro, pero por el peso de los cangrejos tenía mucha dificultad para avanzar. Al nadar despacio y de noche, a pesar que había luna llena, apenas se veía. Se podría decir que parecía una comadreja deslizándose sobre el agua. El tipo para avanzar sin problemas por el peso de los cagrejos, decidió hacerlo metiendo la cara en el agua y sacándola solo para respirar.

Chasca que navegaba en la cercanías, había decidido que la corriente guiara sus pasos. Esa noche estaba preciosa, mágica y romántica. Además, eso provocaba que no hiciera mucho moviento y escondía su presencia. Inclusive, la chica se había recostado para ver las estrellas. De repente, la canoa chocó con el bulto y se escuchó un grito de dolor que sacó de su mundo a la mujer. Se puso de pie para tratar de averiguar el origen de la voz expresando dolor. Ese movimiento provocó que la mujer perdiera el equilibrio y cayera al agua.

A pesar que la mujer sabía nadar, al verse en el agua y mientras se orientaba, mostraba signos como si se estaba ahogando. Al incio, Acayetl, con el golpe fue undido y no tuvo otra opción que desprenderse de sus cangrejos. Desde ahí, vio a la chica tratando de salvarse y no dudo un segundo en ir a su rescate. Como buen nadador, la agarró por detrás y la sacó a la superficie del agua. Le dijo que se calmara y luego, la cercó a su canoa que no se encontraba lejos. Al inicio, la chica se asustó, pero la virilidad del joven le dio confianza dejándose salvar.

Ambos se agarraron de la canoa y ahí se descubrieron. La chica muy agradecida le ofreció una bella sonrisa. Y desde la primera mirada, ambos supieron que eran el uno para el otro.

Desde ese momento, la pareja comenzó a darse citas en los recovecos de los múltiples caminos que se creaban en los manglares. Ambos, amantes de la naturaleza, llenaban sus almas mirando los atardeceres. Los chicos comenzaron a hablar de sus vidas y sus conflictos con sus padres. De ese modo, poco a poco, se fueron relacionando íntimamente hasta considerar la idea de formar un hogar. Se les veía navegar en la barca en cada luna llena y el romance se respiraba por todos lados. Se decía que los peces amaban contemplar a dicha pareja enamorada.

Un día, una de las hermanas que sentía celos por su hermana menor, la traicionó y fue con el chisme al padre. Éste al darse cuenta, mandó a ciertos guerreros con la finalidad de comprobar lo dicho por la hija.

Cuando los enviados volvieron con la certitud de lo que estaba pasando, el cacique, muy enojado, mandó a matar al pescador. La orden era clara, solamente debían de matar al individuo y si la joven se encontraba cerca, no hacerle daño.

Como las mujeres tenían vigilado al cacique y sus cercanos seguidores, se dieron cuenta, aunque tarde, del mandato del padre de Chasca. Le contaron a la chica y ésta se asustó por su novio. En contra del mandato de su madre, se escapó para prevenirlo. Ese día era luna llena y habían quedado en encontrarse en cierto lugar del manglar, corrió como loca para llegar antes y de ese modo, evitar que lo mataran.

Para mala suerte de Chasca, los asesinos le llevaban cierta ventaja y el chico, como buen enamorado, estaba a la hora y en el lugar indicado. No lejos del lugar del encuentro había un gran árbol de mango de mono, el lugar perfecto para asestarle con una flecha. Los animales, al darse cuenta de lo que se planeaba, comenzaron a hacer ruido y algunos, inclusive, se apresuraron a buscar a la joven para ponerla sobre aviso.

Acayetl, por su parte, comenzó a percibir cierta vibra negativa al escuchar a las aves y animales. Sin embargo, no imaginaba de dónde venía el asunto. La experiencia le indicaba que, posiblemente, era una ola gigante que venía del mar. Ese día había temblado muy fuerte en la zona. Así que se puso a pensar que su amada podría estar en peligro y quiso prevenirla, a su vez. Se adelantó para encontrarla más cerca del poblado.

Los amantes se encntraron en medio de uno de los callejones de los manglares. El tipo se lanzó al agua para unirse a Chasca en su Canoa. Al llegar, ambos se alegraron y no tuvieron tiempo de prevenirse porque justo en ese momento. Chasca vio a uno de los guerreros con el arco abierto apuntando a la espalda de su amado. Al ver la flecha acercarse, la mujer no tuvo otra opción que abrazarlo y la flecha atravezó ambos cuerpos cayendo como piedra en el agua.

El asesino al ver lo que había hecho, se asustó y se marchó del lugar sin decirle nada al padre porque sabía que éste no lo perdonaría por el asesinato de su hija. La madre y las hermanas habían ido a ver al padre para suplicar que no matara al novio de la hija y que no le fuera a hacer nada a la joven. El cacique reflexionó y mandó una contra orden. Sin embargo, nada habían podido hacer porque solamente encontraron la barca blanca flotando en el centro del agua mostrando mucha sangre en su contorno. Ellos aducieron que ambos habían muerto y aunque se pusiron a buscar los cuerpos, nunca los encontraron.

El padre se volvió loco de dolor y no aceptaba que su hija estuviera muerta. La mandó a buscar por todos lados, pero la busqueda fue en vano. Desde ese día, los pescadores, cada vez que había luna llena comenzaron a percibir en la distancia una barca blanca con la figura de una mujer acostada y jugando con su mano el borde del agua. Ellos decían que se podía notar a su alrededor el movimiento de los peces que le hacían pleitesía. Ese día, curiosamente, la pesca siempre era abundante. Por eso, decían que cuando Chasca aparecía en luna llena, sus hogares eran bendecidos.

El abuelo de Carlos al hablar de sus historias, cuentos y leyendas mostraba un rostro de satisfacción. Al terminar de contar sobre Chasca, dijo con aires de sabiduría:

— Las leyendas no son simples cuentos, muchas de ellas nacen de una realidad que con el tiempo se vuelven vida ante los ojos de los demás. Un día visité esa zona y pude descubrir que era rica, todo lo que la leyenda habla era verdad. Inclusive, los pueblerinos me decían que los icacos antes eran negros y blancos, pero que a partir de esa época comenzaron a aparecer los de color rosado, en homenage a la virgen del agua. Además, a los chicos de esa zona por vivir entre cangrejos, les llaman cariñosamente: «cangrejitos playeros».

— ¿Fue en ese tiempo que comenzaste tu viaje del camino de los volcanes?

— Sí, fue mi padre quien me recomendó hacerlo al ver que me perdía en mi mundo de joven. Aunque no lo creas, yo fui como tú: curioso, aventurero, con una necesidad de saber y un deseo de conocer mi destino, como no te imaginas. Mi madre decía que parecía un animal enjaulado cuando estaba en casa. Me mandaba seguido al bosque a buscar leña seca o alguna planta medicinal. Ella sabía que ahí me sentía libre y en armonía conmigo mismo. Nunca tuve miedo de la montaña, pero siempre respeté su misterio, su bondad y su expresión.

— ¿Te despediste de tus padres o agarraste camino, solo?

— Regresé para despedirme de mis padres. Yo sabía que posiblemente no regresaría. Mis ancestros aconsejaban siempre marcharse del hogar con la bendición de los padres porque éstos siempre estarán pendientes con sus oraciones del hijo que se encuentra fuera del hogar. Por cortesía, amor y respeto siempre hay que guardar en nuestro corazón un rinconcito para nuestros padres, ellos son lo más cercano que tenemos de nuestra historia y del dios del amor. Cada persona nace bajo su brazo con la historia de sus padres, es decir: somos la continuidad de la historia de ellos. Ellos son nuestra historia.

— Tengo una pregunta: ¿El camino de los volcanes se hace solo o se puede hacer en grupo?

— Normalmente, es un viaje en solitario y tiene una razón: es el camino que todo individuo debe de realizar para encontrarse así mismo; de otra manera, podría no alcanzar su objetivo. Sin embargo, en el camino puedes encontrar, por ciertos tramos, a otros caminantes. El camino de los volcanes no tiene una ruta fija. Los dioses van guiando a cada individuo según sus necesidades en el crecimiento espiritual.

— Entiendo e imagino que es un viaje peligroso porque me recuerdo que dijiste que no creías que pudiera hacerlo.

— Es muy peligroso. Ahí pones en juego tu vida. Por eso, es necesario que al comenzar el camino, la persona debe de haberse preparado.

— ¿Qué tipo de preparación se necesita?

— Nuestra cultura lo tenía bien claro en su enseñanza. Las nuevas generaciones, en los primeros años, los pequeños deben estar bajo el cuido de su madre y de los ancianos del pueblo; al llegar el tiempo del cambio a joven, las mujeres se quedan con las otras mujeres y los jóvenes se unen a los guerreros.

El cambio en la mujer se da cuando le viene la menstruación por primera vez; el hombre, cuando comienza a hablar ronco. En broma decímos que la mujer se pone hermosa y esta lista para merecer; el hombre se dice que ha comido sompopos.

Además, los jóvenes presentan otras señales, como: el brote de los pelos en sus partes íntimas y sus continuos sueños mojados; sin contar con la fijación en los atributos de las mujeres.

Las mujeres eran arropadas por las madres y otras mujeres del pueblo; le hacían un ritual especial para prepararlas a la vida de adultos. Le enseñan a gobernar una casa, educar a los niños y a trabajar en la huerta para conseguir los alimentos del día. De igual manera, les muestran las plantas medicinales y algunas bebidas exclusivas para atender a sus hombres. Estos brebajes ayudan a dar energía para trabajar y otras para atenderlas en la cama.

Los machos pasaban a formar parte de los hombres adultos que eran los encargados de cazar animales grandes, como: venados, tigres, pavos, osos y otros animales del bosque. Además de prepararse para la pelea y proteger a su pueblo. Por esa razón, era muy importante que el hombre hiciera el camino de los volcanes para que demostrara su valor en la vida y al mismo tiempo, descubriera su vocación o sea, el objetivo de haber sido traido a este mundo.

En nuestra civilización, cada generación debe de dar un paso hacia el encuentro con el Dios supremo y por eso, cada persona debe de contribuir con su granito de arena. Por ejemplo, yo descubrí que he nacido para ser luz de los demás. Un consejero de la vida y por eso, muchos me buscan para que les enseñe a ver la luz que no encuentran. No es anormal que mi hija te haya traido hacia mí. Desde pequeña ha visto cómo los jóvenes vienen a que les ayude a retomar el camino. No a todos se les aconseja que hagan el camino de los volcanes. Si alguien ha encontrado su vocación no necesita hacerlo. En ese caso, es preferible hacer el camino de los ancestros. Aunque, de igual manera, no es para todos. El camino de los ancestros es para aquellos que después de encontrar su vocación, creen que no se han puesto en paz con su historia. En la vida, a veces, es necesario cerrar ciertos círculos para poder continuar.

En mi caso, por ejemplo, lo tuve que hacer porque comprendí que nadie puede guiar a otro, sino conoce a fondo su historia. La sabiduría que encierra nuestra civilización tiene acumulado siglos de conocimiento y no a todos se les da el poder de esa sabiduría. Recuerda esto, el conocimiento es poder. Y un poder conlleva una carga de responsabilidad. Recuerdas al rey cara chuca, no supo gobernar porque el poder le quedó demasiado grande. No todo el mundo es digno de tener un poder.

A los sabios se les da el poder de conocer el pasado, el presente y el futuro. Ellos nos advirtieron de la llegada de los invasores a nuestras tierras como el inicio a un período de oscuridad que duraría más de quinientos años. A la tierra de los volcanes se le dijo que caería en garras de la oscuridad y se vería como un muerto viviente hasta que un salvador llegara con nuevas ideas para devolverle la vida.

Muchos jóvenes tienen dificultad para encontrar un sentido a la vida y ahí entro yo, con la sabiduría que el Dios del amor me ha otorgado. Mis palabras no son mías, cada vez que alguien me busca, yo le pido a ese ser que me escogió que no me deje solo para que pueda ser luz de los demás. ¿Sabías que yo nací muerto y al poco tiempo volví a la vida? Por esa razón, me pusieron: Tlakitl, el que nació muerto, nacer de nuevo o fénix.

Mis padres me dijeron desde pequeño que eso había ocurrido porque el Dios de la vida me quería para algo especial y al hacer el camino de los volcanes, descubrí que era para ser luz en el camino de los demás. Claro que era un desafio muy grande porque para ser luz, era necesario tener mucha sabiduría y eso, implicaba tener un basto conocimiento de la vida, de las personas y de este mundo.

El siguiente paso que hice fue hacer el camino de los ancestros porque comprendí que nadie puede ser algo, ignorando su pasado. Todos somos la consecuencia de nuestra historia y en ella están nuestros ancestros. Cada uno tiene su propia historia que está llena de sabiduría, alegría y sufrimiento. Entonces, si se logra aprender de ellos, tienes la ventaja de llevar consigo una matata de conocimiento tan grande como muchas vidas.

— ¿Por lo que veo es muy importante para un joven encontrarse así mismo?

— ¡Indispensable! Cómo te dije: el encontrarse así mismo significa encontrar su vocación en la vida. Encontrar la vocación, es encontrar la felicidad. Ojo, eso no significa que con ello basta. En la vida, de igual manera, debes de sobrevivir y para eso, trabajar. La vocación no necesariamente te dará de comer, pero te hará feliz porque siempre te atraerá como un imán, como el río al mar, como el pez al agua. Es cómo ese oasis al cuál llegas para alimentar tu espíritu y volver a retomar la ruta sobre el desierto de tu vida.

Y te aseguro que según mi experiencia, hay muchos que caminan en la vida sin conocer su vocación. Son seres que caminan en la oscuridad y andan dando vueltas por las mismas situaciones. Son como ciegos tropezando con la misma piedra. Conocer su vocación en la vida es descubrir el camino de la felicidad, el camino que te lleva a dar un paso más hacia el amor del dios de la vida, es caminar en la luz de saber hacia dónde te diriges. Recuerda que el hombre está llamado a ser divinidad y por eso, cada generación debe dar un paso hacia ella. Si ves a tu alrededor, muchas generaciones se han perdido en el camino porque, quizás, más de alguna no encontró su vocación. Un perdido perderá al siguiente y por ende, se alejará de la divinidad.

— ¡Creo que mi madre tenía razón! Necesito hacer el camino de los volcanes. He andado dando vueltas en la vida, no sé verdaderamente que hacer, no me gustan muchas cosas y dudo mucho sobre qué camino seguir.

— Para comenzar, te diré que al nacer te pusimos como nombre: **Uitsilin**, colibrí según nuestra lengua maternal. Ahí tienes la primera señal. Nuestro nombre no nace al azar, tiene un vínculo espiritual con nuestra vocación. A veces, a simple vista no lo puedes descubrir y es necesario conocer tu historia. Fíjate: un colibrí tiene muchos significados. Veamos su apariencia: es pequeño, ágil y curioso. Ama la miel, va de flor en flor, ayuda a la polinización de las plantas. Es símbolo de libertad, belleza y trabajo. En todo eso que te he dicho, tu ser tiene que tener por fuerza esas características. Según supe, Carlos significa: hombre libre. Un colibrí es libre. Recuerdo que naciste antes del tiempo estipulado. Eras muy pequeño, pero muy bonito. Acuérdate, nada nace por casualidad. Tú no eres cualquier cosa, el amor no crea basura. Así que nunca te menosprecies.

— ¡Gua! Con sólo esas palabras me has dado otra perspectiva sobre mi mida.

— Todo tiene significado en una persona. El nombre, el día de nacimiento, el tipo de luna, el momento del día, etc. Según me recuerdo, con mis conocimientos, te diría que naciste en luna llena o sea, el momento que está más cerca de la tierra, su influencia es mayor. La atracción es más fuerte. Eso te debe enseñar que ella tiene mucha influencia en tu persona al provocar que nacieras antes de tiempo; segundo, fue un día de primavera, esa estación es cuando los árboles comienzan a sacar sus brotes, las aves a unirse y a procrear; significa fertilidad en la vida. Tercero, naciste poco después de la media noche. Significa que naciste con el empuje de un nuevo día, un nuevo desafío, un nuevo amanecer. Si unes esos cuatro elementos y logras encajarlos en un sólo sentido, encontrarás el punto de partida del camino de tu verdad.

— ¡No me habían dicho eso antes! En verdad tienes palabras de vida. ¿Cómo puedo prepararme para hacer el camino de los volcanes? ¡Quiero hacerlo!

— Esa preparación lleva años, no se hace de un día para el otro. Como te dije: los niños reciben el aprendizaje de sus madres, hermanas y ancianos; los jóvenes, de los hombres mayores. Tú no has vivido en nuestra cultura aunque estoy suguro de que tu madre te ha enseñado algo. Quizás te falta la parte del hombre de nuestra cultura, tu padre es de otra cultura. Déjame pensar, conocerte y consultar como te puedo ayudar para darte luz en el camino.

— ¿Crees que podría hacerlo?

— Todos podemos hacerlo. No comas ansias. Deja que la almohada me aconseje y mañana volvemos a hablar.

Esa noche, el abuelo se puso a orar para consultar a los espíritus y al día siguiente, casi a la misma hora, se reunieron alrededor de la fogata frente a la casa grande y bajo los amates.

Esa reunión comenzó, como siempre, con los más pequeños pidiendo que les contara algún cuento. El señor, muy bondadoso con sus historias, con su temple sereno, soñador y misterioso, quiso empezar enseñándoles algunos elementos de su cultura, como es la lengua náhuatl. Por esa razón, les preguntó:

— Antes de empezar, díganme ¿cómo se dice en mi lengua: niña?

Como los pequeños estaban acostumbrados a este tipo de preguntas, varios conocían el significado.

— siuatontli.

— ¿Mujer?

— siuatl

— ¿Espanto, miedo?

— Izahui

—¿Mujer hermosa?

— Siguanaba.

En ese momento, todos se rieron porque hablaban de una leyenda indígena muy conocida y popular.

—No andan muy equivocados porque mujer se dice Siuatl y Nakatl, se dice carne. Podríamos decir que se traduce en una mujer que tiene buenas carnes o es hermosa. Aunque hermoso significa: ketsali. La verdad es que con el tiempo y las traducciones al español, a Siautl le agregaron «naba» como algo negativo. Sin embargo, esa leyenda trata de una mujer muy bonita que salía en los montes para embrujar a los hombres que se aventuraban y tenían malas intenciones con las mujeres.

Ella se les aparecía en los caminos y casi siempre cerca de los ríos, lavando ropa. Se sabía que muchos hombres solían abusar de las mujeres al encontrarlas indefensas en esos lugares. Esta mujer se dejaba querer y cuando los tenían enamorados, se transformaba en una mujer del otro mundo para embrujarlos. Desde ese momento, esos hombres no volvían a ser los mismos y terminaban divagando como perdidos en un mundo imaginario.

— ¿Y el cipitillo es su hijo?

— Sí, se dice que el cipitillo es el hijo de la Siguanaba. Este pequeñín tiene la característica que nunca deja de ser niño, es travieso, juguetón, come ceniza y es barrigón. Se puede decir que su nombre viene de las palabras «chipili y cipli» que significa niño llorón y tonto.

Sin embargo, no es malo y si lo ves, no te hará daño porque él lo que quiere es jugar. Eso sí, si te prestas a sus juegos, te puedes perder porque al pequeño le gusta hacer bromas y enredar el pensamiento de las personas. Tu puedes estar en un lugar y de repente, te encuentras solo en otro. Algo así, como si te hubieran trasladado o transportado sin darte cuenta.

Entre los personajes místicos de esta región, tienes que huir del cadejo negro, es un animal que parece perro, pero que en el fondo es un lobo. El cadejo negro representa el mal y hay otro, blanco que representa el bien. Por lo general, no andan lejos el uno del otro. Estos animales salen sólo en las noches oscuras y que huelen a misterio.

El cadejo negro te engaña, te dirige hacia el mal y es muy traicionero. El solo hecho de verlo significa que hay un mal que te está acechando. En cambio, el cadejo blanco significa que no estás solo, que tienes una compañía buena y en cierta manera, tienes una cierta protección. Por lo general, el malo sale siempre primero y luego, aparece el blanco, pero con la sola condición de que tu corazón tenga una pringa de bondad.

— ¿Y la llorona y la carreta bruja, abuelo?

— La llorona es una leyenda de una mujer que perdió a sus hijos que había dejado encerrados en su casa dejando una vela encendida. La madre se había ido a buscar a su marido porque era celosa. En la casa, un gato negro, por estar jugando con la llama de la vela, la tiró sobre un montón de ropa sucia.Como la casa estaba hecha de madera y palma, se incendió casi de inmediato. Como los los hijos estaban encerrados con candados, estos muerieron quemados. La mujer, al regresar, se encontró con la casa envuelta en llamas y de angustia se puso a gritar desesperadamente.

La madre se metió a la fuerza, pero fue demasiado tarde. También se quemó y salió con sus hijos en los brazos gritando de dolor por las quemaduras y la perdida de sus hijos. Se alejó del lugar y nadie más supo de ella. Sin embargo, dicen que por las noches, en ciertas ocasiones se escuchan los gritos desesperados en la distancia. La madre grita angustiada que le salven a sus hijos. En ese momento, los pelos se ponen de punta y es mejor no salir de casa porque si ve niños despiertos se los lleva creyendo que son de ella. Por esa razón, los pequeños deben irse a dormir temprano.

En ese momento, los cipotes que estaban con la oreja bien levantada se fueron a refugiar entre las naguas de sus madres y algunos, inclusive se fueron a dormir para evitar ser llevados por la llorona.

El abuelo, sabiendo lo que provocaban sus cuentos, sonreía y seguía como si nada.

— La carreta bruja es otro cuento que nos habla de una carreta embrujada que pasa en las calles sin pavimento y sus ruedas de metal rechinan al tocar con las piedras. Sus ejes rechinan porque no le has puesto grasa.

Se dice que el dueño de esta carreta hizo un pacto con el dios del inframundo para llevarle almas curiosas, chismosas y malintencionadas. Todo esto para darle poder, gloria y riqueza en la tierra. Entonces, si en las noches se escucha pasar cerca de tu casa a dicha carreta, eso significa que alguien de tu familia o tú tiene las características que se buscan. Por ningún motivo se debe de salir a ver que es lo que pasa afuera de tu casa. Como se dice: «la curiosidad puede matar al gato».

— Abuelo, es verdad que la palabra «pupusa» viene de tu lengua, el náhuatl.

— Claro que sí. Mi madre me hacía siempre «puxahua» que significa algo que se infla porque el queso que se utiliza hace que se infle. Es como una tortilla «tlaxkali», solo que tiene «conqué» adentro. No sólo me las hacía de queso, sino con lo que tenía a la mano: frijoles, chilipucas, peces pequeños, camarones, chipilines, moras, huevos o cualquier tipo de carne y hasta de chicharrones de cerdo.

A la tortilla tostada también les decimos: «totopostli» aunque, se le dice hoy en día «totoposte» a las tortillas gruesas y grandes. Antes, las tortillas y las pupusas se hacían con la semilla de ojushte. En lo personal, prefiero éstas a las de maíz o maicillo.

— ¡Ojushte! ¡Qué es eso abuelo! — Preguntó Carlos porque venía de otra zona. Y ahí no nacía ese árbol.

— El ojusthe es un árbol muy grande casi de cincunta metros de alto que da unos frutos de color café y del tamaño de un mamón o jocote. Está cubierto por una cáscara verde amarillenta que tiene por dentro una pepita. Un sólo árbol te puede dar más de diez quintales de fruto. Y con ello se hacen tortillas, atoles, tisanas y pupusas. La madera es igualmente muy apreciada.

— ¿Es el mismo que comemos con los mangos tiernos y en la horchata? — Carlos se había confundido con el alguashte.

— No, ese es el alguashte. Que es una mezcla de pepitoria de calabaza con otros condimentos que se usa en alimentos, frutas y comida. A mi me encanta en mangos, naranjas y jocotes. En las comidas, mi preferida es iguana con huevos en alguashte.

— Abuelo, verdad que todas las leyendas son mentiras para darnos miedo. — Dijo un pequeño valiente.

— Algunas son inventadas, pero otras nacen de un hecho historico. Por ejemplo, hace algunos años, pasó un suceso muy lamentable en esta región. Precisamente, se dio en medio del bosque del Imposible y cerca de San Francisco Menéndez, san chico como se le conoce. No muy lejos del lugar pasa el río llamado «sacramento». Ahí, un tipo que iba ser denunciado en la alcaldía, mató a machetazos a una madre y a su hija de quince años. El hecho conmocionó a toda la zona y luego, comenzaron a aparecer ciertas cosas extrañas en el bosque. Unos decían que vieron a una niña corriendo vestida con una túnica blanca; otras escuchaban gritos desesperados y de terror a ciertas horas de la madruga. Yo que he atravezado más de mil veces ese bosque y nunca he visto nada, pero en una ocasión pude ser testigo de esos gritos. Fue precisamente cuando comenzaba mi camino de los volcanes.

## La leyenda de la virgen del Imposible

Como les comenté, esta leyenda apareció después del asesinato de una madre y su hija. Ellas eran miembros de una familia muy querida de este pueblo. Tenían una tienda y su familia era numerosa. Más de quince hijos entre hombres y mujeres. La jovencita asesinada era la más joven y se llamaba: «Verge» y su madre «Chana». La niña era muy hermosa. Según supe, sus cuerpos siguen enterrados en el cementerio de San Francisco Menéndez.

Después de ese suceso, la familia se desintegró porque causó mucho dolor en el padre y en el resto. La tienda que tenían, poco a poco, fue desapareciendo porque el marido no tuvo fuerzas para seguir y sus hijos fueron formando sus hogares.

La historia comienza porque un tipo que había llegado de Guatemala. Unos decían que huyendo, otros que buscando hacer negocios. La verdad fue que el chico se enamoró perdidamente de la jovencita, pero la chica no aceptó ningún acercamiento porque algo en sus ojos le demostraba que tenía un alma negra y mala. La jovencita, en su pureza, parecía que tenía el don de ver las almas de las personas. Era muy querida porque siempre estaba atenta al dolor de las personas y era muy caritativa ayudándoles en sus penas.

El chico se empecinó y decidió que la jovencita sería de él, pasara lo que pasara. Una noche quizo robársela poniéndose una máscara para que no lo reconociera y por suerte, sus hermanos estaban cerca para evitarlo. La chica lo reconoció, pero cómo estaba enmascarado quedaron dudas al respecto. Sin embargo, la madre si creyó en la hija. Por eso, como el día siguiente tenían planeado un viaje al pueblo, aprovecharían para poner la denuncia.

La joven cometió el error de decírselo a una prima. Ella no sabía que ésta jovencita estaba enamorada del sujeto y que éste no le hacía caso por su culpa. Le contó sobre las intenciones sin conocer la maldad del individuo. Éste, como sabía que lo andaban buscando, no le convenía una denuncia. Así que se fue más temprano para salirles al paso. A medio camino, al cruzar el río, las interceptó y quiso llevarse a la fuerza a la jovencita, pero ambas mujeres pusieron resistencia por lo que el criminal las asesinó a ambas. A pesar de pedir ayuda a gritos, nadie llegó a su rescate. La ironía del caso es que la chica siempre estuvo atenta a la necesidad del prójimo, pero para ella, en ese momento, nadie llegó a brindarle ayuda.

Desde ese día, se dice que se escucha en la cima de la montaña del Imposible los gritos de la joven. Algunos dicen que si se tiene un problema imposible que resolver, piden la ayuda de esta joven virgen y ella suele ayudarles. Por eso se habla de la virgen de lo imposible en el Imposible. Antes se llamaba: Verge del imposible; pero, luego le cambiaron a virgen del Imposible. Según cuentan, muchos milagros se han realizado. Todos ellos se creían imposibles para los humanos. En mi caso, no sé si fue algo imposible, pero si estaba a punto de ser deborado por el jaguar de dos caras.

— ¿De verdad, abuelo?

En ese momento, las madres mandaron a dormir a los más pequeños. Los jóvenes se quedaron, entre ellos Carlos y su madre. Ahí, aprovechó para preguntarle al abuelo sobre él:

— ¿Qué te dijeron los espíritus sobre mi persona, abuelo?

— Me dijeron que te contara mi camino para que te sirviera de inspiración y preparación. Al final, tu decidirás si te preparas y si crees necesario hacerlo. Normalmente es un camino en solitario, peligroso y lleno de vicisitudes.

— ¿Por dónde comenzamos?

— Quizás haciéndote un resúmen de mi preparación. Como te dije antes, esos dos caminos: el de los volcanes y el camino de los ancestros son parte de nuestra cultura. Nacemos con ese propósito si deseamos ser parte del caminar de nuestro pueblo. Cada individuo es un paso en ese sendero que nos lleva la intimidad con el dios de la vida. Estamos en constante comunicación con él a través de sus enviados que nos indican el camino a seguir, nos aconsejan de los acontecimientos, presentes y futuros, y nos acompañan en nuestro peregrinaje por la vida.

El dios de dioses habla a su gente todos los días y a todas horas. Él abre su puerta de comunicación en tres momentos especiales: a media noche, a las tres de la mañana y a las seis. Hay algunos seres que han nacido en esos momentos y se consideran que son una respuesta directa a nuestras preguntas o incognitas.

— ¡Tu dijiste que nací a la media noche!

— Es verdad, por eso estás aquí. Eres una huella en el camino de mi pueblo, una respuesta a una pregunta. Es importante que te encuentres para que ayudes a tu pueblo.

En ese momento, una sonrisa de luz se iluminó en el rostro del muchacho porque su espíritu había recibido una respuesta a sus preguntas internas.

El abuelo prosiguió como si no lo hubiera interrumpido.

— Por ejemplo: Yo nací a media noche y nací muerto. Sin embargo, el dios de la vida me dio otra oportunidad. Desde chico supe que era alguien especial para mi pueblo y todos a mi alrededor estaban conscientes de ello. Por esa razón, supe a temprana edad que debía prepararme adecuadamente para cumplir a cabalidad mi mandato de guiar a los a míos en el camino correcto.

Yo no puedo ir a la gente, es la gente que debe venir a mi. Cada persona debe de tomar la iniciativa, ponerse de pie y buscar la respuesta. Nadie puede hacer cambiar a otra persona, el cambio debe venir del interior para que sea verdadero. Según mis ancestros, el ser humano está constituido en tres dimenciones: el cuerpo, el espíritu y el alma.

El cuerpo es lo que vemos, el espíritu es el motor que le da movimiento y el alma, la consciencia de sus actos. Todos tienen un crecimiento y sus diferentes etapas. Por eso, es importante alimetarlas adecuàdamente para que evolucionen. De lo contrario, si una de ellas no crece, la persona puede ser adulta, pero su espíritu sigue siendo de niño. El alma tiene una evolución diferente porque entre más sencilla y humilde se vuelve, más pura es su esencia.

Se podría decir que el alma mientras recorre la vida se va desnudando hasta quedar al mismo nivel de lo divino.

En nuestra cultura la mujer tiene un rol preponderante porque en ella recae el inicio de la educación de los pequeños. Ellas son las encargadas de educar en la fe, en el comportamiento con los demás y su pueblo. Ellas establecen las reglas y normas a seguir en nuestra comunidad. Educan en la sexualidad y las costumbres. En cierta manera, las mujeres trasmiten la esencia de nuestra cultura. Al entrar en la adolescencia, es decir: cuando la mujer tiene su primera limpieza interna y en el hombre, cuando su voz comienza a volverse ronca y desafinada.

Los ancianos y sabios, en nuestra cultura, son la culminación de nuestra raza. Ellos son los transmisores de la historia de nuestro pueblo a través de sus relatos, aventuras y aprendizajes en la vida. La tradición es parte importante en las culturas porque a través de ella se transmiten los valores, normas y experiencias para que los pueblos puedan avanzar. Eso sí, al llegar a cierta edad, se despiden de su pueblo y se marchan a buscar al jaguar de dos caras. Esto para no ser carga para los demás y despedirse con dignidad de este mundo.

La sabiduría de nuestro pueblo es trasmitida por ellos a las nuevas generaciones. El anciano no es un estorbo, sino un personaje a admirar y escuchar. En sus palabras hay mucha sabiduría porque han recorrido muchas lunas y entre más lunas tiene, más momentos de intimidad con Dios han tenido. Las pruebas que han hecho y han salido adelante demuestran que han aprendido mucho y han sabido interpretar las palabras de Dios. Es bien sabido que el necio y arrogante tiene un camino muy corto en la vida.

El niño o niña, a temprana edad, se les trata de igual manera en el hogar. Ambos son formados y educados bajo el mismo sistema. Aprenden los mismos conceptos y enseñanzas que ayudarán al individuo a salir adelante en su diario vivir. Aprenden a cuidar de su cuerpo, tanto física como espiritualmente. Se les enseña a descubrirse y conforme crecen, a cuidar de sus partes íntimas. Con el ejemplo, aprenden a construir una vivienda para vivir cómodamente. A recoger alimentos, guardarlos y prepararlos. A distinguir las plantas para saber utilizar sus bondades.

En nuestra cultura, la tierra es sagrada y debemos cuidarla porque siempre nos dará toda la medicina que nuestro cuerpo necesite, sólo hay que saber escucharla. Hay personas que tienen el don de escuchar las plantas o a los animales y otras a la tierra. Como te dije, cada individuo tiene un propósito en esta vida.

La tierra es la dadora de vida para todos los seres, por eso se le llama: la mama. Ella es la fecundadora de vida y todo ser capaz de fecundar, tiene especial importancia, como: las mujeres o las hembras de los seres vivos. Igualmente, todos aquellos que están enraizados a ella, como los árboles. El cedro, por ejemplo, es el más alto y el que más profunda tiene las raíces.

El ser humano, los hombres, somos de menor importancia por estar desprendidos de la mama. Al igual que los animales o seres vivos que deambulan sobre ella. Se dice que en sus entrañas se encuentra el inframundo, un lugar de oscuridad y tinieblas. Nadie lo conoce, pero se le teme porque el ser humano es un ser de la luz no de la oscuridad. En la oscuridad deambulan los seres del inframundo que salen a llevarse a los seres imprudentes. Los malvados no salen de día y sus fechorías las hacen bajo el manto de la noche.

En la preparación del hombre se le debe enseñar a estar en comunicación con la naturaleza, no atarse al tiempo, saber pescar o cazar, saber caminar de noche, dominar el arco y la flecha; saber moverse entre las ramas de los árboles, saber nadar y conocer los peligros más comunes y más riesgosos de la vida.

¿No sé si sabrás algunas curiosidades prácticas para sobrevivir en la montaña? Si no lo sabes, debes de poner mucha atención a la práctica de los que habitan esos lugares, por ejemplo: no todo animal sabe dónde debe beber agua buena. El caballo por ejemplo, nunca te tomará agua mala. Los pájaros se protegen del sol y en las plantas que están cerca del agua; los insectos se posan sobre los buenos hongos y huyen de los peligrosos; las cuerdas de un bejuco pueden soportar el peso de un hombre; es de suma importancia conocer las frutas salvajes para distinguir las comestibles de las peligrosas; debes aprender a crear fuego con algunas ramas y arbustos especiales que se encienden con facilidad; es importante saber escoger los refugios para pasar la noche; conocer el poder de las plantas para curarte y protegerte de algunos animales. Por ejemplo: los gatos huyen de la ruda. En su momento, yo utilice esa planta y otras astucias para escapar del jaguar de dos caras.

— Entonces, es verdad que existe.

— Claro que sí, es tan real como tu y yo. Te puedo dar fe de ello.

— Pensé que el rey cara chuca lo había matado.

— A uno de ellos, pero no a toda su decendencia. En el Imposible todavía se escucha su rugir. Durante el día se viste de jaguar y en la noche de pantera negra.

— ¡Yo conozco muy poco de plantas y árboles de esta zona! Acuérdate que no me he criado aquí. ¿Cuáles son los más comunes y a los que debo poner atención?

— Hay muchas, pero en tu camino encontrarás de manera más común, estos: el caulote que es antidiarreico, cura heridas o rasguños; el chichipince que sirve para curar cualquier dolor; el jenjibre por si te duele la garganta o tienes toz, al igual que la miel de abeja; el tempate, para las llagas de la boca y labios; la flor de muerto, para las yagas, salpullidos y verrugas; el ishcanal, que es un árbol con espina de dos puntas, sirve para el dolor de muela. Los clavos de olor, para el dolor de muela y para desinflamar. La ruda, para el dolor de cabeza y lo utilizan las mujeres para calmar sus dolores menstruales y como te dije antes, para hacer ahuyentar a los gatos caseros y salvajes.

Los árboles más conocidos son: el caoba, el cedro, la ceiba, el conacaste o guanacaste, el maquilishuat, el bálsamo, el tigüilote, el morro, el pino, el cortés negro, el flor de mayo, el laurel, el aceituno, el mamey, el pepeto, el oreja de venado, el almendro y otros.

En mi camino tuve que hacer uso de mis conocimientos de cocina para alimentarme: es necesario que conozcas algunas plantas comentibles que encontrarás, como: el chipilín, la pacaya, los pitos, las almendras, las moras, los pepetos, las paternas, las anonas, el aguacate, el nance, el ojushte, los capulines, los cerezos, los jocotes, las granadillas, los níspero, el aceituno, los coyoles, el izote, el tamarindo, los mango, el papaturro, los capulines y algunos más que se me quedan.

De igual manera, tendrás que acampar cerca de los ríos y ahí hay mucho alimento: imagino que sabes atrapar chacalines, punches, jutes, cacaricos, camarones, bagres, viejas, filines, plateadas, mojarras, etc. No creo que puedas atrapar comadrejas ni nutrias o castores que en algunas partes he encontrado.

— Si necesito cazar algún animal en los montes o entre los árboles, ¿qué debo buscar?

— Entre los árboles podrás encontrar: tucanes, quetzales, pericos, godornices, palomas, carpinteros, torogoces, guacamayas, tecolotes, talapos, loros, iguanas, garrobos, tenguereches, ardillas, monos y otros.

En el monte, te diría que ahí encontrarás: conejos, tacuacines, pumas, gato zonto, jaguares, venados, tigrillos, ocelotes, pavos o guajolote o chumpe, zarigüeyas, etc. Eso, sí, debes de tener cuidado de los escorpiones, alacranes, arañas, culebras, hormigas rojas, abejas y sapos que su leche no es nada agradable y si te cae te puede causar dolor abdominal o tocarte el sistema nervioso.

—¡Veo que tengo mucho que aprender!

— Te has saltado una parte de tu vida, aunque imagino que tu madre te habrá ayudado en algo. Ella es muy buena educando.

— He hecho lo que puedo. Mucho de lo que le has comentado, él lo conoce. Su padre, de igual manera, le ha enseñado bastante. Quizás no de acuerdo a nuestra cultura, pero de igual forma su cultura tiene mucha enseñanza parecida. Sin embargo, ellos no tienen esos dos caminos. Por esa razón estoy aquí, para dejártelo y que le muestres el camino.

— ¡Entiendo! En ese caso, comenzaré hablándote de mi camino entre los siete volcanes. El primero de ellos, es el volcán de la anciana. Se dice que es el más alto y por eso, ahí es donde se está más cerca del dios de la vida.

En este caminar por entre los volcanes, se sube y se baja. Sin embargo, en la subida como en la bajada se tiene que bajar para volver a subir o subir para volver a bajar, como en la vida. Es algo así como reaprender una lección que no se ha dominado. Como te dije al inicio, mi caminar debutó en la tierra de los guanacos, pasando por la Hechadura que hoy en día se conoce como la Hachadura: luego, me dirigí a las tierras del rey cara chuca y visité el reino de la virgen del agua. Como estaba cerca de Acajutla que antes se llamaba Akaxotlan o sea lugar de balnearios o junto a la alberca, decidí visitar el lugar. No quise ir a Sonsonate o Sensunapán que significa río de muchas aguas o de muchos ojos de agua porque deseaba despedirme de mis padres para luego ir al bosque del Imposible.

El camino de los volcanes comienza a orillas del río paz y se termina frente a las playas del golfo de Fonseca. Mi camino fue muy diferente al camino de mi padre y el tuyo será, seguramente, diferente. La respuesta quedará en tus manos.

Siguiendo mi vocación, te contaré en detalles los pasos que hice siguiendo el camino en los volcanes inspirados por los mandamientos de los dioses que en su momento me dijeron a dónde dirigirme. Sin embargo, hoy me siento cansado y cómo es una historia larga, seguiremos mañana.

Te diré algo para que lo medites: el camino de los volcanes, normalmente, se hacía caminando, pero en ciertos lugares era indispensable cruzar por lianas o bejucos, saltando de árbol en árbol, nadando o a través de canoas o lanchas pequeñas, a caballo y en algunas tramos, en el lomo de burros. Los caminantes no llevaban muchas pertenencias, sólo lo necesario para el camino.

# EL CAMINO DE LOS VOLCANES

Según la tradición de la cultura Cotzumalguapa, cuando el joven adulto daba indicios que se apróximaba a la siguiente etapa en la evolución de su persona, dejaba el seno familiar o mejor dicho, dejaba de estar bajo el cuido de su madre para pasar al cuido de los hombres adultos y ser educados en las artes de la defensa personal, la guerra y el trabajo como miembro de una comunidad. Luego, cuando se considera que estaban listos y preparados, se les enviaba a que hicieran el camino de los volcanes para que descubrieran su verdadera vocación o sea, el mandato divino para el cuál habían sido creados y de esa manera, acercar a su generación a la divinidad añorada.

El camino de los volcanes es una manera de encontrarse así mismo, descubrir que no se está solo en este mundo y que se es parte del cosmos en el cual habitan todos los seres, incluyendo las divinidades. Es un caminar difícil , arduo y complicado, razón por la cual muchos no llegan a culminar su meta. El joven que logra culminar ese camino, se considera un hombre honesto, verdadero y valiente.

# I

## EL VOLCÁN DE ILAMATEPEC
## (CERRO DE LA ANCIANA O VOLCÁN DE SANTA ANA)

(Antiguamente el volcán de Santa Ana era conocido como: volcán de los Izalcos, volcán de Fuego y volcán de Sonsonate)

*«Se dice que en el vientre de este volcán habita el dios de la vida, aquel que vela porque toda la creación sea símbolo de amor, unidad y armonía».*

El recorrido hacia el volcán llamatepec

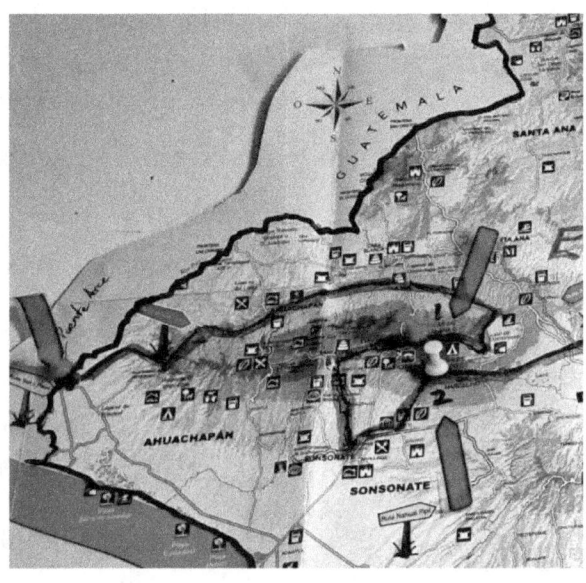

Este primer tramo del camino de los volcanes tiene sus inicios en la frontera Puente Arce, bajo el árbol de guanacaste, a unos pasos del puente que sirve de frontera entre Guatemala y El Salvador. Ahí dónde los guanacos y chapines, un día, se declararon la paz por considerarse hermanos al pertenecer a una misma cultura, *Cotzumalguapa*.

A esa corriente de agua, en un momento dado, se le llamaba: *la serpiente que se esconde entre los montes* porque al verle desde las cumbres de las montañas, daba la impresión de ser una culebra. Luego, a partir del suceso que marcó a ambos pueblos y la declaración de paz, a ese caudal se le comenzó a llamar: el río de la paz y, con el paso del tiempo, terminó quedándole: río paz.

El árbol de guanacaste ya no está de pie al borde de la ribera, una llena lo arrancó y ahí creció una ceiba. En ese lugar había una ladera con una pendiente que llevaba a un arenal, pero las crecidas del río en invierno, poco a poco, fueron eliminándola hasta casi cubrirla por completo. En el recodo del diablo, dónde existen los siete remolidos que se tragaron a los pleitistos, se construyó un puente de metal que llamaron: Manuel José Arce. Más arriba, dónde se pelearon los cipotes, la corriente del río sigue brava, pero a un costado, han creado unas bellas posas de agua dónde, en verano, suelen ir a bañarse para sofocar el calor.

Las estatuas de piedra fueron destruidas y arrastradas por la corriente. Los árboles de maquilishuat o maculis con sus flores rosadas, el cortés blanco con sus flores amarillas y el árbol de fuego con sus flores anarajandas igualmente fueron arrastrados.

El lugar es conocido, como: la Frontera de la Hachadura, pero el pueblo pegado al río y en la parte salvadoreña, se llama, simplemente: Puente Arce. Del lado, guatemalteco, el pueblo de la frontera, se llama: Ciudad Pedro de Alvarado.

El recorrido del camino de los volcanes, comenzaba al pie del árbol de guanacaste o conacaste. Hoy se realiza bajo la ceiba porque ha crecido enorme y frondosa. Al pie de sus raíces se pide permiso para dar el primer paso en busca de la vocación personal.

En los tiempos de esta historia, en casi todo el camino de los volcanes, no había carreteras, sino caminos vecinales o simplemente, se hacía a través del monte. El conocimiento, la inteligencia y la creatividad se volvían necesarias. Muchas veces, se hace necesario subir a la copa de un árbol, utilizar bejucos o ver las estrellas para orientarse. Por esa razón, muchos se perdían o terminaban en lugar distantes.

Los lugares más conocidos por dónde guiaron, al abuelo Félix, los dioses en este primer tramo, fueron: el caserio Puente Arce, el caserío Talpetate, el bosque del Imposible, Tacuba, Ataco, Ahuchapán (los ausoles); Chalchuapa (el Tazumal) y Coatepeque (el lago de Coatepeque y la isla Teopán) y la cima del volcán Ilamatepec.

## El dios de la vida

El dios de la vida es la deidad que está relacionada con toda la creación e íntimamente estrecha a la madre tierra como la dadora de vida por excelencia.

Los pueblos indígenas le llaman: «la mama». La que nutre y alimenta a todos sus hijos sobre la tierra. Es al mismo tiempo un dios padre y madre, porque engendra, alimenta y protege. Es compasiva, paciente, bondadosa y misericordiosa.

El dios de la vida es el creador de los mares, todo sobre la tierra y el cielo con sus astros y estrellas. Su creación puede ser contemplada por nuestros ojos, como por nuestra alma. A él le debemos nuestra vida por entero. Él es el dueño de la vida porque nos creó para que tengamos una oportunidad de ser casi como él, una deidad.

Se dice que estamos en esta tierra para acercarnos espiritualmente a su divinidad. Cada generación está obligada a dar un paso al frente para continuar en ese camino que lleva al hombre, como ser humano, hacia la perfección.

## Bajo la sombra del guanacaste
(*Ahí, dónde se firmó la paz entre guanacos y chapines*)

Al día siguiente, el abuelo con sus nietos habían ido nuevamente al peñón desde dónde miraban la costa del océano Pacífico y las curvaturas o movimientos del río paz metiéndose o saliendo de los árboles.

Esa tarde, pintando a noche, el panorama estaba de ensueño. El sol parecía que deseaba pintar con sus últimos rayos cuadros de purpura y oro; se había vestido de un rojo intenso y, poco a poco, iba buscando la línea del horizonte. Los azacuanes cruzaban en manadas deslizándose sin perder el orden por los aires rumbo a su práxima cama. Las nubes que, en ciertos momentos, dibujaban figuras mágicas que los niños jugaban a descubrir, animaban el espíritu del anciano. Los nietos hablaban cómo deseando transmitirle al abuelo todo aquello que ellos observaban. Los grillos que con sus cantos melodiosos comenzaban a avisar que la noche se acercaba, ponían un toque de misterio en el ambiente. Los zancudos, por su parte, comenzaban a ronronear al borde de los oídos. La mirada triste del abuelo mostraba el pasar del tiempo y el silencio aprovechaba para invitarlo a abrir su espíritu para que las hadas de la inspiración abrieran sus alas al viento.

En determinado momento, sin dar aviso, el señor comenzaba a hablar y el resto de los presentes callaban como obedeciendo un mandato divino. La inspiración del anciano, poco a poco, iba desenvolviendo sus alas para alzar el vuelo hacia lo desconocido, mágico y místico:

— ¡Cómo todo joven imprudente! — Lanzó la frase, cómo para llamar la atención, y dejó unos segundos en el vacío para luego continuar. Sonrió, tímidamente, y agregó: ¡Creía que estaba preparado para debutar el camino de los volcanes! — Mostró en su rostro una sonrisa ingenua— ¡No era el caso, pero la vida es sabia! ¡En verdad no estaba preparado! Creo que nadie lo está, pero si desea hacerlo, debe comenzar un día. Nadie sabe que tan profundo es un río, sino se lanza y se pone a nadar. En el camino, la vida te va ofreciendo todo lo que necesitas para avanzar.

Mi maestro se ocupó de bajarme de las nubes, me bajó de golpe a la tierra. Me dijo: «En la vida, no sé puede ir saltando etapas. Los pequeños no comienzan andando ni corriendo. Un paso a la vez. Cada peldaño en la escalera de la vida es un aprendizaje; si no te tomas el tiempo para aprender lo que debes, es la vida misma que te baja para que vuelvas a hacer el recorrido. No todos sabemos discernir cuando la vida nos dice: ¡Vuelve a comenzar!»

Por esa razón, a pesar de haber estado ahí en la costa, me obligó a volver dónde se firmó la paz. Simple, antes de comenzar el camino, hay que pedir permiso para hacerlo y yo, no lo había hecho.

El camino de los volcanes no es un simple caminar. Encontrar la vocación es fundamental en la vida. Muchos van como vagabundos herrantes sin conocer cuál es el mandato que el dios de la eternidad nos confía para ayudarlo en su misión de acercar a nuestra generación y las siguientes, a dar un paso más hacia el encuentro con su divinidad. Todo hombre está obligado a ser divinidad o por lo menos, dar un paso en esa dirección.

El camino de los volcanes es una escalera que sube y baja de manera física y al hacerla de manera correcta, te lleva al cielo de la verdad. Cada paso que se da, es cómo quitarse una necedad espiritual, una neblina de la razón o una suciedad del alma. Es raro aquel que no desee en lo más profundo conocer la verdad de su destino.

En este camino es importante ser humilde para ser corregido; dócil para aprender y fuerte para sobreponerse a la adversidad. En ese momento, me recordé del rey cara chuca y su soberbia; la virgen del agua, Chasca, y su desobediencia; y la fuerza del amor entre dos pueblos que debe ser signo de paz.

Me dijo: «todo comienzo debe de tener algo especial, al igual que cada cima alcanzada». Se tiene que seguir un ritual en cada paso o peldaño, en cada pico de volcán y en cada profundidad. La manera de conversar o comunicarse con los dioses es a través de la espiritualidad. Muchos no saben cómo abrir las puertas de la espiritualidad porque no es fácil abrir el espíritu. Por esa razón, todo sabio o maestro en nuestra cultura siempre debe de tener entre sus pertenencias: incienso para ayudar a elevar las oraciones; una indumentaria blanca que significa la pureza, pequeños objetos como plumas de aves majestuosas como el quetzal o el torogoz; semillas, flores, dientes y huezos para demostrar que eres parte de la creación; de igual manera, la utilización de menjurjes llamados «carne de los dioses». Éstos son preparados a base de hongos y cacao cuando se van comer; con tabaco o resina, si es para fumar. En todos los rituales, se tiene que tener en cuenta a los cuatro elementos esenciales para la vida: la tierra, el agua, el fuego y el aire. Al igual que dirigirse a los cuatro puntos cardinales: Norte, Sur, Este y Oeste.

Los rituales tienen en su contexto: ofrendas, gestos, cantos, danzas y oraciones. Siempre se tienen que hacer en lugares dónde se siente la cercanía de los dioses o sea: en la base de un gran árbol, al pie de un nacimiento de agua fría o caliente, frente a un lago, en la boca de un volcán o en la intimidad de una cueva. De preferencia se debe hacer a cielo abierto, salvo en tiempos de tormentas.

En el caso del camino de los volcanes, la tradición ancestral indicaba que aquel que deseaba hacer el camino se tenía que bañar en las aguas del río que había servido para que dos pueblos obtuvieran la tranquilidad. Ese manantial era considerado sagrado porque sus aguas representaban la vida y la muerte. En el fondo significa un nuevo comienzo. Dejar un pasado para comenzar una nueva vida.

Muchos seres habían perdido la vida ahí y de igual manera, sus aguas representaban la vida para la creación de su ribera. El río de la paz entre dos pueblos, era el inicio del camino de los volcanes. El ritual indicaba que bajo la sombra del árbol sagrado, el guanacaste, se pidiera la protección. Luego, se debía sumergir siete veces bajo el embrujo de la luna llena que significaba morir a las faltas de amor en contra de los siete deidades que gobiernan nuestro cuerpo y espíritu: el dios de la vida, la luz, la belleza, el bien y el mal, las almas, el amor carnal y la esperanza.

El día que decidí hacer el camino de los volcanes, mi madre y mi padre me ayudaron a preparar la matata y todas las cosas que necesitaría. Mi madre lloró al verme partir porque sabía que, posiblemente, sería la última vez que me vería. Mi padre, en cambio, me dijo: te espero para que me cuentes tu aventura, sé que eres capaz y confío en ti.

Muchos no habían terminado el viaje, otros se habían desviado del camino y muy pocos, habían vuelto a agradecer a sus progenitores.

Mi primer parada sería el árbol de guanacaste al pie del río paz. En ese tiempo, habían comenzaban a construir un puente de concreto sobre el río de la paz, precisamente al costado del recodo del diablo. El caserío había crecido y casi no se veían personas con mis razgos, la mayoría eran mestizos.

En las tierras de la «La Hechadura», cómo se le solía decir antiguamente, pero que con el tiempo se le cambió a La Hachadura. Los vestigios de nuestra cultura casi no se veían porque estaban ocultos por el monte y la tierra. Yo sabía de su existencia porque mis antepasados hablaban mucho de esos lugares.

— Tengo una curiosidad, ¿qué llevabas en tu matate de viaje? Según entiendo, el camino es largo y peligroso.

— La verdad, muy poco. Entre más ligero estés, más lejos podrás llegar. En la matata, solamente, llevaba: una hondilla, una bola de cáñamo, una manta, una bolsa con menjurjes naturales o sea: yerbas medicinales y algunos polvos especiales para la ceremonia; mi sombrero, el machete y mis sandalias de cuero.

El día siguiente, bajé al lugar conocido como: Frontera Puente Arce. Ahí busqué a uno de los más ancianos del lugar. Mi padre me había dado una referencia, se trataba de un anciano que comercializaba con granos y productos básicos. Se llamaba Eugenio y según me contaron, no era oriundo de la zona. Su nombre tenía el significado que estaba en relación a mi camino: de nacimiento noble. Aunque era mestizo, conocía nuestras tradiciones. En mi caso, necesitaba de alguien que conociera sobre el camino de los volcanes. Según mi padre, el señor había acompañado en una primera etapa a un conocido. El tipo se veía de muy pocas pulgas, pero luego me di cuenta de su valor espiritual.

No fue difícil encontrarlo en el lugar porque el pueblo era pequeño y casi todos se conocían. Claro que antes de buscar a dicha persona me di un pequeño recorrido por la zona. Busqué, específicamente, algunos lugares que recordaba según las historias escuchadas, tenía especial curiosidad sobre el árbol de guanacaste, el recodo del diablo y sus siete cuevas, los árboles de ixcanal al otro lado del río y el puente que estaba en construcción.

Curiosamente, al conversar con algunos habitantes, me di cuenta que las historias, cuentos y leyendas seguían surgiendo para enriquecer la cultura popular. Así fue cómo me hablaron de dos personajes peculiares: el cipote rezador y el diablito.

El primero nació porque había comentado que en mi primera noche escuché unos gritos muy fuertes que parecían alaridos que provocaban que la piel se pusiera eriza.

El cipote rezador

Según me comentaron, este cuento se trataba de un niño que tenía pánico a la oscuridad, pero que era muy inquieto, pleitisto y atrevido.

Un día se había ido a visitar a sus primos, al otro lado del río, al pueblo llamado «El Naranjo». Era de tarde y los trabajos del campo habían terminado. Los niños, aprovechando la montaña de olotes a un lado de la calle polvosa, se pusieron a jugar a la guerra. Era tiempo de la cosecha de maíz y, en ese lugar, pelaban y desgranaban las mazorcas dejando a un lado un volcán de olotes.

En esa ocasión, habían hecho dos bandos, en un lado estaba nuestro guanaco con sus primos chapines y al otro, amigos y vecinos, todos chapines. La guerra comenzó de lo más lindo. La lluvia de olotes se veían pasar de un lado al otro de la calle polvosa. Ambos bandos se escodían detrás de árboles de mangos, naranjas, mandarinas, almendros, jocotes y papayos.

El caso fue que en el bando de los chapines, el arsenal de olotes se había acabado y decidieron romper la principal regla de juego, utilizar sólo olotes y agarraron piedras de río, esas que son negritas y lisas.

La mala suerte fue que la primera piedra cayó en la espalda de un primo del guanaco. El chapin se puso a llorar y el primo, al verlo sufrir, se enojó y quiso devolver la ofensa con la misma piedra. Sin pensarlo dos veces, agarró la roca e hizo el mate de lanzarla, advirtiéndoles que habían roto la regla. Los chapines le dijeron una frase que le molestó más: «en la guerra y en el amor, todo se vale». Volvieron a lanzar piedras sin mayores consecuencias.

Así que, el guanaco, volvió a hacer el mate o fingir lanzar la piedra y los adversarios se tragaron la mentira. Los chapines «*se fueron chuco*» con el ademán y se escondieron. El guanaco aprovechó para lanzar la piedra con una curva perfecta y cuando uno de los chapines sacó el rostro para ver a su contrario, la piedra cayó justo en la coronilla de la cabeza provocando de inmediato un chorro de sangre que comenzó a bañar «la *chontoca* del *bicho*». La cabeza se volvió roja.

Los gritos de dolor, pánico y miedo alertaron a los adultos, sobre todo a la tía del visitante que según cuentan, tenía un carácter del demonio. El guanaco le tenía pavor a la señora. Así que previniendo una reprimenda bien ganada, se adelantó a la situación y salió corriendo en dirección de su casa que quedaba como a diez kilometros al otro lado del río paz.

Como a cincuenta metros de distancia se quedó estirando el pezcueso como venado arisco observando la situación. Listo para salir en *guinda*. Cuando la tía preguntó sobre el culpable de dicho acto, todos señalaron al guanaco. Cuando dio la orden de traerlo para castigarlo, el pequeño agarró camino rumbo a su hogar como alguien que lleva *una brasa ardiente en el trasero*. Los perseguidores no pudieron darle alcance por dos razones: lo protegían de la tía simulando que lo perseguían y que la noche había caído como plomo en el agua. Conociendo al chico y su miedo a la oscuridad, supusieron que se regresaría. Sin embargo, ellos no sabían que era más fuerte el miedo a los castigos de la tía que el miedo a la oscuridad.

En un momento dado, el chico se encontró trotando con el corazón en la mano sobre un camino angosto que recorría un alambrado de púas y chaparrales a los costados. El miedo a la tía había provocado que se olvidara que estaba solo y en medio de la oscuridad. Cuando se percató y se dio cuenta del detalle, se detuvo casi paralizado sin saber qué hacer. Se puso a analizar rápidamente dando pequeños pasos hacia adelante y se dio cuenta que ya estaba *subido en el macho* de su huida y no podía volver atrás. Así que decidió continuar su camino diciéndose que no debía ver a los costados, centrarse en el camino que apenas ilumnaba la luna y cerrar los oídos para no escuchar a los animales nocturnos, sobre todo a los grillos, sapos y murciélagos que pasaban muy cerca, de vez en cuando. Se decía: el miedo entra y se hace grande cuando se le da importancia.

Además, aunque no era muy practicante, pero que gracias a su abuela, decidió darse valor, poniéndose a rezar la única oración que se conocía: «el Padre nuestro». El tipo fue agarrando valor al repetir dicha oración y hasta le agarró ritmo poniéndose a cantarla mientras trotaba. El muchacho iba muy campante repitiendo la oración, cuando de repente se paró en una culebra, según él era una cascabel porque le pareció escuchar los casquillos de su cola. El movimiento del cuerpo del réptil bajo sus pies provocaron pánico y sacó un grito de terror y angustia que se escuchó en toda esa zona, era cómo una advertencia de la presencia del maligno. Aquellos que la escucharon el grito, de inmediato detuvieron su mundo y su subconsciente los puso en alerta sobre un posible peligro inminente. Todos se quedaron a la espectativa y detuvieron su actividad. Sus corazones comenzaron a palpitar como tambor batiente. Se podría decir que estaban sobre un barril de pólvora esperando una chispa.

El chico salió corriendo del lugar cómo cohete sin dirección hasta que su cuerpo le dijo que se detuviera porque no podía más. El muchacho se acurrucó para respirar y recuperar fuerzas, el miedo le provocó que escuchara que la culebra estaba persiguiéndolo y comenzó a correr de nuevo repitiendo fuerte y rápido la oración de protección.

A los minutos, unas personas comenzaron a caminar despacio y con un miedo a flor de piel. Comenzaron a escuchar cierto murmuro que crecía como la espuma. Su caminar pausado y pesado hacia pensar que llevaban una bomba en sus manos a punto de explotar. No hacia falta gran cosa para que eso sucediera. Alguien dijo: ¡Escuchan algo! Todos pararon sus orejas y confirmaron el hecho quedándose a la espectativa.

El chico corría con el corazón en sus manos sin ver muy lejos. De repente, notó unos bultos delante de él y se detuvo en seco sin saber qué hacer. Las personas, por su parte, al escuchar la oración de manera agitada se detuvieron abriendo grandes sus ojos como queriendo atravesar la noche. Sus oídos abrieron sus antenas y subieron al máximo el volúmen. De repente, todos vieron frente a ellos, algo que se movía como creciendo y bajando. La imaginación se puso alas y comenzó a crear imágenes en las mentes miedosas de aquellas personas.

El guanaco se agachó poniendo sus manos sobre su rodilla para respirar mejor. Luego, se enderezó para tratar de ver más lejos. Esa acción fue interpretada por las personas como un ser que se hacía pequeño y crecia. En un momento dado, ambos lados se quedaron a la espectativa sin saber qué hacer o pensar.

El cipote levantó sus brazos como alguien que se rendía. En ese momento, el mensaje transmitido era recibido de manera errónea. El silencio se puso pesado y aterrador. Las personas se habían mantenido firmes porque estaban en grupo, no así el chico. Ambos estaban al borde del colapso. Era algo así, cómo decir: ¡El que se mueve pierde!

El niño como estaba cansado y asustado, lo único que hizo fue respirar profundo y dar la impresión que daba un paso al frente mostrando como que quería tragarse todo el aire de su alrededor. Pronunció fuerte: ¡Padre Nuestro que...! Al escuchar la oración, entonada fuerte y con cierto temblor por el miedo. Una de las personas, cedió a la presión y emitió un grito de miedo que provocó el pánico total en el grupo. Exclamó: ¡Es un espanto!

El chico agitó las manos cómo diciendo: «No se asusten, no pasa nada». Sin embargo, las personas descifraron otra cosa. El grito y los gestos detonaron la bomba del miedo. Todos los miembros saltaron la cerca de púas, se metieron en los matorrales y algunos quedaron paralizados cerrando los ojos deseando ser invisibles. El guanaco, como no tenía otra opción y al ver la reacción de la gente, en lugar de gritar se puso a reír nerviosamente provando que unas personas al sentirlo pasar cerca, se orinaran del susto.

Por alguna razón, no tuvo miedo, pero no se quedó parado. Siguió su camino corriendo rápido y riéndose por lo que había visto. Antes de llegar a la orilla del río, había una arboleda tupida y como iba riéndose por lo sucedido, no se percató que adelante estaban unos jinetes que se habían quedado a la entrada del camino decidiendo si seguían o no porque habían escuchado los gritos. Los caballos estaban inquietos y se negaban a entrar en la arboleda. Mientras trataban de controlar sus animales, el chico llegó de improviso y se vio metido entre las patas de las bestias que al sentir su presencia, se pusieron a relinchar. Los jinetes para darse valor, sacaron un arma y lanzaron disparos hacia el cielo provocando que los animales se desbocaran saltando montes, cercas y piedras.

De milagro, el guanaco no fue alcanzado por alguna patada de los animales ya que el tipo estaba debajo de ellos.

En ese momento, el pequeño decidió atravesar la corriente del río paz que, en ese tramo, no era más profundo que sus rodillas. Al estar en territorio guanaco sintió más tranquilidad al estar en territorio conocido. Sin embargo, no bajó su ímpetu y su capa de fuerza, la oración. Él no se dio cuenta, pero todos aquellos que lo escuchaban a su paso, se quedaban calladitos como deseando no ser testigos de algo anormal, un niño corriendo en plena oscuridad y rezando una oración conocida.

De manera campante, como a la media hora, el chico llegó a su casa dando de qué pensar a sus padres porque no daban crédito a su aventura. Después de ese día, los pobladores hablaban del cipote rezador que recorría las riberas del río paz, gritando y asustando a la gente que andaba por los alrededores.

## El diablito

De igual manera, me contaron la historia de un niño que solía ser muy pícaro y con mucho tintes de maldad en sus actos por lo que se había ganado el apodo de diablito.

Supuestamente, el niño había nacido sin la presencia de su padre y su madre, trabajaba vendiendo sus servicios en un salón del pueblo. El pequeño junto a sus otros hermanos, se había criado bajo la sombra de personas adultas que no tenían una buena reputación. Todos eran vagos, ladrones, asesinos y verdaderos maleantes. Así que su enseñanza en la vida había sido dada con gente que vivía en la oscuridad.

Nadie sabía dónde dormía ni si comía, tenía frío o necesitaba algo. A pesar de eso, el jovencito tenía algo especial, se hacía querer y era apreciado por aquellos que lo conocían. Curiosamente, siempre estaba sonriendo. El chico, al crecer sólo, se había hecho de un caracter fuerte y sus valores no coincidían con los del resto de personas. Por esa razón, los adultos maleantes se aprovechaban para utilizarlo haciendo cosas negativas en contra de algunas personas. Aprendió a ver la muerte como algo normal en animales, plantas y personas.

Con el tiempo, su reputación creció en el ámbito delincuencial por toda la zona. Así mismo, sus detractores y enemigos crecieron de manera exponencial. Llegó un momento que hasta los que se consideraban amigos, le tuvieron miedo porque les demostró que aún aquel que estaba junto a él, no estaba seguro. Él no confiaba ni en su sombra y él mismo decía que su espíritu se lo había entregado al señor de la ultratumba.

Un día, unos amigos le tendieron una emboscada y el tipo terminó matando a sus adversarios sin que persona supiera como lo había hecho. Desde ese día, decían que había hecho un trato con el mismísimo demonio. Su apodo calzaba perfectamente con su vida.

El tipo tenía una reputación bien hecha en toda la zona. La gente decía que debía varias muertes y que, en algún momento, pagaría su deuda. Pues bien, según cuentan, su final quedó en el misterio porque no se supo si, verdaderamente, murió. Un día, le vieron ir a bañarse al río paz con una chica y no se supo más de ambos. A los días, lejos de la zona, se encontró en la orilla del río un cuerpo hecho mil pedazos, imposible de reconocer. Por los vestigios de la ropa, supusieron que era él porque nunca se le volvió a ver.

## La ceremonia de iniciación

En el caserío Puente Arce, más precisamente bajo la sombra del guanacaste, me dispuse a esperar el momento que los dioses decidieran darme la señal para comenzar la ceremonia de iniciación para recorrer el camino de los volcanes. Varios elementos se tenían que alinear para dicha iniciación: haber luna llena, alguien que sirviera de sacerdote espiritual y sumergirme siete veces en el agua. En dicha oración se piden tres gracias: humildad, sabiduría y gratitud.

El día indicado, en su oración, el señor dijo, saludando a los cuatro puntos cardinales y a los cinco elementos existenciales: «Dios de la vida, de la existencia de lo presente, pasado y futuro. Te saludamos tus hijos desterrados con la pretención de saludarte humildemente para pedirte la bendición de este noble caballero, para que se le permita comenzar el camino de los volcanes que lo llevará a encontrarse consigo mismo. Pido **la gracia de la humildad** para que absorba todo el conocimiento necesario para convertirse, en cada paso, en un hombre completo, capaz de conocer y reconocer sus fuerzas y debilidades; valorar el esfuerzo de su trabajo, cómo el de los demás; la escucha de las diferentes opiniones en su favor y en su contra sin juzgar al que se las diga; expresar sus ideas y opiniones sin temor a herir a sus semejantes. Que aprenda a despojarse de la soberbia, de los halagos, reconocimientos, alardes y ostentaciones. Pido **la gracia de la sabiduría y el conocimiento** para que aprenda a apreciar y valorar las cosas y sus causas; que en su corazón sienta el acierto intelectual, moral y espiritual de la vida; que tenga la capacidad de tener una buena perspectiva para hacer juicios sólidos sobre determinado momento; que aprenda a cuestionar las normas, pero que su rebeldía sea bien encausada en el bien de sí mismo y los demás; qué aprenda a ser abierto a las críticas y a no aceptar las cosas simplemente porque la realidad se las presenta como tal. Pido **la gracia de la gratitud** para que aprenda a reflexionar sobre su suerte, a aceptar las cosas buenas y malas que suceden en su vida, a aceptar los regalos que la misma naturaleza le ofrece cada día, como un nuevo amanecer, una lluvia fresca, un viento suave, un atardecer florido o un canto de la naturaleza. Para que aprenda a detenerse en el tiempo y el espacio de la vida para que cada paso que dé sea fruto de su amor por el camino; para que aprenda a aceptar los favores de aquellos que no están obligados a ofrecerle ese privilegio, que sienta gozo por lo que recibe aunque no sepa de dónde venga y que no sienta un peso en su alma al saberse elegido por la bondad del dios de la vida».

Al terminar su oración, nos dirigimos hacia el centro de la poza del río donde se encontraba el reflejo de la luna para ejecutar los siete sumergimientos. Sumergirse, en nuestra cultura, significa morir a sí mismo para renacer a la vida. La idea es despojarse de algo y salir purificado para comenzar un camino limpio. De ese modo, los siete hundimientos representaban los siete vicios, pecados o maldades que tenía aferrados a mi espíritu. En mi caso, fueron: la soberbia, la avaricia, la lujuria, la ira, la gula, la envidia y la pereza.

Al terminar, mi espíritu seguía en estado de complacencia y por eso, recibí ahí mismo el beneplácito o permiso de comenzar mi camino de los volcanes ordenándome no volver dónde mis padres y dirigirme a las entrañas del bosque del Imposible. Ahí tenía que converger con el jaguar de dos caras, la virgen del imposible y el árbol de la hermandad.

Al despedirme del señor que había servido como guía espiritual en la ceremonia de iniciación. Me comentó sobre algunas cosas que había escuchado de las personas que habían hecho ese caminar.

En su tiempo, me dijo, muchos jóvenes hicieron el camino de los siete volcanes y no pasaron la primera prueba de fuego que era enfrentar al jaguar de dos caras que se encontraba en las profundidades del bosque El Imposible. También, me habló de la virgen del imposible y que muchos le llamaban, la virgen de lo imposible porque les había ayudado a curar o sanar algo que para ellos era imposible. Lo curioso de esta virgen es que no necesitaban verla, rogarle o suplicarle porque la deidad conocía el sufrimiento de las personas y salía en su auxilio por pura caridad.

Según él, su espíritu deambulaba por las cimas de la montaña. El señor me dijo que él había sido testido de algunos milagros que habían ocurrido a personas de algunos pueblos cercanos, como: San Chico, Santa Rita, La Hachadura, Cara Sucia, Garita Palmera y otros pueblos. Inclusive, muchos lugareños de tierras chapinas habían ido a buscar la benevolencia de dicha virgen.

Antes de emprender mi camino hacia el bosque del Imposible, me indicó que el árbol de la hermandad se encontraba en lo más profundo de dicho bosque, lo descubriría cuando viera a cinco árboles unidos por un mismo tronco. Y que según sabía, en el centro de ese bosque, casi no penetraba la luz.

Al día siguiente, agarré rumbo hacia mi primer desafío: el encuentro con el jaguar de dos caras en el bosque del Imposible.

Según había escuchado, se tenía que bajar hasta lo más profundo de ese lugar y buscar el lugar llamado: el árbol de la hermandad o de los cinco hermanos. Se trataba de un árbol con cinco troncos unidos como si fuera una sola cepa. La leyenda hablaba de cinco hermanos muy atrevidos que habían desafiado los consejos de sus padres. Esas tierras eran consideradas sagradas y, solamente, podían ir aquellos que estaban dispuesto a realizar el camino de los volcanes o aquellas personas mayores que habían decidido entregar su vida al jaguar como ofrenda de dignidad. No era lugar para la aventura, ni para la caza o menos para hacer cosas extrañas. Los hermanos quisieron demostrar, a los ancianos y sabios, que estaban equivocados y se introdujeron en las profundidades del bosque. A medio camino iban, cuando una fuerte tormenta los agarró desprevenidos. Sin posibilidades de regresar por lo liso del precipicio, continuaron y en un momento dado, una corriente de agua y lodo, los arrastró hasta llevarlos casi al fondo del barranco. Calleron en un río y fueron arrastrados.

Los cincó hermanos, a pesar de estar en dificultades, se mantuvieron unidos y al final, lograron salir a la orilla en un recodo. Ahí se refugiaron al pie de un paredón que había formado una especie de cueva. Al verse a salvo, se alegraron y con sus habilidades encendieron una fogata para calentarse. La tormenta pasó y al verse a salvo, muy contentos decidieron continuar su aventura estableciéndose en ese lugar. según comenta la leyenda, ahí permanecieron durante una luna llena y durante ese tiempo, no vieron ni escucharon al jaguar de dos caras. Por esa razón, aducieron que no existía.

La última noche, decidieron hacer una ceremonia de despedida. Dicho acto estaba lleno de bebida y comida. Como de costumbre habían hecho una fogata grande y encendido algunas fogatas pequeñas en los contornos para mantener alejados a los animales nocturnos.

En el momento de la ceremonia, los personajes estaban banstante ebrios y algo atolondrados por el humo de los menjunjes ceremoniales. Al invocar a los espíritus, se escuchó un rugir muy fuerte y cercano. Los cinco hermanos se asustaron y agarraron sus armas de combate. Sin embargo, el silencio dominó el momento provocando que, después de ciertos minutos, se pusieran a reír al pensar que había sido parte de su imaginación, pero casi de inmediato se desató una tormenta muy fuerte que lanzaba gotas como si fueran clavos. Las fogatas se apagaron de inmediato y nuestros héroes se refugiaron en la cueva para cubrirse del agua.

Las corrientes comenzaron a bajar con una fuerza inusual, el río se volvió fuerte, peligroso y descomunal. Los chicos, como estaban con los efectos de la bebida y el humo, poco a poco, se fueron quedando dormidos uno a la par del otro. En un momento dado, en los costados de la cueva se comenzaron a crear canales de agua que, poco a poco, iban debilitando las paredes.

De las alturas, comenzaron a caer piedras, árboles y lodo. Nuestros personajes no se dieron cuenta del peligro que los asechaba por estar dormidos. Así que de un momento a otro, las paredes de la cueva cedieron y enterraron a los hermanos.

Con el tiempo, ahí nació un árbol con cinco brotes que con el pasar de los años, creció tan alto que sus copas lograban tocar la luz del sol. Por esa razón, se le llamó:«el árbol de la hermandad». Se dice que ese árbol sirve de refugio para las aves y animales de dicho bosque. Más aún, que ese árbol sirve de refugio del jaguar de dos caras.

Así que bastante decidido, llegué a los límites del bosque del Imposible. Desde la cima podía observar fácilmente y bastante cerca, la fila de azacuanes que llegaban del norte buscando calor para anidar en nuestra aguas cálidas. En la tierra de los volcanes se habían formado muchos lagos, lagunas y ríos que servían de albergue de aves y animales. Los habituales sopes rondaban a lo lejos los bordes de una montaña dando a entender que algún animal había entregado su alma al dios de la muerte.

Me dije: «la muerte anda cerca». Eso para poner en alerta todos mis sentidos y prepararme para mi aventura de vida. Un sabio me dijo un día: « un buen guerrero de la vida debe de aprender a utilizar todos sus sentidos para poder utilizarlos en los momentos de extrema necesidad. Es necesario conocerlos y desarrollarlos para que crezcan fuertes y dinámicos». En nuestra cultura creemos que el ser humano tiene siete sentidos a desarrollar: la vista, el oído, el habla, el tacto, el olfato, el movimiento, el corazón y el presentimiento. Los seis primeros son para tu entorno cercano, pero el corazón y el presentimiento son para el entorno lejano. A veces, tu presentimiento puede alertarte de algo que los seis primeros no pueden detectar y el corazón, igual, puede alertarte espiritualmente de algo que está sucediendo en la distancia. Por ejemplo, con algún ser querido porque estamos conectados espiritualmente.

Mis padres, durante mi infancia, habían tratado de ayudarme a desarrollar dichos sentidos y por esa razón, no me consideraba un novato. Cada uno de ellos estaba bastante desarrollado.

Entonces, comencé mi descenso hacia el corazón del Imposible. Mi objetivo principal era encontrar el árbol de la hermandad aunque no sabía si en verdad existía. Sin embargo, en mi interior tenía la certeza que era verdad porque la mayoría de historias de mi gente no habían salido de la nada. Todas tenían una base histórica y verídica. Además, el mensaje recibido era claro.

Así que con mucha dificultad fui bajando la montaña. Cada vez se hacía más inclinada y tenía necesidad de agarrarme con manos, pies y todo mi cuerpo. En ciertas zonas, pensaba que había tocado fondo, pero luego me daba cuenta de que no era verdad. Llegó un momento que la luz del sol apenas se veía en los pequeños claros que las hojas de los árboles dejaban penetrar.

En cierto momento, la luz desapareció y comprendí que tenía que buscar un refugio para pasar la noche. No sabía si había llegado al final. Sin embargo, sabía que la noche había llegado porque las aves habían buscado un lugar para dormir. Esa primera noche, casi no dormí por estar atento a la posibilidad de una visita nocturna, el jaguar de dos caras. Muchos decían que era un mito, pero según mi abuelo. En el lugar llamado «cara sucia», habían encontrado un disco con la cara del jaguar de dos caras que pertenecía al rey cara chuca. Eso daba fe de su existencia.

Al día siguiente, continué mi camino y me di cuenta de que no estaba ni a la mitad del descenso. Supe que en la cima de la montaña había llovido porque comencé a notar que pequeñas corrientes de agua comenzaban a descender de la cúspide. Me recordé del cuento de mi abuelo y busqué un lugar para refugiarme. De igual manera que los cinco hermanos, me albergué detrás de un gran muro. Casi de inmediato, las corrientes de agua se fueron convirtiendo en ríos que bajaban estrepitosamente las laderas de dicha montaña. Por suerte, esa situación no duró mucho tiempo, pero no me quise arriesgar porque la tierra había quedado frágil y suelta por el agua. Hice mi fogata y me quedé en el lugar.

Al siguiente día, con el canto de los pájaros y la poca luz que penetraba, me dispuse a continuar mi aventura. En cierto momento, toqué fondo porque llegué a un río que aunque no era muy ancho, pasaba por paredones de roca sólida que no permitían avanzar. Su corriente se vía fuerte y no sabía que tan profundo era. Así que después de reflexionar un poco y con la extrema convicción que debía continuar mi camino, no encontré otra alternativa que buscar un tronco seco, bofo y no muy pesado. Buscaba algo que flotara en el agua.

Con mi flotador, me lancé desde una altura de unos diez metros y al caer, me agarré del tronco que flotó de inmediato sacándome a la superficie. La corriente me comenzó a llevar río abajo pasando por paredones, acantilados y caídas de agua. De repente, llegué a un remanso y ahí, me salí del agua. Para mi sorpresa, me encontré frente al árbol de la hermandad. Cinco árboles con el mismo tronco. Era alto, fuerte e imponente. Me dije: « ¡Es verdad! El cuento tiene base real.

Me alegré mucho por dos razones: una, que había logrado salir del agua y dos, que la leyenda de dicho árbol se había convertido en algo verídico. Era algo así como cuando una promesa se vuelve realidad. En ese momento me convertía en testigo fiel de ese hecho. Tenía la obligación de darlo a conocer a las otras generaciones. Acuérdense que nuestra cultura tiene una base testimonial y se tiene que ir promulgando de generación en generación.

Me hice un lugar a un lado del árbol y me instalé con la firme convicción que estaba en el rumbo correcto. Era un sitio muy acogedor y lleno de vida; había hongos comestibles por todos lados, en el río muchos peces y crustáceos. De igual manera pude observar que los talapos, quetzales y torogoces tenían sus nidos en los paredones y árboles.

En mi camino había identificado algunas cotuzas, pajuiles y tigrillos. Yo caminaba con el ojo y el oído atento porque no deseaba que el jaguar de dos caras me encontrara desprevenido. Inclusive, llevaba cerca un manojo de ruda por si era necesario alejar algún gato.

Bajar a las profundidades del Imposible significaba estar cerca del inframundo. El mundo de los muertos y los espíritus. Según, la cultura indígena, todas las almas van primero a ese lugar al morir. Ahí, las almas sufren una especie de purificación antes de lograr transcender al mundo cósmico. También, se le conoce como el lugar de la eternidad dónde habitan las almas.

En el camino de los volcanes, bajar a las profundidades del inframundo significa estar cerca de las puertas que separan la vida y la muerte. Es descubrir el valor de la vida y por consiguiente, renovar el deseo de disfrutar el hecho de estar vivo.

Al instalarme al pie del árbol de la hermandad significaba que buscaba, en cierta manera, que el espíritu de solidaridad, amor filial y lealtad de los hermanos, me cobijaran en el transcurso de mi caminar por los senderos de los volcanes.

Sin embargo, el estar en ese lugar, igualmente traía su consecuencia negativa: validar la presencia del jaguar de dos caras.

Durante mi descenso, en ciertas noches, había escuchado un gemir de algo que podría identificar como un gato de monte o jaguar. Eso me indicaba que la presencia del jaguar de dos caras no estaba lejos, podía sentir su presencia asechándome en la oscuridad. Para ser honesto, su respirar provocaba que mi piel se erizara porque era frío, temible y aterrador.

Bajo el árbol debía esperar hasta que la luna llena estuviera en su pico más alto para celebrar la ceremonia del inframundo. Y esa noche fue muy especial porque desde muy temprano, el sol desapareció de la copa de los árboles. Un frío intenso se fue instalando atrayendo una neblina densa, extraña y misteriosa. Me dije: «creo que esta noche será especial». En mis adentros sabía que había llegado la hora para el encuentro tan esperado, dónde la vida prende de un hilo. Así que me preparé para hacer la ceremonia de los muertos, como me habían aconsejado los sabios. Encendí una hoguera, puse alrededor algunos cándiles, cené no muy pesado y bebí un poco de chicha. Es una bebida ancestral hecha de frutas concentradas, como: nance, marañón, panela de caña, raíces de güiscoyol, maíz y cáscaras de piña.

Además, le puse a la fogata algunos ingredientes especiales que se usan en las ceremonias que invocan a los espíritus, como: el incienso que lleva las oraciones al cielo, la flor de muerto que guía a las almas de los muertos por el inframundo y una mezcla de ajo, orégano y pimienta para condimentar el ambiente. Sin contar que uno de los brujos me dio una mezcla para elevar mi espíritu y que pudiera ver la cara de los dioses. Según me explicaron, esta mezcla estaba compuesta de hojas de pasote, pastora, hongos, piel de sapo, semillas de ololiuhqui y hojas secas de makutsin, creo que los meztisos le llaman: marihuana. Al poco rato, sentí que flotaba, me sentía bofo como una pluma cayendo en el vacío. En ese momento, me dije que era necesario prepararme y agarré mi puñal hecho de obsidiana, el machete me lo puse entre mis piernas y mi sombrero de capa ancha, algo caido para esconder mi mirada. En ese momento estaba sentado sobre mis tobillos y asotando el fuego con un *chilillo*.

Como es bien sabido, los bosques, montañas y ríos son considerados como sagrados por ser morada de los dioses terrestres. Es decir que me encontraba en el corazón de los espíritus. El agua del riachuelo que pasaba cerca provocaba un poco de sueño, el cantar de sapos y grillos parecían una sinfonía que llamaba a la meditación. Los búhos, tecolotes y murciélagos comenzaron a merocear el lugar. De repente, un silencio profundo se instaló en los alrededores y te juro que ni una hoja de los árboles se movía, todos los seres sabían algo que yo ignoraba. Sin embargo, mi sentido de la percepción captó algo no muy lejano.

En ese momento, me dije: ¡Ha llegado el momento! Respiré profundo y me dispuse a comenzar la ceremonia de las almas: Sentí como si una grieta se abría para dar la oportunidad a las almas a unirse a mi compañía para compartir su sabiduría y su amor. Pude sentir que se trataba de algunos ancestros, familiares y amigos. Sentí una paz gratificante inundar de gozo mi alma y, en cierto momento, me puse a agradecerles su presencia, su herencia y su compañía. Les hablé de los familiares y les pedí consejos para mi camino. Una voz me dijo suave: tienes que dirigirte a la cumbre del olvido.

Ese ambiente duró como unos quince minutos, luego se fueron marchando para volver a su mundo. Unas imágenes misteriosas comenzaron a aparecer y por mucho que trate de aclararlas con mis ojos, seguían nebulosas. En un momento dado, una especie de respiración cálida y con un olor especial como venido del más allá me tocó el olfato. Mi piel se puso eriza y mis sentidos alertas. Sabía que algo o alguien estaba cerca. A pesar que la llama de la hoguera estaba en su máximo esplendor, la oscuridad a su alrededor era densa. El frío me pareció que bajó unos grados y sin saber por qué, de la fogata comenzaron a reventar algunos granos saltando por los aires dando la impresión de que algo estaba por suceder, era el anuncio de una visita importante. Después, la llama se fue

159

apagando como dominada por la noche haciéndola minúscula y dejando en el suelo solamente las brazas rojas alumbrando el ambiente.

En ese momento, me dije: « ¡Préparate! » Sin embargo, mi cuerpo no reaccionó. Estaba como paralizado. Sabía que tenía mi machete entre mis pantorrillas y mi puñal a un costado, pero no era capaz de agarrarlos de manera firme y fuerte. Quizás era mejor así porque al instante sentí cerca de mi cuello el respirar cálido de un personaje que infundía miedo y terror con su presencia. Me quedé inmóvil y sentí como se movió alrededor de la fogata. Se puso frente a mi a cierta distancia y me miró fijamente con sus ojos rojos que reflejaban las brasas de la fogata.

Para ser honesto, en ese preciso momento, el miedo y el terror se marcharon de mi cuerpo. Y en mi espíritu, una voz suave me dijo: « es solamente un miston, un gato ». En ese instante me acordé que tenía una mescla de lavanda, ruda, geranio, tomillo y limón. Agarré un poco y sople en dirección de la fogata. El animal pareció adivinar mi pensar y se alejó para aparecer por detrás.

En ese momento, me recordé las palabras de mi abuelo que me dijo: « Cuando estés delante de la muerte y que tu vida se encuentre frente a un imposible, ponté en paz con el dios de la vida y agradécele tu visita en este mundo.

Pídele disculpas por no haber cumplido a cabalidad tu cometido y si él, todavía, te considera útil, que te de otra oportunidad.»

Así que cerré mis ojos y comencé a orar dejando que mi alma se sintiera libre para que la oración subiera a los cielos. De repente, se escuchó un grito punzante, afilado e hiriente que puso a medio mundo con el alma en un hilo. Fue tan fuerte como cuando cortas de un solo machetazo una planta de guineo, como cuando cortas la mantequilla. Me dije: «¡Adios, mis flores!» Pensé que me había muerto. Mi alma había salido de mi cuerpo.

A los segundos, los grillos y los sapos comenzaron a cantar como aleluyas por algo que acababa de pasar. El fuego de la fogata se incrementó como inflándose. El ambiente se puso cálido y un aroma de canela y lavanda imprengnó todo el lugar. Ahí me acordé que las anécdotas decía que ese olor se sentía cada vez que la virgen del Imposible realizaba una obra de amor. Eso significaba que el ritual de prtoección y bendición había dado resultados, seguía vivo. El grito profundo que había escuchado no era otra que la virgen protegiéndome de ese hecho imposible para mi vida. Sin saber por qué, comencé a llorar como un niño. Mi alma parecía vaciarse.

Del jaguar de dos caras sólo me queda el recuerdo de su respirar cerca de mi persona. Me dije que si me había perdonado la vida significaba que no podía detenerme en mi camino de los volcanes.

## La cumbre del olvido

Al día siguiente preparé todos mis tiliches y me dirigí al lugar llamado: la cumbre del olvido como me habían aconsejado mis ancestros. Me dirigí a un lugar llamado Tacuba que en esos tiempos era conocida como «tierra florida» y algunos le decían: la ciudad perdida o tierra del juego de pelota porque en náhuatl su denominacion era: Tlacopan. Cerca del lugar, se encontraba un cerro que su cumbre era conocida como: la cumbre del olvido.

En dicho lugar debía hacer otro ritual muy importante porque ahí debía olvidarme de mi pasado y luego, dirigirme a la ciudad perdida para volver a reencontrarme. Según mis ancestros, en la tierra florida, Tacuba, nuestros antepasados habían hecho una triple alianza con la gente de Tenoctitlan. Por esa razón, debía hacer un tipo de alianza con el dios de la vida.

Al llegar a la cumbre del olvido, me instalé bajo un maquilishuat. Aunque no estaba en lo más alto, desde ahí se veían las faldas de los cerros y la inmensidad del mar. En el rito del olvido, la persona debía de escoger todos aquellos momentos negros, tristes y tenebrosos que hasta ese día había vivido. Luego, se buscaba algo que pudiera encerrarlos para luego lanzarlos a la fogata con los aromas especiales para que subieran al cielo y nunca más volvieran a pasar por tu vida, ni te siguieran encandenado el espíritu. Ahí comenzaba en cierta manera, un despojo de los desechos de tu espíritu.

En el camino había encontrado unos árboles de morros y había preparado unos recipientes para la ceremonia. Encendí la hoguerra bajo un cielo estrellado, cené unas godornices con unos camotes para luego acostarme a mirar el cielo en su hermosura. Al filo de la media noche, me puse a preparar la ceremonia echando a la fogata los ingredientes ancentrales.

En esa ocasión no tenía necesidad de beber chicha, pero si me preparé un menjunje de plantas que provocaban tranquilidad y permitían que las almas respiraran frescura. Una mezcla que contiene: valeriana, flor de loto, hojas de olivo, jazmín, romero y ruda.

En la oración, tenía que pedirle al dios de la vida que recibiera mis dolencias, penas y heridas para que esa carga no desgastara mi caminar. Se pide el deseo o la oportunidad de comenzar de cero olvidándose del pasado. En esa ceremonia, se coloca el recipiente con las hierbas para se quemen y que el humo se lleve la ofrenda al cielo.

Es de suma importancia estar atento a recibir la bendición porque puede llegar de diferentes maneras. En mi caso, fue a través de una leve brisa fresca que acarició mi rostro. Sentí como si alguien acariciara mi cara con la ternura de una madre.

Eso sí, es muy importante que inmediatamente te dirijas a Tacupan, en náhuatl significa lugar donde se juega la pelota. Según mis antepasados fue una ciudad de suma importancia en el reinado de los aztecas. Ahí había un cancha para el juego de pelota, pero que ha quedado en ruinas. Por eso se le llama: la ciudad perdida. Hoy se encuentra escondida entre la vegetación. Por esa razón, en el centro de esas ruinas se tiene que continuar con la ceremonia para obtener tu próximo destino. Lo que se hace, en ese lugar es: poner una piedra, tu puñal de obsidiana, como símbolo material de un pasado hiriente.

Se tiene que poner con el mango en dirección norte para que la punta este dirigida al Sur. Se vuelve a hacer el sahumerio con la intención de entrar en contacto con las almas perdidas.

Al final de la ceremonia, la daga te indicará con la punta hacia dónde te debes de dirigirte, la punta siempre representa el Sur. Acuérdate que el Sur en nuestra cultura, significa dentro de ti y el Norte, hacia el Dios de la vida.

Tacuba, tierra florida

Al día siguiente, me dirigí hacia Tacuba. El pueblo no estaba muy retirado del lugar y tiene la característica que sus calles están hechas con piedras y adoquines. La gente de mi cultura tiene mucha presencia y se pueden ver vestidos con trajes identificativos de sus respectivos pueblos. Los refajos son hechos con colores especiales para distinguirlos. Sin embargo, te podré decir que la huella de los españoles está presente en el lugar. Están los restos de una iglesia construida con ladrillos, piedras y barro cocido que lleva el nombre de Santa María Magdalena. Al ver lo grueso de sus columnas de más de un metro de ancho y sus paredes de más o menos un metro, no se explica uno como un temblor pudo haber derribado esa construcción. Sin embargo, no se puede discutir el hecho de que el pueblo está entre las cumbres de la tierra de los volcanes que, constantemente, nos están recordando que somos parte de la tierra y un día nuestro cuerpo volverá ahí.

Para ser honesto, como esa construcción estaba en ruinas, decidí quedarme en ese lugar que es santo para los mestizos. En nuestra cultura nos enseñan a respetar los ritos y creencias de otras culturas. Si ahí hacen ritos a los dioses, pues me dije que sería perfecto continuar con mi aprendizaje bajo las reliquias de antiguas ceremonias.

Hice mi rito, como de costumbre y para mi sorpresa, esa misma noche los dioses me hablaron que tan pronto amaneciera debía marcharme hacia los elevados manantiales.

Ataco, significa en náhuatl: los elevados manantiales. Mi abuelo me había dicho que él había ido directo a los respiraderos del diablo en Ahuachapán. Unos ausoles afamados dónde se podía sentir el azufre que salía del inframundo. En ese lugar estaba previsto hacer una presa geotérmica.

Ataco, lugar de elevados manantiales

Ataco, es un pueblo cercano a Tacuba, pero sus consrtrucciones estaban en mejor estado. Claro que el pueblo era pequeño, pero muy simpático. El hecho de encontrarse metido en medio de la montaña y con mucha vegetación a su alrededor provocaba una frescura agradable. Sus calles estaban construídas, igualmente, con piedras y adoquines. Ahí habían construido otra iglesia dedicada a la Inmaculada Concepción de María. Por eso al lugar, se le conocía igualmente como: Concepción de Ataco.

En el lugar me quedé dos noches y de igual manera, recibí, en mis sueños, el mandato de continuar en dirección a la ciudad de las casas de robles, Ahuachapán y quedarme en los respiraderos del diablo, los ausoles.

El simple nombre dado a los ausoles me hizo suponer que mi encuentro con alguna divinidad del inframundo me mostraría otra parte importante de mi caminar. Mi abuelo me había advertido de ese lugar sagrado.

Ausoles, respiraderos del diablo.

Cuando mi abuelo hizo el camino de los volcanes, a él le indicaron que debía ir a Ahuchapán, que significa en náhuatl, lugar de las casas de robles porque en ese momento se haría una festividad muy bonita llamada: los farolitos. Según me explicó, los pobladores ilimunan las casas con faroles hechos con papel de color y una velita; según, la tradición era para guiar a los peregrinos a la celebración de la Misa de Gallo.

A los respiraderos llegué casi al anochecer y me instalé no muy lejos. La respiración y el calor se hacía difícil, pero con el pasar del tiempo mi cuerpo se fue adaptando tanto al calor insoportable como al olor a azufre. El alor que salía provocaba una transpiración que hacía que mi ropa se humedeciera rápido. Inclusive, pude cocer unos huevos sin mayores dificultades.

Por la noche, hice mi oración y en medio es ésta, apareció uno de los dioses del inframundo vestido de culebra con cara de pajuil. En esta ocasión no me vi sorprendido porque de alguna manera me lo habían advertido. Según me dijeron, era un ser mensajero. Por esa razón, solamente me dio el mensaje y desapareció. Me dijo: «tienes que dirigirte al lugar dónde descansan las almas para unirte a la celebración de agradecimiento a la madre tierra».

Preguntando, me indicaron que en un pueblo cercando, Chalchuapa, se encontraba un famoso centro ceremonial indígena. En idiona náhuatl Chalchuapa quiere decir: «río de jade o lugar dónde abunda el jade o la esmeralda». Ahí había un sitio arqueológico llamado: Tazumal. Al escuchar el nombre supe que era ahí porque significa en náhuatl: «lugar dónde descansan las almas». La persona que me dio la información me dijo, además, que aprovechara para probar la yuca frita con chicharrón y un chilate caliente servido en un recipiente hecho de morro. El chilate es una bebida muy apreciada y es preparada a base de maíz tostado, chile, cacao, aníz, pimienta, jengibre y canela.

En dicho templo pude participar a la ceremonia del ritual para agradecer a la madre tierra por la bondad de sus frutos. Pude dar gracia a la virgen maya o virgen de Tazumal que se encuentra plasmada sobre una estela de piedra. Según cuenta la leyenda, el lugar es sagrado porque guarda las leyendas, rituales y las almas de nuestros antepasados. La virgen es quien los protege.

En dicha ceremonia, los ancianos son los que organizan y dirigen. Se comienza con cantos que tocan nuestras almas; luego, se agradece por los regalos y bendiciones que se ha recibido de manera individual y colectivo o sea al pueblo. Se elevan las oraciones en medio de un incienso muy concentrado y se termina besando la tierra estirando sus brazos sobre ella en signo agradecimiento.

Los ancianos toman un momento para rememorar algunos recuerdos con la finalidad de entrar en contacto con sus ancestros a través de los cuentos, leyendas, acontecimientos y hechos historicos.

En la ceremonia a la madre tierra, «tlali nantli» lleva en su oración un canto a la vida, a sus frutos y sus fracasos. Es un canto de vida, de esperanza y de sabiduría. Ese día, el sabio mayor o el más antiguo tomó la palabra y dijo, comenzando dando gracias a la mama: « *Tlali Nantli* , hoy *rendimos tributo a tu gran belleza, bondad y sabiduría con tus hijos errantes que buscan eternamente entrar en lo sagrado de tu piedad. No te olvides que somos tus hijos, tus herederos del reino de la tierra, enséñanos a comportarnos como hermanos, a ser solidarios en la desgracia y piadosos en el dolor. No permitas que seamos parte de la desgracia y desobediencia hacia tus bondades. Que tu corazón bondadoso reciba nuestras plegarias y nos la devuelva con la bendición que solo una madre puede dar a sus descendientes. He aquí nuestra gratitud por la cosecha de la tierra, los néctares de la vida y los frutos de nuestra devoción. No te enojes por nuestros errores, pero enséñanos a volver al camino si nos hemos equivocado en el caminar. Solicitamos tu bendición para el presente y el futuro. No más de lo que necesitamos ni menos de lo que nos corresponda. Que tu fertilidad sea siempre la expresión de tu amor hacia aquellos que nos hemos desprendido de tu esencia.*

*Madre, reina y dadora de vida, que tu sano equilibrio hable con los dioses del agua, del viento, del fuego y de la fertilidad para que sean bondadosos con tu pueblo. Nunca dejes de hablarnos, aconsejarnos y guíarnos en el camino que nos lleva a tu eternidad. Un día volveremos a* tu seno como tantos antepasados que siguen viviendo en la eternidad de tu rostro. No permitas que nos olvidemos de todos aquellos que nos precedieron y nos trajeron hasta este presente.

Madre, estamos conscientes que no nos hemos comportado como los hijos dóciles y cuidadosos porque nos hemos convertido en depredadores y no en protectores de tus frutos. Hemos abandonado el cuido a la tierra que tanto valor tiene a tus ojos. Muéstranos a ser cuidadosos de tu hermosura, a no ser destructores del medio ambiente y a aprender a amarte como tú nos amas.

Que tu espíritu dadivoso y cariñoso nunca deje de amamantarnos con los nutrientes que necesitamos cada día. Que nunca nos olvidemos de reverenciar y honrar tus obras. Que aprendamos a discernir el mensaje de tus acontecimientos y seamos dóciles a tu amor divino.

Tlali nantli, doblamos nuestras rodillas y alzamos nuestros brazos para pedirte por nuestras familias. Rogamos tu misericordia para que nunca nos falte el pan de cada día. Queremos escuchar tus sollozos, tus murmullos y tu canto a través de la naturaleza que nos rodea. Perdónamos por tanta contaminación, mal uso de *la naturaleza y depredación de nuestros amigos, los animales.*

*Te prometemos ser fieles admiradores de tus expresiones de amor en la más simple expresión, saboreando la tierra que nos rodea, desde un simple atardecer hasta el manto de estrellas que nos cobija cada noche.*

*Madre tierra, queremos permanecer siempre bajo tu encanto; queremos sentirnos hijos amados y consentidos de tu benevolencia; queremos amamantarnos con la leche de tu bienestar. Madre buena, madre amada. No nos dejes de consentir».*

Al final de la ceremonia, escuché una frase que venía de alguna de las almas que me dijo: «*¡Aquel que no le da importancia a su pasado, corre el riesgo de perder su identidad!*». Dirígete al manatial dónde los murmuros se vuelven esperanza. Preguntando me dijeron que fuera al lago de la gran serpiente, Coatepeque.

Del Tazumal, me dirigí al lago de Coatepeque o cerro de la serpiente porque en su interior se encuentra la isla «Teopán» que los nativos llaman: isla de los suspiros o murmullos, pero que en lenguaje náhuatl significa «templo o lugar sagrado». Se dice que Koatl, serpiente, tiene en ese lugar, en sus profundidades, su hogar. Por esa razón, los sabios decidieron rendir tributo ahí mismo contruyendo un pequeño centro ceremonial. Según me contaron, las aguas de ese lago se vuelven de color turquesa cuando sucede algún milagro de vida y es cuando se escuchan los susurros o murmullos de las almas.

La isla de Teopán, en el lago de Coatepeque.

El lago de Coatepeque o cerro de la serpiente, estaba rodeado por montañas y se podía observar fácilmente como las corrientes que bajaban de ellas, formaban la imagen de culebras bajando o subiendo de las profundidades del lago. La belleza de ese manto acuífero daba la sensación de estar dentro de un lugar de ensueño, pacífico y espiritual. Sin embargo, los lugareños me dijeron que respetaban mucho sus aguas porque al entrar se daban cuenta de que no era tan calmado. Se levantaban olas que parecían venir de las profundidades como si un ser gigante moviera su cuerpo para hacer vibrar el agua levantando olas que provocaban que las canoas se balancearan mucho. Me dijeron que en muchas ocasiones, pescadores experimentados habían perdido la vida en sus entrañas. Según ellos, de la profundidades salían algas que parecían manos que se enrollaban fácilmente a los cuerpos. Muy pocos habían logrado escapar de sus abrazos. Si la persona que caía al agua tenía muchas faltas contra la madre tierra, ésta lo castigaba llevándoselo a la gran serpiente que había bajo el agua. Lo peor que se podía hacer era renegar los errores y que la única manera de tener una oportunidad, era aceptando la culpa y no poniendo resistencia. En ese caso, la sabiduría de la madre tierra, juzgaba y decidía si daba otra oportunidad. Casi siempre, se terminaba visitando la isla de los susurros para agradecer la oportunidad de reparar su camino.

Así que al llegar al lago de la gran serpiente, Coatepeque, me instalé cerca de la orilla. Me dijeron que a la isla se podía llegar rodeando el lago porque la isla estaba en un extremo del lago. La tentación de saltarme las etapas, me saltó en el espíritu. La verdad, lo confieso, no soy muy buen nadador y nunca he navegado una poza de agua tan inmensa. Con sólo ver, desde la orilla, su inmensidad me infundía respeto. Sin embargo, me negué a ese deseo oculto que provenía posiblemente de un miedo dentro de mí que trataba de protegerme del peligro de vivir una situación de muerte.

Esa noche era luna llena y mi deber era ir a la isla Teopán. Así que me armé de valor y pedí prestado un «akalli», cayuco o canoa sencilla echa de un troco de un árbol de pino o ceiba. Mi intención era ir a la isla y llegar antes de que la luna llena estuviera en su cúspide.

Me subí y me puse a remar con cierta cautela. Al entrar en el lago unos cincuenta metros, comencé a notar que la canoa se comenzaba a balancear por unas pequeñas olas que se acercaban tímidamente. No había viento y el cielo estaba completamente estrellado. Al estar en medio del lago, mis ojos se plasmaron en la superficie del agua y dejé de utlizar el remo. En ese momento, me dio la impresión que estaba en medio del universo. Me sentí infinitamente pequeño, insignificante y desamparado. Me dio por acostarme y ver el cielo. La canoa quedó a la deriva y el universo me atrapó en su misterio. Una sensación de necesidad, piedad y tristeza me embargó el alma y sin saber por qué, comencé a llorar.

De repente, una ola se levantó desde las profundidades y en un santiamén, volcó la canoa lanzándome de bruces hacia el agua. Mi primera impresión fue tener miedo a la muerte, las palabras del lugareño se apoderaron de mi espíritu y mi instinto de supervivencia provocó que comenzara a agitarme. Las manos de la gran serpiente comenzaron a enrollarme y de un segundo al otro, me vi envuelto como si fuera una oruga. Me dije, al verme cubierto de algas: ¡Hasta aquí llegué! Luego, me entregué a la muerte y cómo me habían enseñado los abuelos, me puse a pedir perdón por cada cosa que me acordaba. De repente, como por arte de magia, las algas se fueron desligando de mi cuerpo y comencé a subir a la superficie como si fuera una burbuja. Sin hacer el mayor esfuerzo, sentí como si alguien pusiera sus manos en mis nalgas y me empujara hacia la superficie. Al salir, respiré fuerte y lo primero que vi fue la luna llena rodeando mi cuerpo. Busqué la canoa y vi que no estaba lejos. Lo más curioso fue que me encontré a pocos metros de la orilla de la isla. Ni siquiera tuve que subir a la canoa y halándola me fui a la ribera de ese manatial.

Salí del agua y me quedé pensativo sobre una roca mirando al centro del lago. La luna permanecía quieta, hermosa y distante en el centro. Luego, retomando mis espíritus, me dirigí al centro de la isla dónde se encontraba un pequeño sitio utilizado para las celebraciones. Un pequeño brote de agua caliente nacía de entre unas piedras y su aroma azufrado daba la sensación que las almas y espíritus moraban en el lugar.

Encendí una pequeña fogata para calentarme. En esa ocasión, mi oración era una continuación de mis palabras cuando sentí que moría. Sentí que debía seguir pidiendo perdón por las cosas que había hecho mal, las que no había hecho por mi egoísmo y por aquellas que no las había hecho al no ser consciente de mi obligación.

Esa noche casi no dormí, pero me quedé en el lugar a esperar los murmuros de las almas para indicarme el camino a seguir. Según los nativos, cuando las almas aceptan tu perdón y se realiza algún milagro cerca del lago, este se llena de neblina y sus aguas se vuelvían de color turqueza.

Muy tarde en la noche, ocurrió lo que tanto esperaba, las nubes comenzaron a bajar llenando el lugar de misterio. Los grillos y sapos comenzaron a alabar poniendo música en los contornos. En ese momento, cuando oraba, la neblina se puso densa y casi no veía nada, apenas la llama de la hoguera. Cerré mis ojos y me concentré en mi oración.

Luego, al abrirlos, como por arte de magia la neblina había desaparido. Me levanté y me acerqué a la orilla del agua. Para mi sorpresa, el lago se había vestido de color turqueza.

Me dije: ¡Un milagro sucedió esta noche! En mi interior, pensé que, a lo mejor, ese milagro se había realizado en mi vida y de inmediato, los recuerdos de mi casi muerte en el lago se hicieron vida. Sonreí diciendo: ¡He vuelto a nacer! Volví al lugar de oración y un gozo enorme provocó que cayera de rodillas en el centro del círculo ceremonial. De repente, escuché los murmullos en la distancia que me invitaban a ir en dirección de la cuspide del volcán de la anciana. Me dijo que desde ahí vería mi próximo destino: el volcán de Izalco. Sin embargo, debía dirigirme luego al pueblo de los brujos para anunciarles dos acontecimientos futuros: que el dios de la luz volvería a iluminar todo a su alrededor y que la tierra de los volcanes estaba a punto de morir viviendo a causa de una enfermedad social que traería muerte, destrucción y tristeza. La advertencia iba dirigida a los brujos porque se habían enfrascado en guerras estériles por su egoísmo, falsedad y desobediencia.

En ese momento, me acordé que los grandes sabios hablaban que viviamos tiempos oscuros porque nuestras tierras estaban pasando un período de oscuridad. La primera advertencia la comprendí porque supuestamente en el volcán de Izalco vivía el dios de la luz. La segunda me dejó un poco confuso porque no hacía mucho tiempo, en ese preciso lugar, había ocurrido una gran matanza de nativos por parte del ejercito nacional. Sin embargo, hablada de la tierra de los volcanes o sea todo el territorio.

En ese momento, me levanté y agarrando mis tiliches, me puse en camino hacia la cumbre del volcán. Casi llegué al amacecer y los primeros rayos de sol me recibieron mostrándome la belleza de estar vivo. Desde ahí, se veía mi próximo volcán, el Izalco, que en ese momento se mantenía tranquilo y se presumía que pronto volvería a hacer erupción, eso según la advertencia recibida. Sin embargo, es de sabios recordar que nuestro reloj es diferente al de los dioses. Su tiempo no es nuestro tiempo.

Por cierto, años más tarde, el Izalco, volvió a mostrar su luz imperial que se veía desde lejanas tierras. Antes de su primera explosión, se le llamaban, la cumbre dónde los sabios tienen su casa: «kalixkan». Según la leyenda, los antiguos chamanes habían hecho en la cúspide, un centro de adoración, una pirámide de obsidiana que al reflejar la luz solar brillaba por sí sola. Sin embargo, el dios de la luz la hizo mil pedazos para mostrar que él era a quién deberían adorar.

En la cima del volcán de la anciana

Hice mi campamento y esperé durante siete días y siete noches hasta que pude escucharlo en mi alma. Me indicó que me dirigiera a bañarme al lugar llamado: «la lluvia eterna» que se encontraba cerca del pueblo de Apaneca que significa en náhuatl: vientos en forma de corriente.

No sé si te lo había dicho, pero en cada volcán había que hacer una ceremonia especial y aclamar una oración particular para luego esperar la respuesta. El caminante no se puede marchar del lugar sin antes recibir el mensaje del dios que habita ese volcán. Todas nuestras oraciones deben de tener cuatro partes para que sea completa: la primera es reconocer la grandeza de ese dios; la segunda, agradecer la bondad de su corazón con tu persona; la tercera, pedir perdón por los errores cometidos en contra de ese dios; y la cuarta parte, no nos pertenece, porque es la respuesta del dios. Esta respuesta debe de tener la gracia del perdón que conlleva una penitencia o mandato a realizar.

Me acuerdo que esa noche, como el cielo estaba claro y el manto de estrellas parecía una alfombra sobre mi cabeza, preparé la fogata, comí algo y bebí un menjunje especial para esperar. Al llegar la media noche, puso sobre el fuego unas especies para que la oración fuera más profunda y se elevara al cielo. Sentado sobre mi petate, me posisioné sobre mis carcañales, agaché mi rostro para posarlo sobre la madre tierra y dije: «*Dios Padre, dueño y señor del universo, creador de lo visible e invisible, dador de vida y muerte, escucha mi oración que nace del corazón. Agradezco profundamente la oportunidad que me has dado en esta vida, comprendo que soy uno más de tus seres queridos, no más que las plantas y los animales; ni menos que los seres que reaccionan por instinto. Comprendo que me has dado la gracia de ver, oír, sentir, caminar, pensar y actuar según mi espíritu; decidir, según mi alma y comunicarme contigo a través del corazón y la mente. Te pido perdón por todo aquello que he hecho y lo que he hecho mal; todo aquello que no he hecho pudiéndolo hacer; perdón por todo aquello que pudiendo hacerlo, me he resistido a hacerlo y por aquello que ni me he dado cuenta de que podía haberlo hecho. Espero la indulgencia y la gracia de tu corazón porque deseo comenzar a caminar bajo tu protección, bajo tu luz. Enséñame a reconocer tu voz entre todas las voces, a seguirte sin ninguna duda, a obedecerte sin poner pretextos, a morir en tu amor. Mi único deseo en este momento es volver a tu casa y dormir bajo tu cobijo. Que todo lo que he dicho sea tomado con la verdad de mi espíritu y espero ansioso tu respuesta».*

En ese momento entre en un trance espiritual muy profundo, mi alma entró en una unión mística difícil de explicar, pero sabía que estaba en presencia de algo divino. Claramente escuché que una voz decía: «*tus palabras han sido escuchadas y han complacido al dios de la vida. Vas por el buen camino, has recibido la gracia del divino. Ahora debes de bañarte bajo la lluvia eterna y luego, encaminarte al hogar de los brujos para que les lleves el mensaje antes dado. Diles, además que dejen de pelear, de lo contrario, mi ira se hará sentir porque haré brotar desde las profundidas una luz fuerte, una llama destructora y haré temblar todo para tirar por tierra toda su soberbia, orgullo y pleitesia a su ego castigando con ello, la desobediencia por no guiar como se debe a su pueblo. No han aprendido nada de su pasado cuando murieron miles bajo el yugo del opresor. No escucharon que han sido castigados por más de quinientos años de oscuridad. La voz del cerdo y la culebra avisará del momento que mi fuego saldrá a la luz y será como un faro en la oscuridad que se verá desde la distancia».* En ese momento confirmé que no podía echarme para atrás y debía llevar el mensaje a los brujos.

Tengo que aclararte que es muy diferente un brujo que un chamán. El brujo através de brujerías engaña, engatuza y miente a las personas; un chamán, es muy sabio, indulgente y respetuoso. Sus palabras tienen vida eterna porque vienen de los dioses.

Al día siguiente, mi alma reposaba bajo un oasis de calma y me dirigí al lugar llamado: Apaneca, «lugar de los chiflones de vientos». Según había escuchado, en las profundidades de sus montañas existía el lugar llamado: Amotkiuitl «la lluvia eterna». Aunque me llevé la sorpresa, al llegar al lugar, porque nadie sabía de su existencia.

*«Ponerse en paz con el dios de la vida es aceptar que somos infinitamente pequeños ante su magnificencia y que existimos por su gracia y bondad. Que es él, quién nos permite disfrutar de la vida en plenitud, pero que al ser creador de vida es dueño de ésta y por lo tanto, tiene el completo derecho a llevársela cuando mejor crea conveniente. Caminar en paz con esta deidad significa que cada paso que se da, tiene su bendición, su amparo y sabiduría »*

## II

## EL VOLCÁN DE IZALCO

# (EL FARO DEL PACÍFICO, EL VOLCÁN DE SONSONATE )

(El dios de la luz , nació para iluminar las tinieblas)

«*El dios de la luz es el que ilumina las tinieblas y permite a los hombres poder buscar sus alimentos y desarrollarse en su plenitud. Es por esa razón que durante la noche, las personas no deben de salir a los bosques porque éste pertenece al dios del inframundo*»

El recorrido hacia el volcán de Izalco

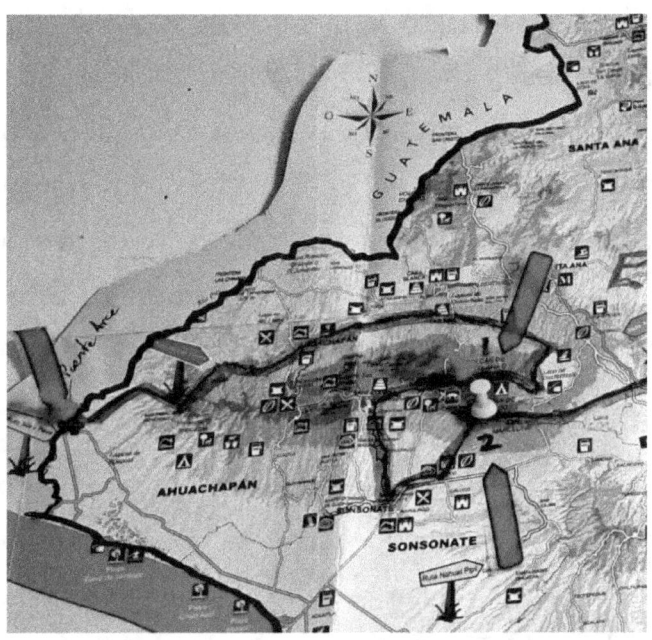

En el camino hacia mi segundo volcán, los dioses me enviaron al pueblo de los brujos, **Izalco** pasando por **Apaneca**, lugar de chiflones de viento; **Juayua**, lugar de las orquídeas moradas; **Salcoatitán**, tierra de culebras y quetzales; **Nahuizalco**, los cuatro penitentes o cuatro izalcos; **Cuisnahuat**, río de los cuatro espinos; **Sonzacate**, cuatrocientas hierbas o zacates, **Sonsonate**, lugar de los cuatroscientos ojos de agua y terminando en **Izalco**, lugar de las casas de obsidiana.

Se dice que en el vientre de este volcán habita el dios de la luz, aquel que ilumina las profundidades de nuestra alma y guía a nuestro espíritu por la senda del bien. Igualmente, este dios es el encargado de vencer la oscuridad y todo aquel que vive en ella padece bajo su esplendor. El dios de la luz es el último de los volcanes que ha expresado su deidad y que para los ojos de los vivientes representaba un faro de luz en la oscuridad. Este nació, como otros, ante la respuesta a la necesedad de los humanos a no aceptar la voluntad divina.

El recorrido de este trayecto del camino de los volcanes está dedicado a la búsqueda de la luz interior, por esa razón se visita el volcán de Izalco. Conocido igualmente como: volcán de Sonsonate, volcán de obsidiana, faro del Pacífico o como los antiguas le llamaba: kalixkan, ahí dónde los sabios tienen su casa.

Como es sabido, antes de subir un volcán se tiene que bajar. Así que el descenso del volcán de la anciana comenzaba visitando el pueblo de Apaneca, pero especialmente buscando el lugar llamado, la lluvia eterna. Luego, se tenía que ir al lugar llamado: río de las orquídeas moradas, Juayua. Se continua marchando hacia Salcoatitán que quiere decir: lugar entre las culebras y los quetzales. De ahí se bebía ir a Nahuizalco que significa:

cuatro lugares de obsidiada. Luego a Sonsonate o Centzunatl que quiere decir: lugar de cuatrocientos ojos de agua. Para terminar al pie del volcán en el pueblo de Izalco y más específicamente en Atecozol o cuna del señor de las aguas.

## El dios de la luz

Se dice que la luz nació para vencer a la noche. Ésta disipa las tinieblas y permite que la humanidad pueda ver el camino hacia su eternidad. La luz es la expresión de lo divino. Esa fuerza que esclarece y da la sensación de libertad. Que manifiesta una paz interior, un amor incondicional, capaz de tocar la divinidad. El hombre es una expresión de la luz capaz de amar, ayudar, solidarizarse, ser bueno y estar en contacto con todos los seres que lo rodean. La luz representa el conocimiento, la sabiduría y la divinidad.

Cuando llegué a Apaneca, pregunté sobre el lugar llamado: la lluvia eterna. Ahí me dijeron que no existía ese lugar o desconocían de su existencia. Sin embargo, me hablaron de unas pequeñas cascadas en los bordes de un camino dónde la gente solía ir a bañarse. Como solamente tenía ese indicio, me dirigí ahí, por instinto, diciéndome que el dios de la vida no es mentiroso y que si me había enviado a ese lugar, era porque ahí se encontraba el sitio mencionado.

Apaneca está ubicado entre cerros y montañas. Por esa razón lleva ese nombre porque seguido se sienten las corrientes de aire fresco que pasan por el lugar. Ese pueblo fue construido por los españoles por lo que tiene las características típicas de sus construcciones: una iglesia o parroquia que en este caso es dedicada a San Andrés Apóstol, un parque y su alcaldía. La venta de artesanías en los alrededores de estos tres símbolos es notoria y variada. No muy lejos del lugar se encuentra la laguna verde, según me dijeron por ahí podría estar el lugar buscado, pero me decanté, por instinto, por las cascadas.

## La lluvia eterna

A esa altura del camino, una sensación de cansancio me tocó el espíritu. Me pregunté si valía la pena hacer ese recorrido que hasta la fecha no había sido nada fácil. Me dije que me podía detener y no pasaba nada. Muchas personas cuando les hablé sobre mi caminar, con sus palabras no me dieron mucho ánimo. Inclusive algunos me dijeron que estaba perdiendo el tiempo porque nadie hacia ese caminar y que mejor me regresara a casa a ayudar a los mios. Las dudas brotaron de la nada y me comenzaron a hacer cosquillas en el alma. Estaba cansado, aburrido y algo decepcionado, mis pies me pedían descanso. Y eso que llevaba poco tiempo, apenas había subido un volcán.

Sin embargo, no me dejé desanimar y por esa razón, decidí alejarme del lugar para buscar las cascadas entre las monstañas. Luego, recordé algunas palabras de mis ancianos que me recordaron que el mal siempre anda queriendo confundirte y eso significa que vas por el camino correcto. Ese pensamiento me llenó de ánimos y continué mi camino.

No tardé mucho en llegar al lugar indicado por las personas y me quedé bañando por un buen rato, al caer la tarde y en el silencio del bosque, un ruido especial comenzó a ser captado por mis oídos. Era como una música celestial que me atraía dulcemente. Me puse mis chanclas y comencé a bajar la montaña deslizándome por los acantilados agarrándome de lo que pudiera: bejucos, piedras, ramas y hasta colgándome de lianas. La bajada me pareció semejante a la bajada del bosque del imposible. De repente, llegué al pie de un pequeño riachuelo que tenía muchas piedras negras como volcánicas. Solamente que con el tiempo, estaban lisas y con algunos musgos verdes pegados a ellas. El lugar estaba bastante oscuro porque la vegetación no permitía que llegara fácilmente la luz del rey sol.

Como el sonido misterioso venía de la parte de arriba del arroyo, decidí subir por entre las rocas. Conforme avanzaba, la música se escuchaba más fuerte por lo que comprendí que no estaba muy lejos del lugar. Al rato llegué a un espacio allanado que a primera vista parecía una especie de cueva oscura por lo tupido de la vegetación que cubría la corriente de agua que se extendía por toda la superficie. Lo curioso del lugar era que no habían piedras grandes, la mayoría eran pequeñas formando una especie de calle empedrada. La más grande de las piedras no tenía el tamaño del puño de mi mano.

Me dirigí al lugar y al entrar el sonido del agua cayendo sobre la calzada improvisada provocaba dicha melodía especial. El agua no se filtraba y corría felizmente, las gotas de agua eran pequeñísimas como un rocío provocando una especie de bruma con aire misterioso. El nivel del agua no tocaba mi tobillo. Estando adentro parecía estar en un tunel hecho naturalmente por las plantas, había una especie de enredadera con flores colgantes de colores morado y blanco, adornando majestuosamente el tunel. Se veían como si fueran ramos de campanas vibrando y dejando caer gotas de agua de manera delicada.

Al estar bajo la lluvia que parecía no acabar nunca, me dije: ¡parece una lluvia eterna, aquí es el lugar! Me puse muy contento y sentí que mi alma se alegró mucho, a pesar de no ser un gran logro. Sin embargo, el hecho que la palabra recibida se hiciera presente, me demostró que los dioses con los cuales había conversado, no son dioses mentirosos. En la vida es bueno dejarse guiar por la verdad. La fe nos lleva lejos.

Así que decidí montar mi campamento para esperar el llamado a seguir mi camino. Bañarme significaba purificar mi alma. Hice una especie de cabaña bajo una pequeña cueva e hice un fuego. Me desnudé completamente y me tiré boca arriba para recibir la lluvia sanadora. Cuando el frío penetraba mucho, me salía para calentarme y comer algo. En el lugar había mucho cangrejos negros y chacalines con los cuales me alimentaba fácilmente. No necesitaba cocerlos, así crudos sabían ricos.

En una de las bañadas, me quedé como dormido en un silencio profundo. Quizás mi alma necesita fortalecer su espíritu. Por alguna razón, las palabras de mi abuelo aconsejándome se volvieron vida en mi interior. Ahí escuché que me decía:

«El camino de los volcanes es un caminar individual, una busqueda de ti mismo y por ende, no es un paseo, una aventura ni mucho menos una obligación. Es más una necesidad del hombre porque aquel que no conoce su vocación corre el riesgo de ser infeliz en la vida, no encontrar el gusto a la existencia. Por esa razón, es de suma importancia que se haga este caminar creyendo que lo necesitas y que tengas fe en lo que haces. Tienes que enfocarte en ti mismo. Quizás es un sueño que debes hacer realidad y a veces, los sueños no son compartidos por lo otros. Muchas tratarán de desanimarte porque nunca lo hicieron o hiceron parte o, simplemente, no les interesa. Meterán dudas en tu espíritu para que desistas, quizás porque ellos así lo harían. Te ofrecerán sus miedos, sus mosntruos y sus fantasmas. Por esa razón, te aconsejo que no busques su aprobación, que entiendan lo que haces, que te den una palmada en el hombro para reconfortarte. Tu no dependes de los demás para avanzar. No necesitas su permiso para poder soñar. No necesitaste que te aplaudieran al incio y sin embargo, comenzaste a caminar. Su opinión no debe determinar tu éxito. Eso sí, el éxito es basado en la acción y no en la opinión. Entonces, no pierdas tu tiempo esperando su permiso. Invierte en fortalecer, aprender, crecer, avanzar hacia tu meta. Debes de silenciar el ruido de la duda porque ésta se alimenta con tu aprobación. La duda es un gigante si le das de comer, pero si dejas de alimentarla se convierte en un pequeño. Debes de escuchar tu corazón y tomar el control de tu destino. Debes de callar para actuar porque, a veces la palabra, mata el impulso. Las opiniones y los consejos no pedidos no son buenos, debes deshacerte de ellos. En este caminar, aprende a hacerlo en el silencio porque es poderoso. Te va a ayudar a ser más fuerte. No tienes porque defender o explicar tus sueños. Al único que le interesa es a ti. Deja que tu caminar hable. El silencio quita el poder a los demás y te vuelve interesante, sabio y vencedor. Compartir tus ideas no es bueno, sobre todo al inicio de un proyecto porque es débil, se fortalece durante el camino. Muchas veces, las dudas, indecisiones, opiniones y la negatividad matan las buenas ideas. No se puede detener lo que no se ve venir; no puedes anticipar lo que desconoces; no se puede intervenir en lo desconocido. No te des falsas ilusiones con palabras vacías. No te eleves porque la caída es dolorosa. El hablar o halagarte te puede engañar. En tu camino, el silencio te puede ayudar a centrarte en lo que haces, agudizar sobre tu proyecto y no perder de vista tu meta. Olvida lo que hacen los demás. Cada uno va siguiendo su propio camino. No pierdas tu tiempo en ellos ni en lo que hacen. No compitas con sus fantasmas, ideas, traumas o miedos. No debes cambiar tus sueños por los de ellos. Tampoco hagas caso de las modas o tendencias, son pasajeras. El camino de los volcanes exige compromiso, fe en lo que haces y manternerte concentrado. Muchas cosas querrán desviarte, desconcentrarte y hacerte dudar. Tu viaje es único y no se parece a ninguno. Tienes que aprender a disfrutar del viaje y no aferrarte a la meta, no sabes si llegarás. En cambio, si disfrutas tu caminar verás que en cada triunfo, por pequeño que sea, se convertirá en un escalón más en la escalera hacia tu meta. Disfruta del camino, no te apresures a llegar a la meta. No tienes que demostrarle nada a nadie. Aprende a disfrutar de las pequeñas victorias. No dejes que otras voces se metan en tu cabeza. La duda no tiene valor si no se la das. De los demás, no creas en sus limitaciones, no veas a través de sus ojos, no permitas que minimicen tus logros ni aceptes que cuestionen tu camino. La duda podría ser un motivo de superación si la ves como un desafío a sobrepasar. Acuérdate por qué haces el camino porque si llegas a la meta no debe servirte para vanagloriarte, pedir alabanzas o reconocimiento. Tu no haces el camino por venganza, enojo, resentimiento o por demostrarle algo a alguien.

El camino lo haces por ti. Por ello tienes que ser disciplinado y no por motivación, ésta como te puede subir te puede bajar. No es confiable. En cambio la disciplina te ayuda a hacer buenos hábitos, atravesar buenos y malos momentos, aplanar dudas, soportar malos resultados, conllevar el dolor, reconocer las distracciones y mantenerte en el camino. Te ofrece libertad de decidir, de controlar tus pasos y te empuja cuando te estancas. Debes de aprender a mantenerte animado, mirar con orgullo lo obtenido e ir un paso a la vez.

En el camino de los volcanes, la mayor parte del tiempo, estarás en compañía del silencio. Aprenderás a convivir con él y se convertirá en tu amigo. Debe de convertirse en un lugar sagrado, de paz y de tranquilidad. No en un laberinto oscuro y tenebroso al que no deseas entrar. En el silencio encontrarás la parte mística del ser humano, ahí dónde todo lo envuelve, revuelve y resuelve. La contemplación a través de su infinidad te vuelve eterno. Es el lenguage del alma. Ahí nos podemos conectar con la divinidad y aprender a escucharlos acallando nuestra mente. En el silencio nuestro corazón habla, nuestro sentir se vuelve receptivo. Nos permite reconocer lo que sucede en nuestro interior y en los demás. Nos enseña a apreciar las cosas en su justa medida. Libera nuestra creatividad dando libertad de expresión a nuestra alma. En el silencio los dioses nos hablan claramente. En la vida, el mundo nos invade con su ruido y nos puede embrollar el pensar provocando que oigamos o miremos cosas distorsionadas. En el silencio, los dioses se dan a la tarea de trabajar para nuestro bien».

De repente, abrí mis ojos y sonreí. Sentí una energía fuerte y vital que recorrió todo mi cuerpo. Me daba cuenta de que había caido en una especie de bache espiritual y a través del silencio, bajo la lluvia eterna, los dioses me hablaron atravéss de las palabras del abuelo, me levantaban para que pudiera seguir mi camino.

En la séptima bañada, escuché que tenía que dirigirme al lugar de las orquídeas moradas o sea Juayua. Sin embargo, decidí quedarme otro día más bajo la lluvia eterna porque le hacia bien a mi alma. Sentir sus gotas cayendo en la brevedad del silencio provocaba que mi piel se activara como las manos de un pianista tocando melodías que salían del alma. Mi cuerpo se convertía en ese piano con teclas que desconocía que al ser descubiertas soltaban notas mágicas que me elevaban a las alturas que solamente los dioses son capaces de experimentar.

Por un momento me quedé en el limbo de un deseo, la eternidad me cobijaba dulcemente para regalarme una gota de miel en el universo de mi existencia. El verso se convertía en poesía y una melodía exquisita se volvía vida en el umbral de mi callar.

Juayua o río de las orquídeas moradas.

El pueblo de Juayua es uno de esos lugares vivos dentro de la historia de nuestra cultura, se encuentra en la región más presente de nuestro pueblo. La mayor parte de la población indígena se encuentra en esta zona a pesar que en tiempos recientes fue sometida a bajedades muy crueles, como la matanza de nuestro pueblo en tiempos del general Maximiliano Hernández Martínez. Precisamente, frente a la iglesia de Santa Lucía de Xuayuát (orquídea roja o morada), fueron fusilados más de cien nativos. Luego, hicieron un santuario al Cristo Negro, con la imagen hecha por el mismo creador del que se encuentra en Esquipula, Guatemala.

Como no soy muy dado a las multitudes, me quedé cerca de unas cascadas muy partículares porque el agua sale en forma de chorro directamente de los muros o paredones de la montaña. Por esa razón, le llaman «los chorros de la calera». Su agua es cristalina porque sale de la roca.

Ahí, pude encontrar a un anciano que me contó varias curiosidades del lugar para que me diera una idea. Me contó que ahí, aparecía un río cada siete años y de la misma manera que aparecía, desaparecía. Me dijo que siempre que sucedía ese hecho, esa noche hace mucho frío y que siempre desaparecía del lugar un niño. Dicen que sus aguas son curativas para la vista, por eso la gente se apresura a lavarse la cara en el río antes de que desaparezca.

Otra de las curiosidades que sólo pueden ver los hombres, es la aparición de una mujer saliendo del cementerio y que desaparece entrando en la montaña. Nunca le han visto el rostro porque siempre se le ve vestida de blanco y de espalda. Según me dijo, se trata de una chica que iba a casarse obligada, pero que al negarse la mataron. Por esa razón, siempre sale corriendo vestida de blanco en busca del amor que nunca pudo realizar y que a su paso, los perros le ladrán para que se aleje del lugar.

El señor tuvo la bondad de compartir algo de su comida, unos platos típicos del lugar: Los chanchaguillos y los tenquiques. Los primeros son tamales en forma de brazo gitano relleno con carne de cerdo, pollo, frijoles negros molidos y amarrados con hojas de huerta. Cuando ya están cocidos se comen con crema de loroco. Los tenquiques, son hongos que se dan en el palo de guachipilín, se desilachan y se ponen a sofreír con tomate, cebolla, ajo y manteca de cerdo.

Me contó sobre unos bailes muy bonitos que se realizan en las fiestas patronales: el baile del zope y la vaca; y el baile del correteo. En el baile del zope y la vaca, se baila y se reciben ofrendas. Si no dan, el zope pica a las personas y le quita a la fuerza para dar la ofrenda. El día 25 se mata a la vaca para alimentar a los presentes.

El baile del correteo, es un baile de noviazgo. Se hace en la plaza y los bailarines se ponen los mejores trajes para conquistar a las jovencitas en edad de tener novio. Las chicas se ponen a bailar en el centro y los hombres alrededor haciendo un círculo.

Al día siguiente me dirigí al pueblo para visitarlo y conocerlo. Me pareció muy pintorezco y bastante similar a otros pueblos construidos por los españoles: en la plaza hay una iglesia, un parque, una alcaldía y muchos comercios a su alrededor.

Luego, me alejé dirigiéndome al pueblo de los brujos. El mensaje que me habían dado me pesaba mucho en el espíritu por lo que deseaba deshacerme de ello lo más pronto posible. Como en esa parte hay muchos pueblos indígenas que son parte de mi riqueza cultural, decidí visitar algunos, como: Salcoatitán, lugar de culebras y quetzales; Nahuizalco, los cuatro penitentes o cuatro izalcos; Cuisnahuat, río de los cuatro espinos; Sonzacate, cuatrocientas hierbas o zacates; Sonsonate, lugar de los cuatroscientos ojos de agua.

## Izalco, casa de obsidianas.

Este pueblo tiene especial importancia en nuestra cultura porque ahí se daban cita todos los domingos la mayoría de nuestra gente que vivía en los pueblos aledaños. El lugar es muy famoso por varias razones: la primera, ahí viven muchos chamanes y brujos; segundo, ahí se dio la gran matanza de nuestra gente por el mencionado coronel; y tercero porque cerca del lugar está un lugar llamado Atecozol, casa de los grandes guerreros Atonal y Atlacatl; cuarta razón, el volcán más joven está frente al pueblo y lleva su mismo nombre.

El volcán de Izalco, en la antigüedad, se le conocía como: la casa de los grandes sabios. Según me comentaron, en tiempos pasados, estos personajes tenían mucho reconocimiento y eran famosos. Entre ellos siempre hubo envidias, rencores y traiciones. En la cúspide de dicha montaña porque no se había convertido en volcán, habían construido una pirámide de pura obsidiana que cuando el sol estaba en su máximo esplendor, sus paredes reflejaban una luz intensa, por eso se le llamaba el cerro de la luz. Entonces, sucedió lo que todos deseaban o esperaban, el dios de la luz, al ver tanta maldad en los corazones, mandó a avisarles y advertirles de su mal comportamiento para que cambiaran. Sin embargo, su comportamiento empeoró. El dios de la luz, envió a un semidiós cómo emisario: Cuyancúat. Un persanaje con cuerpo de serpiente y cabeza de cerdo que vive entre los ríos de la zona, pero que proviene de lo profundo de la tierra.

Como los brujos no hicieron caso, el dios de la luz sacó toda su furia y lanzó en mil pedazos el templo de obsidiana que se había eregido en la cúspide de la montaña. Los pedazos de obsidiana inundaron toda la zona y su ceniza plomisa bañó toda la costa pintando a las playas con su color.

Según cuentan, la luz que salía del volcán era mil veces más intensa que la que reflejaba la pirámide. Esta erupción duró mucho tiempo y desde la costa se veía durante las noches oscuras como: una llama ardiente, una luz intensa, una vela encendida, como un faro eterno. Por eso, desde ese día, se le conoce, cómo: el volcán de Izalco o faro del Pácifico porque los pescadores cuando se metían mar a dentro se ubicaban fácilmente para regresar a sus hogares.

Como yo tenía un mandato claro, me dirigí al consejo de brujos y les hice ver lo que el dios de la vida me había dicho. Al verme vestido muy humilde no me hicieron caso y se burlaron de mi persona diciendo que ningún dios podría poner sus ojos encima de mí. Al insistir sobre la advertencia y las consecuencias, me sacaron a la fuerza del local golpeándome para luego dejarme tirado a la orilla de la calle.

Como el dios de la vida nunca deja desamparado a las personas, una buena persona me ayudó y me curó las heridas advirtiéndome que dejara en paz a los brujos porque eran muy malos. Le pregunté en dónde se encontraba el bosque del bálsamo y éste me indicó claramente cómo llegar al lugar.

Me aconsejó que me quedara a dormir bajo el bosque de árboles de bálsamo porque era un espacio sagrado dónde no me pasaría nada. Según la leyenda, la sangre de todos los que murieron en el lugar en la gran matanza dieron vida a esos árboles por lo que son muy curativos y muy apreciados por las almas. Se le conoce como el bálsamo de los reyes porque cura todo y era utilizado por la nobleza antigua.

Su savia es utilizada para sanar cicatrices, dolencias musculares y las inflamaciones. Nuestra raza, igualmente, utilizaba su flema, para poner a los muertos para prepararlos a la siguiente vida. En otras palabras me quedaría como anillo al dedo para curar las heridas provocadas por los enviados de los brujos.

En ese momento, me sentí muy mal y con muchas ganas de no seguir mi camino. Los golpes casi no me dejaban respirar. Me dije: ¡Otra caída más! Respiré profundo y al instante  recordé las palabras del abuelo: «El camino de los volcanes es sólo para valientes». Entonces, me dije: «Yo no soy un cobarde, me levantaré de ésta y de las que vengan». No sé de dónde me salió tanta fortaleza, pero los dolores y heridas me parecieron algo sin importancia. Luego, me dije: ¡Yo cumplí en dar el mensaje, allá ellos si no escuchan a los dioses!» Esa noche casi no dormí del dolor, pero al día siguiente me sentí mejor.

Cómo cerca del bosque del bálsamo, estaba el lugar llamado atecozol. Me levanté con la intención de darme un buen chapuzón en la cuna del señor de las aguas.

Atecozol, cuna del señor de las aguas

Se dice que en esta zona vivieron los guerreros más famosos de nuestro pueblo: **Atlacatl**, el hombre que vive en el agua y **Atonal**, el sol de las aguas. El primero se cree que fue un cacique del señorio de cuzcatlán  y el segundo, un cacique de Izalco y más precisamente del Acaxualt o sea dónde abundan las cañas quemadas.

Este último, se cree que fue quién le clavó una flecha en la pierna al conquistador Pedro de Alvarado, hiriéndolo y matando a su caballo. Nunca se rindió y desde las montañas siguió enfrentando a los invasores venidos de lejos.

Cerca de las pozas de agua fría, se encuentran dos estatuas de piedra de dichos guerreros. Desde el lugar se puede ver el volcán de Izalco en todo su esplendor. De igual manera, hay una imagen de piedra que hace referencia al mítico personaje de **Cuyancúat,** mitad serpiente y mitad cerdo que los dioses me habían hablado. En en el lugar me quedé curando mis heridas para luego continuar mi camino hacia el dios de la luz, el volcán de Izalco.

Cuando realizaba mi ceremonia, se unieron algunos ancianos y juntos hicimos la oración de la luz. Esta decía: «Dios de la luz, cuando mi alma esté en tinieblas no dudes en iluminar mi vida, mi camino y mi existir. No dejes que caiga en la oscuridad de las dudas, dificultades y tribulaciones. Aparta de mí todo egoísmo, maldad e impureza espiritual. Haz brillar tu luz en lo profundo de mi corazón. Sé mi lámpara, el faro que me guíe en el mar de las tinieblas».

En esa oración aproveché para darles a conocer que había cumplido mi mandato de avisarle a los brujos sobre lo que decía el dios de la vida y éstos, se habían burlado del mensaje. Fue entonces que el dios me dijo: « El ignorante es osado en lo que no sabe porque es incapaz de ver más allá de sus propias limitaciones. El egoísta se ahoga en el mar de su propia persona tragando desmedidamente su propia agua. No te preocupes, tu ya cumpliste lo pedido, sigue tu camino».

Cuando los que me acompañaban en la oración me escucharon, se preguntaron si pronto el volcán volvería a hacer erupción. En ese momento se escuharon varios gruñidos en la distancia. Por un momento, me sacaron de mi concentración y pude notar que las personas que me acompañaban se miraron con cara de conocer lo que estaba pasando.

Luego, al quedarnos conversando les pregunté sobre dichos sonidos en la oscuridad. Me preguntaron si había reconocido el animal y les dije que pensaba que era de un cerdo o *cuche*. Ellos confirmaron mi aseveración y me hablaron de **Cuyancuát**. Según me dijeron, no era la primera vez que escuchaban la advertencia por lo que pensaban que pronto el volcán de la luz volvería a hacer erupción o que se acercaba un temblor. No habían terminado de hablar cuando la tierra se puso a temblar por varios segundos.

Dijeron que la gente no había cambiado desde la última vez y por esa razón, volvería a demostrar su grandeza iluminando todo a su alrededor. Ellos eran conocedores del cuento o leyenda de la guerra de los brujos en el pasado por lo cuál el dios de la luz había destruido su templo de obsidiana.

Todos llegamos a la conclusión que pronto el volcán de Izalco volvería, tarde o temprano, a convertirse en un faro de luz. De igual manera, les comenté sobre la premonición sobre lo que se venía para la tierra de los volcanes: una sombra negra caería sobre los jóvenes y convertiría sus corazones en piedra, sin piedad y llenos de maldad. Sería como una enfermedad social capaz de destruir familias enteras. En ese tiempo la sociedad se vería como un muerto viviente.

## La leyenda de Cuyancuát

La leyenda de Cuyancúat, un ser mitológico mitad cerdo y mitad serpiente que aparece para advertir a la gente de su mal proceder. Según me dijeron los sabios del lugar, se movía entre las aguas frías del río mayor y que siempre se aparecía para avisar que algo sucedería próximamente en la zona. Ese ser avisó de muchas sequías o tormentas abundantes; también avisó sobre la matanza ocurrida en el pueblo de Izalco. Días antes del hecho se escucharon sus voces en la montaña, no una vez, sino varias. Ahí me acordé que en la montaña de la anciana, el mensaje incluía algo relacionado a ese ser mitológico, la voz del cerdo y la culebra avisará cuando el dios de la luz mostrará su rostro.

La última noche me quedé en un el lugar especial, cerca de un respiradero de aguas termales. Desde ahí podía ver la montaña que llamaban la casa de Cuyancúat porque se oían retumbes muy fuertes seguido de temblores que sacudían toda la zona. Supuse que eran los avisos de los cuales mencionaba el dios de la vida y que posiblemente ahí aparecería la señal esperada. Cosa que sucedió años después, ese volcán tiró lava y fuego con tal furia que sus piedras caían hasta en el mar. Su luz no se apagaba y se podía observar desde muy lejos. De igual manera, se apagó de repente al igual que en la primera erupción, se dice que fue hasta que los brujos comprendieron el mensaje y firmaron un tratado de no violencia entre los pueblos.

Esa noche, hice mi fogata y me preparé para la ceremonia antes de subir a la montaña. Cuando estaba en pleno trance, sentí que Cuyancúat se apareció, lo supe porque sentí el olor de cerdo mezclado con pescado. Su gruñir me confirmó su presencia, pero me negué a abrir los ojos. Los sabios me aconsejaron que no lo hiciera porque moriría de la impresión y que me pusiera a orar al dios del agua. Me indicaron qué debía decir y lo hice tal cómo me indicaron. Por eso dije: « Dios del agua, escucha mi oración que nace de mi corazón. Ya cumplí con el mandado del dios de la vida. Agradezco profundamente la bondad de tu gracia y no dejarme desprotegido de tu maná diario. El agua es esencial para mi supervivencia, para el de todo ser vivo sobre la tierra. Perdón por no cuidarte como debería hacerlo talando árboles y montes. Perdón por no protegerte de aquellos que se aprovechan de tu abundancia y se adueñán de ti. Te pido que nunca dejes de ser parte de mi ser».

En ese momento, sentí que una nube de humo cálida y serena me envolvió entre sus alas. Y fue ahí que recibí el mensaje de Cuyancúat. Me dijo: « Has cumplido tu mandato, el corazón del hombre necio no escucha las palabras sabias. Debes de subir la montaña, ahí escucharás mi voz porque estarás en el techo de mi casa».

Al día siguiente agarré mis trapos y me puse en marcha hacia el techo de la montaña. Me instalé en la cubre y desde ahí pude ver con claridad la inmesidad del mar azul que se extendía en el horizonte. De igual manera, a un lado, el cerro de la anciana y al otro la cordillera que contenía el resto de volcanes que debía subir y bajar. Algo que me recordó al rey cara chuca porque desde lo alto se veía la costa, sus cultivos de caña de azucar y algodón. Eran como nubes posándose sobre la tierra y cuando el viento soplaba, se mecían cómo olas blancas bailando al ritmo del mar. Aquellos cañaverales parecían mares con sus olas bailando con el viento.

En la cima del que sería el volcán de Izalco, me instalé y me preparé para mi próxima celebración. Curiosamente, en el lugar no duré mucho porque esa misma noche, sentí el deseo de hacer la oración. Ahí, tenía que ponerme en paz conmigo mismo. Ya me había puesto en paz con el dios de la vida y tenía que ponerme en paz con el dios que me mueve, esa luz que arde dentro de mí. Así que acampé en la cima y me preparé para ponerme en paz, conmigo mismo. El dios que llevo dentro estaba esperando mi oración y él me daría el siguiente destino. Según nuestra cultura, los humanos somos semidioses que deambulamos por la tierra en busca de convertirnos en divinidad. Todos y cada uno tenemos en nuestro ser la pureza necesaria para convertirnos en reyes o soberanos; por lo cual, dioses. Estamos obligados a buscar esa fuerza interior que nos haga avanzar en esa dirección.

En mi oración, le dije: «Dios interior, luz divina que haces que camine, que sonría y llore, que coma y beba agua, que respire y suspire, que abra los ojos y que duerma. Tu grandeza se ve reflejada con mi presencia en este mundo. Te pido perdón por no reconocer tu valor, por descuidar el valor de mi cuerpo, de mi alma y de mi espíritu. Perdón por no dar lo mejor de mí. Perdón por dejar que mis debilidades, flaquezas y malos pensamientos dominen mi caminar. Yo he sido creado por amor y por esa razón, hay más amor que maldad dentro de mi ser. Muéstrame la luz para ver el camino que debo seguir, haz que mi sol brille y se vea a través de mis ojos, has que mi naturaleza se haga notar a través de mis obras. Espero con amor, tu bendición y la ruta que debo seguir para encontrar mi vocación».

Estando en mi clímax emocional, escuché el mesaje que tenía que ver con mi próximo destino, me dijo: «dirígite a la tierra del cacique triunfante «Zapotitán», ahí tienes que visitar el gran templo, esa tierra fue sagrada y consumida por la gran caldera. Luego, tienes que ir a la ciudad hermosa « Quetzaltepeque» y desde ahí, subir a la cima de su volcán que lleva su nombre.

*«Ponerse en paz con el dios de la luz significa caminar bajo el amparo de la verdad, lo bueno y pacífico. Es pedir la bendición para no caer bajo las garras de la oscuridad que asecha tu alma, detrás de los sentimientos negativos, como: la traición, la envidia, el deseo ajeno, el enojo, la avaricia, el egoísmo y la necedad. Significa caminar en la claridad de tu destino disfrutando desafíos, pruebas y batallas, tanto internas como externas. El ser humano, por ser una creación nacida del amor, es indudablemente creado bajo el manto dadivoso de la luz».*

# III

## EL VOLCÁN DE SAN SALVADOR
## (EL VOLCÁN DE QUEZALTEPEQUE/EL BOQUERÓN)

(el dios de la hermosura o belleza)

« *El dios de la belleza es la deidad que te permite disfrutar de la creación como un regalo de amor. Cada ser vivo que habita sobre el planeta es una obra de arte del dios de la creación. Así que este dios te permite apreciar en su plenitud la hermosura a través de sus expresiones de color, imagen y movimiento. Esta deida es la que provoca en el alma el éxtasis de apreciar un atardecer, la caída de la lluvia, el color de un ave, el canto de una madrugada, el brillo de una estrella y hasta el infinito profundo del silencio cantando en tu alma*»

El recorrido hacia el volcán de San Salvador

En el tercer tramo del camino de los volcanes, la ruta nos lleva por el valle de «Zapotitán» o tierra del cacique triunfante, en lenguage Lenca y más precisamente, al sitio sagrado de san Andrés, en dónde existen unas ruinas de templos porque en la antigüedad era un lugar importante para el comercio y la oración. No muy lejos se encuentran los vestigios de la gran erupción, Joya de Cerén, unas casas en estado perfecto conservadas por las cenizas provenientes de la erupción del volcán de Ilopango, la gran caldera. La ciudad de Quezaltepeque está a unos pasos y frente a ella, el volcán de Quezaltepeq o más conocido cómo volcán de San Salvador o Boquerón. Precisamente, al pie de dicha montaña se encuentran las cuevas llamadas: los boqueroncitos.

Subir las faldas de este volcán permite apreciar el valle de zapotitán en todo su explendor e imaginar que en un pasado reciente fue el centro de una civilización llena de vida, prosperidad y fama.

## El dios de la belleza.

Se dice que en el vientre de este volcán habita el dios de la belleza, Quetzal. Esa belleza que sólo puede emerger de lo más profundo y puro de la creación. Que nos permite apreciar cualquier manifestación de vida en todos sus aspectos como un regalo de amor para que nuestra alma se alimente de vida y alcance su plenitud.

Este dios representaba para los indígenas el equilibrio y armonía que necesita el ser humano para ser expresión de lo más puro, la esencia de la creación. La belleza sólo se podía apreciar desde la perspectiva de cada individuo, desde el cristal de los ojos de cada ser humano. Los hombres son parte de esta expresión. Este dios no crea basura, cosas sin valor, desechos o residuos. Por el contrario, emerge de los valores fundamentales y de la energía más pura que permite entender, percibir y contemplar el verdadero sentir de la creación. Es un don dado a aquellos que tienen el alma alejada del egoísmo, la mezquindad y el rencor. Como expresiones del amor, debemos cultivar y apreciar la belleza en toda la expresión de la vida como el maná para nuestro espíritu y el oasis para nuestra alma.

## El valle de Zapotitán

Al llegar al valle de Zapotitán, me encontré con los restos de una parte de mis antepasados. Había sido una zona muy importante porque habían construido toda una ciudad ceremonial con varias pirámides. Al inicio pensé que el nombre derivaba de los zapotes y me encontré con otra historia diferente, deriva del lenguage Lenga y significa: tierra del cacique triunfante.

Desde que puso un pie en la zona, me sorprendió ver los vestigios de mis antepasados. Como siempre, busqué algún sabio para que me contara parte de la historia y compartir mi experiencia siguiendo el camino de los volcanes. Preguntando llegué a casa del sabio «Techán» y él, como su nombre indicaba, me ofreció su hospitalidad, sobre todo después de saber que era uno de esos jóvenes que buscaban convertirse en verdaderos individuos de acuerdo a los designios sagrados.

El sabio me habló de la explosión de «*la gran caldera*» que había provocado que muchos de nuestros antepasados aún permanecieran bajo las rocas y cenizas que cubrieron todo el valle de los xapotls, tierras del cacique de Cutla. Me comentó que muy cerca de ahí, se encontraban los vestigios de aquella expresión de la madre naturaleza, el sitio llamado tierras de Cerén. Ahí se encuentra una joya que nos recuerda nuestra historia.

Así mismo, me comentó sobre la grandeza de aquel lugar porque para nuestros antepasados significaba un lugar especial, dedicado a lo sagrado y a la convivencia. En ese sitio se reunían muchas tribus y pueblos venidos de todos lados. Era un lugar de mucho movimiento porque se hacían trueques y se celebraban grandes ceremonias. Era uno de los centros ceremoniales importantes de la zona: el Tazumal, Cihuatán, Casa Blanca, Las Marías y San Andrés.

Este último pertenecía al señorío de Cutla que en lengua lenca «Zapotitlán» significaba: el cacique triunfante, victorioso e invencible. Y qué por esta razón, toda esta zona fue devastada para demostrar que no hay más poderoso, invencible que el dios de la creación y la madre tierra, nuestra engendradora.

Después de la gran erupción, todo quedó en el olvido porque se tuvo que huir del lugar para poder sobrevivir. Luego, los españoles llegaron y se apoderaron de las tierras. El que se adueñó de ese terreno, llamó a la hacienda: San Andrés.

## Centro ceremonial San Andrés

Esa noche, en una especie de ceremonia de bienvenida, nos fuimos para el centro ceremonial del lugar. Ahí, me mostró todos los edificaciones que estaban cubiertas por las cenizas volcánicas que habían caído del cielo después de las erupciones ocurridas durantes las manifestaciones de la madre tierra. Me contó que la gran caldera había sido una de las principales expresiones, pero que habían ocurrido otras que habían terminado de ocultar ese lugar sagrado. De igual manera, me dijo que cerca de ahí, se encontraban otros sitios religiosos importantes: Las Marías y Cihuatán.

También me contó que los antepasados, en ese lugar, tenían mucha devoción a cuatro dioses: el dios culebra porque provenía de las profundidades de la tierra; el dios loro o quetzal que representaba la belleza por sus colores; el dios sapo que representaba el paso del mundo del agua a la tierra; y el dios humano que representaba la energía sagrada de la naturaleza que al final tenía la obligación de convertirse en el protector de todo lo creado.

Ahí aprendí que el hombre había sido creado a partir del maíz. Que hay tres niveles de existencia: el cielo, la tierra y el inframundo. El ser humano había sido desraizado y que, por esa razón, al final tenía que volver a la tierra y dependía de su comportamiento para volver o sino, se quedaba vagando en el inframundo. Al cielo, solamente, podía tener acceso su alma porque su espíritu se quedaba en medio y en ciertos casos, se apoderba de otros cuerpos vivientes.

El anciano me explicó que en el lugar que nos encontrábamos era precisamente el lugar ceremonial por excelencia de ese valle. Ahí siempre se daba gracias al dios de dioses por las bendiciones de la vida en todas sus expresiones. Según me dijo, ese centro urbano estaba compuesto por más de diecisiete edificios porque el lugar había sido muy famoso. Era un lugar que reunía seguido a los dirigentes políticos de la zona, había un mercado que atraía muchos habitantes de los cuatro puntos cardinales. Según sus conocimientos, tenía familiares en lugar muy alejados como Petén, Copán, la gran laguna de los nicas y el cerro del espíritu de la montaña donde la tierra comienza a desaparecer entre las aguas.

Por su testimonio, pude descubrir que esas tierras habían sido consagradas a la naturaleza en toda su extensión y que ahí los colores tomaban su máximo esplendor. Por eso, el dios de la belleza, quetzalteotl había elegido establcerse en el lugar. Por esa razón, algunos lugares cercanos como el volcán al cual me debía dirigir llevaban la palabra «quetzal» que significaba hermosura, belleza, bondad, brillante, celestial, maravilloso. No lejos del lugar se encontraba el lugar llamado: Quezaltepeque. Desde el centro ceremonial me mostró el volcán de Quezaltepec al cual debía dirigirme en mi camino de los volcanes.

Antes de eso, me había llevado a purificarme al río sucio y luego al río de agua caliente. Así que durante la celebración, el señor me consagró en«una expresión de amor del dios de la vida» por lo que estaba obligado a encontrar mi vocación para que mi alma pudiera optar a subir a los cielos y no quedarme vagando en el inframundo.

En su oración, él dijo: «*Dios de la vida, del cosmos y del universo. Creador de lo visible y lo invisible. Te damos gracias por tanta bondad, por la existencia de la madre tierra y por la oportunidad de experimentar la vida como regalo de amor. En esta ocasión, pongo a este joven bajo tu manto sagrado para que lo guíes en este caminar en busca de su verdadera luz. Este pequeño colibrí quiere volar y por eso, necesita reforzar sus alas, conocer el bien y el mal, a sus hermanos, a sus semejates y sobre todo, conocerse así mismo. No le des más de lo que necesita, ni menos de lo que busca. El camino es largo y tedioso, necesitará de coraje y valentía para sortear las vicisitudes que se le presentarán. Hoy le he hablado de la belleza de tu creación para que pueda sentirse parte de tu expresión, mañana debera conocer la ambivalencia del hermano. No permitas que el egoísmo, la mezquindad y la negatividad se apoderen de su espíritu para que su alma pueda encontrar en la belleza su esplendor, magnificencia, libertad y generosidad».*

En el lugar me quedé varios días y luego, me dirigí a un lugar llamado: el playón porque ahí comenzaba mi inicio hacia el cerro de los quetzales. Al estar a medio camino pude obsservar el poblado llamado Quetzaltepeque y el valle de Zapotitán, en otras épocas considerado y llamado el granero del Zapote porque ahí abundaban muchos granos básicos para los hogares.

Con el deseo de conocer más sobre mis antepasados y como no llevaba prisa, pregunté como llegar a lo que llamaban: Joya de Cerén. Según me habían contado, ahí podía ver claramente como nuestros antepasados vivían porque las cenizas de la gran explosión mantenían intactas las pertenencias de una pequeña vivienda.

Joya de Cerén, la Pompeya de América.

No estaba muy lejos del centro ceremonial y por esa razón, no me tardé mucho en llegar. Al descubrir el sitio, pude sentir la fuerza espiritual que emanaba de aquellos restos entre la maleza y el polvo. Muy pocos conocían el lugar y sin embargo, algunos hoyos me indicaban que gente sin escrúpulos habían profanado las tumbas para robarse algunas pertenencias. Me recordé que me había pasado lo mismo cuando visité en Cara Sucia las ruinas del rey cara chuca. De igual manera que hice en aquel momento, realicé la oración del perdón. Ellos no sabían que, al robarse esas pertenencias, se llevaban parte de su alma.

En ese momento, mi alma se puso triste y no podía alejarme del lugar sin hacer una oración de perdón. Hice un espacio al pie de una gran ceiba y me preparé para hacer dicha plegaria. Debía pedir por las almas que no estaban en paz al haberles robado parte de sus pertenencias.

La oración del perdón por aquellos que hacen las cosas por ignorancia, dice: «Dios que cuidas las almas de mis antepasados, en nombre de todo aquel que ha profanado nuestras tumbas, pido perdón por tal hecho. Por la ignoracia de esos seres que no han pensado en las almas que descansan en paz, por las almas que a través de sus pertenencias pueden seguir su camino hacia la divinidad. Estoy aquí suplicando tu misericordia y me permitas de alguna manera ser penitente para ayudar a mis hermanos a continuar su viaje al infinito de la creación. Te pido perdón por las heridas en el alma provocadas por mis semejantes sin compasión hacia su legado, su historia y sus antepasados. Siento vergüenza ajena y culpa por los hechos realizados por mis semejantes. Suplico tu ayuda, misericordia y paciencia ante tanta maldad en los corazones. Ayúdame a ver quienes han herido tus ojos y profanado tus entrañas. Quiero comprender sus debilidades y dificultades para ayudarles a ser más respetuosos con aquellos que ya no están en cuerpo con nosotros, pero que siguen vigentes en alma y espíritu buscando la luz eterna».

El sabio me había dicho que esa tierra era muy bendecida por los dioses y por esa razón, abundaban muchos árboles frutales. En mi camino hacia la cima pude recolectar muchos papaturros, almendras, nances y mangos. De igual manera, pude observar varios venados, cotuzas, armadillos, iguanas y tepezcuintles. Sin embargo, una brisa fresca me avisó que una tormenta se avecinaba y por esa razón, me apresuré a buscar un refugio.

## Los boqueroncitos

Me acordé que el sabio me había hablado de unas cuevas que llamaban «los boqueroncitos» que aparecieron después de la erupción. Ahí se refugiaban muchos animales e inclusive, se habían encontrado pepitas de oro. Cuando comenzaban a caer las primeras gotas de lluvia, encontré las mencionadas cuevas y entré buscando refugio. En ese momento, solamente habían algunos murciélagos y arañas, que cuando encendí una pequeña fogata se asustaron metiéndose en las grietas más profundas de la cueva.

Hice una pequeña fogata y para mi sorpresa, algo brilló en una esquina, por donde bajaba una corriente de agua. Me acerqué para ver de qué se trataba y me encontré con unas pepitas de oro.

Me dije: «a los mestizos les gusta este metal y podría utilizarlo para hacer algún tipo de trueque». Las metí en una pequeña bolsita. En ese momento, la lluvia se puso a caer de lo lindo. Agradecí tener un lugar dónde refugiarme y aproveché para preparar mi cena.

Me acomodé y comí algo. A pesar de  estar solo, me sentí agradecido. Me nació un deseo de liberar mi espíritu, puse unas cáscaras de canela que había conseguido de unos árboles cercanos y cerré mis ojos para acariciar el cantar de la lluvia. Me dijé, en lo más profundo: «¡Debo dar gracias por ser parte de esta creación! ¡Soy una expresión del amor hecha realidad al igual que las plantas y los animales!»

Me quedé contemplando la belleza del silencio y me entregé a una paz espiritual que me cobijó en su inmensidad. De repente, algo me dijo que no estaba solo y al abrir mis ojos, pude observar que no muy lejos de mi persona se encontraba un jaguar, un venado y un sapo. Los tres personajes me miraban cómo contemplándome. Medio sonreí y con la misma, volví a cerrar mis ojos para seguir experimentado la sensación de amor extremo. Una puresa infinita me invitaba a entregarme por completo. Sin saber en qué momento, me quedé dormido hasta que desperté el día siguiente. Los animales ya no estaban en la cueva y de igual manera, recogí mis cosas para abandonar el lugar. En ese momento, comencé mi ascenso hacia la cima de mi tercer volcán. El dios de la belleza me esperaba con los brazos abiertos.

## El volcán llamado: El boquerón

Al llegar a la cima del volcán, descubrí el llamado boquerón que tenía en el centro una laguna color verde. Desde ahí, se podía observar el valle de las hamacas, la puerta del diablo y la gran caldera «el lago de Ilopango». El cráter del volcán que había enterrado el poblado del valle de Zapotitán. Con solo ver su tamaño, podía deducir la fuerza de la exploción que pudo cubrir todo a su alrededor.

Esa misma noche, me puse a orar porque hacía mucho frío en la cima del volcán de Quezaltepec, y dije: «*Dios hermano, gracias por tu bendición, por hacerme comprender que no estoy solo y que dependo de mis hermanos para sobrevivir. Hazme instrumento de paz, de conciliación y de entendimiento. No permitas que mis manos, mis piez y mi boca sean armas para dañar, sino para sanar; para hundir, sino para levantar; para difamar, sino para enaltecer. Que mis ojos sean capaces de ver toda la belleza y ocultar su mezquindad; que mis sentimientos sean capaces de alcanzar su corazón y no maltratar su condición. Hazme fuente de alegría, prosperidad y vida. Hazme experimentar en mi espíritu y mi alma la expresión de la verdadera hermosura de la vida, que en cada ser viviente pueda encontrar el éxtasis de tu creación cómo parte de tu sublime amor. Quita de mis ojos las tinieblas que nublan el contemplar de la belleza de cada expresión de amor. Que comprenda que no soy superior que el resto de tu creación. Que cada ser tiene su propia belleza. Dios de la hermosura perdóname si alguna vez fui injusto en mi juzgar creyéndome superior y hermoso que los demás. Perdóname si he maltratado tu creación. Si no he compartido mis dones como muestra de solidaridad. No permitas que en algún momento me sienta una basura, un desecho o un sobrante de tu amor».*

Esa noche, la madre tierra me hizo escuchar nuevamente el gruñir en las entrañas de la montaña. Observé como el valle de las hamacas se mecía con su movimiento. Durante ese tramo del camino, las sacudidas fueron seguidas, unas más fuertes que otras. Comprendiendo el por qué de su nombre a ese valle entre montañas.

En mis sueños, me dijeron que debía pasar por el valle de las hamacas, dirigirme a la puerta del diablo; luego, ir a la gran caldera para finalizar marchándome al cerro de las dos tetas, el volcán de Chinchontepec para poder encontrar al dios del bien y el mal.

«*Ponerse en paz con el dios de la belleza significa aceptar que en has sido creado por amor y que de ninguna manera puedes considerarte una basura, desecho o sin valor alguno. La deidad de la belleza te llama a despojarte de todo aquello que sea maldad hacia tu persona, todo aquello relacionado con la fealdad física o espiritual que te aleja de tu esencia por ser parte de la creación del amor. Al mismo tiempo, te invita a descubrir en cada manifestación de vida, la belleza con la cuál ha sido creado para dar vida y hermosura a este mundo. En tu camino debes de considerarte cómo alguien especial, no una imitación barata, sino como ese elegido para hacer el camino que lleva a la perfección y por lo tanto, a la divinidad*»

# IV

## EL VOLCÁN DE CHINCHONTEPEC
## (EL VOLCÁN DE LAS DOS TETAS/CHICHES)

(El dios del bien y del mal)

«*El dios del bien y del mal representa las dos caras de la vida. El bien se manifiesta a través de la luz, la verdad, la bondad, el amor y la belleza que nos lleva a lo divino. El mal, por su parte, lo hace a través de la fealdad, lo negativo, la oscuridad, la traición, el resentimiento y la muerte que nos lleva al inframundo. Esta deidad te ofrece ambas vías y te deja elegir líbremente hacia dónde tu corazón quiera o desee dirigirte, según, los sentimientos más profundos que se alberguen en su interior*»

El recorrido hacia el volcán de Chinchontepec

Este tramo del camino de los volcanes nos llevaría por el valle de las hamacas, San Salvador; el cerro de San Jacinto y más específicamente, a la puerta del diablo; luego, se bajaría hasta el pueblo de Panchimalco, lugar de escudos y banderas; de ahí, se dirigiría al lago de Ilopango o la gran caldera y se terminaría en la cima del volcán de las dos tetas, Chinchontepec.

El dios del bien y del mal.

Se dice que en el vientre de este volcán habita el dios del bien y del mal. Estos dos elementos son necesarios para la existencia de la vida misma como una necesidad de un balance perfecto. Uno ayuda al otro para encontrar su verdadera esencia. El hombre siendo expresión de vida está compuesto por éstos dos elementos y tiene necesidad de conocerlos para desaliñar su verdadero ser.

En la cultura indígena el bien y el mal forman parte de la vida, del proceso de la misma existencia. Así como nace el sol por la mañana y muere al atardecer. Todo ser debe de cumplir un tiempo determinado en el proceso de su vivir o sea que se nace, crece, desarrolla, madura y muere. El hombre viene de la madre tierra y regresa a ella. Todo hombre nace para dar un paso más a su excelencia, a su divinidad. Cada creación tiene la obligación de dar ese paso para que las próximas generaciones puedan avanzar. Un individuo que no avanza hacia su divinidad es un retroceso para la siguiente generación. En el camino, el bien nos acerca a los divino y el mal nos aleja de lo dañino para que sigamos vagando en el inframundo. En el corazón está la llave de nuestro camino. Dónde el corazón nos guíe, ahí está la verdad que se busca. Un corazón perdido, es un corazón abandonado en su camino.

## El valle de las hamacas

Al bajar el Boquerón, me encontré en una gran planicie en dónde se había establecido un gran pueblo. Quizás, era la mayor concentración de personas que habían visto mis ojos. Me dio cierto temor tanta gente. Las casas de adobe con algunas grietas por las sacudidas de la tierra me indicaban que en cualquier momento podían venirse abajo soterrando a cuanto ser tuviera bajo sus pies. El vaivén de cada temblor era a veces suave como una pequeña sacudida bajo los pies o tan violento como el samaqueo de una sacudida brusca estando acostado en una hamaca. De todas maneras, mi paso por el lugar fue breve porque mi meta era llegar esa misma noche a la cima de la montaña dónde se encontraba la puerta del diablo.

Desde la cima del boquerón, las luces de la ciudad me indicaban que había muchas casas y que el lugar era muy concurrido. Sin embargo, por alguna razón, el dios de la belleza no me dio indiciones para que visitara un lugar específico del valle de la hamaca, fue claro al dirigirme a la puerta del diablo. Así que decidí pasar por uno de los costados.

## La puerta del diablo

Camino a la puerta del diablo, un temblor muy fuerte provocó que muchas tejas y paredes se cayeran. El valle de la hamaca me había sorprendido con una buena sacudida. Al inicio, pude escuchar un zumbido muy tenebroso y vi algunas hormigas que corrían como locas buscando refugio. Según mis cálculos, apenas fueron unos segundos, pero según fui caminando, pude ver las consecuencia de esa mecida de hamaca. La gente parecía estar acostumbrada a las remecidas que, según me contaron, pasaba todos los días aunque en la mayoría de los casos no se sentían.

Por suerte, no me pasó nada porque caminaba por una calle empedrada, pero observé como los árboles, casas y personas se movían de un lado para otro. Yo tuve que arrodillarme para no caerme, pero tuve miedo porque algunos árboles tocaban el suelo con sus ramas al doblarse por el movimiento que venía del fondo de la tierra.

Para llegar a «la puerta del diablo» tuve que subir un cerro pasando por unos cafetales. Antes de llegar, me encontré con un señor que se dirigía al valle de las hamacas a hacer algunas compras. Según me comentó, vivía en un lugar llamado Panchimalco que quiere decir de escudos y banderas. Al otro lado del cerro de San Jacinto.

Él me comentó que el pueblo tenía una hermosa iglesia y que estaban por celebrar el día de la cruz. Durante el rato que estuvimos hablando, aproveché para hacerle algunas preguntas de la zona. Le pregunté sobre «la puerta del diablo» y me contó parte de su historia. Me dijo que debía de tener cuidado porque en el lugar ocurrían cosas del otro mundo. Ahí se habían visto luces extrañas y que según sus antepasados, se le puso ese nombre porque descubrieron al diablo queriendo llevarse a una bella doncella.

En ese entonces, los lugareños se armaron de valor y con todo lo que pudieron, le persiguieron hasta acorralarlo contra el paredón llamado: el chulo. Ese ser, me dijo y no quiso mencionar su nombre por miedo, para escapar tuvo que utilizar su poder y partió el peñazco en dos. Por esa razón, le pusieron ese nombre y porque han encontrado muchas restos humanos en la parte baja.

Dicen que pertenecen a algunos perseguidores que fueron vencidos porque conocía sus debilidades. El dios del mal no puede ser vencido sin antes haber sido tentado por su poder. Como dicen, «quién está conmigo, no puede estar contra mi» o sea que aquella persona que ha utilizado el mal es porque de alguna manera su alma ha sido entregada al maligno; por lo tanto, esta persona al encontrarse con él, éste lo reconoce y ahí le reclama por los beneficios entregados. La persona no tiene otra opción que entregarle su espíritu y su cuerpo es lanzado al barranco como un desecho humano.

Según el lugareño, como le dije que tenía previsto acampar en esa zona, me aconsejó que tuviera cuidado con mostrar mis debilidades porque correría el riesgo de caer en sus garras. El señor, compartió conmigo algo de su comida: unas «pupuxas o pupusawas» de frijol con queso, unas «tlaxkali», una «memela»y un arroz negro.

Seguí las indicaciones que me dio para llegar y no me costó dar con la puerta del diablo porque claramente se veía la división de la montaña. Busqué la cueva que me había mencionado y ahí hice mi espacio para descansar.

Según dijo el señor, ahí dormía el diablo. Por suerte yo no soy miedoso y sé que nunca le he pedido favores por lo que tenía confianza en mi persona. Además, sabía que no podía obviar ese paso. Según algunos sabios, el mal está muy cerca del bien. No está lejos y se tiene que tener un cierto equilibrio que permita avanzar en la vida. Todo ser humano tiene una tendencia a hacer lo más fácil, lo más cómodo o que no necesita esfuerzo. Y el mal representa todo eso. En cambio el bien, necesita un esfuerzo, un desafio o aliciente. Las pruebas ayudan a crecer, a ser más fuerte, a descubrir tu valor. Los desafíos te ayudan a conocerte, a sacar lo mejor de tu persona y por lo tanto, a ser mejor.

Desde ese lugar se veía perfectamente el pueblo de Panchimalco, a la distancia el volcán que tenía dos tetas y la inmensidad de la gran caldera.

Al llegar la media noche, decidí hacer mi ritual y en esta ocasión era para pedir perdón por mis debilidades y quizás, por las tentaciones que el mal había puesto en mi mesa. No sé si fue por el frío de la noche o por las hierbas quemadas o por la presencia de algo extraño, pero me comencé a sentir inquieto. De repente, caí en un trance extraño y todo a mi alrededor se cubrió de una neblina misteriosa. Unas luces blancas se acercaron y de un momento a otro, sentí que algo me agarró entre sus brazos y llevó hasta el borde del precipicio. Me pusó de pie y con las brazos estirados como en una cruz. No me podía mover, pero escuchaba todo y veía todo. De pronto, una voz me preguntó tres cosas: ¿Por qué niegas ser un elegido? ¿Temes no ser bueno para lo que has sido llamado? ¿Decides seguir o te quedas? Después de unos segundos, una fuerza interior me hizo responderle fuerte y seguro: No temo ser elegido, sé para que me quieren y deseo continuar con mi viaje por los volcanes. En ese momento, la neblina se fue esclareciendo y vi frente a mi, la gran caldera.

Una paz interior me cubrió el alma y por alguna razón, mis ojos comenzaron a sacar lágrimas de alegría. Ni yo mismo sabía lo que me estaba pasando. Sin embargo, no quise detenerme y dejé que todo mi llorar saliera a recorrer mi rostro que se iluminaba con un cielo completamente estrellado. Volví a la cueva y me puse a orar para dar gracias, dije:

«*Señor del universo, me siento honrado de ser parte de tu creación. Hoy he descubierto que voy por el buen camino. Quizás todavía no he encontrado mi vocación, pero algo me dice que estoy siguiendo el camino correcto. Tu bondad y generosidad provocan en mi alma sólo agradecimiento y paz espiritual. No permitas que el mal se apoderé de mi alma porque deseo ser un ser de luz, de esperanza y vida. Agradezco mostrarme el lado malo para comprender el bien. La pregunta punzante para responder con valentía. La oferta de una falsa divinidad para encontrar la humildad de reconocer tu inmensidad. Gracias por darme tanto. No lloré de tristeza, sino de alegría al descubrirme inmensamente amado. Soy quién soy, gracias a tu caridad. A la oportunidad de ser alguien en el camino de mis antepasados. Sé que camino bajo el manto de tu apoyo incondicional, no hay palabras de agradecimiento para tanta bondad. Gracias por hacerme sentir especial, único y amado. Estoy en el camino de los volcanes porque quiero descubrir mi vocación. Sé que antes de llegar a mi final, tengo que pasar por multiples pruebas para purificar mi espíritu. Perdón por mi desconfianza y mis debilidades. Hoy he descubierto que he tenido miedo a tu elección por no considerarme digno de llenar tu cometido. También he dudado de mis capacidades y en cierto momento, pensé en abandonar mi camino. Ya van muchas lunas y mi cuerpo parece flaquear. Te pido que le des fuerza a mi espíritu. Te agradezco los alimentos que me has ofrecido a través del señor y con mucha convicción te aseguro que llegaré hasta la montaña de los espíritus».*

## Panchimalco, lugar de escudos y banderas

Como el señor me había hablado bien del pueblo de Panchimalco y algunas de sus tradicios, había pensado pasar por el lugar. Sin embargo, en sus relatos también había mencionado que el diablo en su huida había pasado por una cascada cercana llamada Huizucar. Mis antepasados me habían contado que en tiempos de la conquista, los sabios habían ordenado esconder todos nuestros tesoros en un lugar llamado «Huitzucar» para evitar que los invasores se lo llevaran. Hasta la fecha nadie sabía el lugar exacto porque se mantenía el secreto en nuestra gente, pero se conocía de la leyenda.

Así que comencé a bajar de la montaña y al llegar a un pequeño río, seguí su corriente. Al rato, llegué a unas cascadas y aproveché para daarme un baño en sus aguas cristalinas. Luego, me dirigí al pueblo y por alguna razón, comencé a recordar las anécdotas del lugareño. En el camino, me encontré con algunos monos y varias tuncas o cerdos. Eso me hizo pensar en lo que me había comentado dicho personaje. Me dijo que en el lugar los hombres se convertían en monos y las mujeres en *tuncas* por brujería. Unos para andar saltando de árbol en árbol y las mujeres para robar maíz de los sembradillos. Según me había dicho, si me hacían una brujería tenía que buscar un curandero para que me quitara ese mal dándome algunas hierbas y brebajes.

De igual manera, me había comentado que era un lugar lleno de espantos, sustos y encantos. En esas montañas era común encontrarse con la Siguanaba, el Cipitillo, el Cadejo y el llorón. Este último siempre aparecía justo en la media noche y lloraba como un niño dejado abandonado para atraer a las almas nobles e incapaces de negarse a responder al llanto de un pequeño. Sin embargo, era un engaño y si la persona se acercaba, podía sufrir el mal del susto. En nuestra cultura, lo maligno siempre se mueve mejor por la noche. La magia, las creencias y prácticas son parte importante en nuestra cultura. De igual manera, encontré las dos rocas unidas que según me había hablado, se trataba de la leyenda de los compadres que iban en cofradía a ver el cristo negro de Esquipulas, pero en el camino se habían puesto a tomar chicha y se quedaron borrachos en el camino. Entonces, en castigo por no hacer la promesa, los convirtieron en piedras.

Cuando llegué la pueblo de Panchimalco, lo primero que llamó mi atención fue una iglesia pintada completamente de blanco. Según me dijeron, las festividades se celebraban en honor al señor de la Santa Cruz. Y hay una peculiar celebración en el mes de mayo para agradecer las lluvias y su bondad, se llama: el festival de las flores y las palmas. Me hablaron de dos bailes muy bonitos: los chapetones y los historiantes. En el lugar aproveché para comer marquesote y tomar horchata.

## La gran caldera, lago de Ilopango

Al día siguiente me dirigí a la gran caldera, ahí debía bañarme en un sitio llamado «Apulo»o lugar que se unde en el agua. El nombre de «caldera» tiene que ver con el hecho que, según mis antepasados, no está sellado y su actividad está viva. La posibilidad de que pueda volver a explotar está vigente. En el pasado destruyó todo a su alrededor e impactó ambos océanos por lo que se cree que si vuelve a explotar, hará el doble del daño que la última vez.

Al pie de esa caldera, debía hacer mi ceremonia para pedir que se mantuviera callado. Esa deidad dormida había castigado a los poblados que habitaban a sus alrededores por no comportarse de manera digna según los designios del dios de dioses.

Según mis ancestros, todos estos valles eran fértiles y en sus tierrras se cultivaba en abundancia el producto que era la base para nuestra alimentación, el maíz. Aunque te diré que en mi niñez nos alimentábamos más de semillas de «ojuhuiste o ojusthe». Mi madre hacía muchas tortillas (tlaxkali), memelas (tortillas grandes y gruesas), tamales y pupusas (pupushaua) que en lo personal me gustan con frijoles o queso con loroco.

El ojusthe es un árbol muy grande, en mi tierra fácilmente crecía cincuenta metros de manera piramidal. Su tronco grueso de más de dos metros le hace ver imponente. En tiempos de abundancia, sus frutos caían al suelo como nances sólo que parecen jocotes o mamones. Su nombre significa: flor redonda y preñada. Cuando está maduro la cáscara es amarilla y por dentro, su semilla es café oscura.

En tiempos de cosecha recogíamos casi diez quintales y mi madre, a veces, hacía una masa que mezclaba con maíz. Mi padre, a veces, cortaba hojas tiernas para dárselas al ganado y en ocasiones utilizaba la madera para hacer taburetes, sillas, camas y mesas.

Cuando hizo erupción el volcán de la gran caldera, los pobladores contaban que en el cielo se veían grandes bolas de fuego que caín por todos lados. Luego, una gran nube de ceniza cubrió todo a su paso y las casas comenzaron a quemarse. Para colmo de males, los retumbos y temblores se sucedían muy amenudo. Por esa razón, se creía que era el fin del mundo. Por suerte, los sabios habían predecido ese fenómeno. Dijeron que el dios de dioses estaba enojado con los pobladores por no cumplir con sus mandamientos de amor. En ese tiempo, había muchas peleas entre los pueblos, destrucción de la vida y el olvido de sus ritos.

Las familias obedientes se habían marchado desde los primeros avisos, pero aquellos incrédulos murieron bajo la sombra de las cenizas. Mis antepasados decían que el volcán de Ilopango tiró rocas que llegaron hasta el mar y sobrepasó los límites de la tierra de los volcanes. A su entender, ha sido la explosión más grande que ha ocurrido en estos lugares. Al ver la inmensidad del lago que calculo tiene como diez kilometros de diametro, podemos comprender la magnitude de su explosión.

En mi camino rumbo a la gran caldera, fui recogiendo algunos alimentos y verduras para el camino. En esa tierra hay mucho nance, jocote, mamón, almendra, anona, guayabas y pepetos. También, pensando que llegaría a un lugar donde posiblemente abundaría el pescado, me interesé en llevar: orégano, tomillo, laurel, cilantro, albahaca y romero. Para pescar sólo necesitaba conseguir algunas lombrices que solía conseguir debajo de madera podrida o simplemente, golpeando delicadamente un palo con una piedra para imitar la caída de la lluvia provocando que las lombrices salieran a refrescarse.

Para llegar a la orilla me tardé todo un día y parte de la noche. Al ver la belleza de ese lugar, me daba cuenta del por qué llamaban valle de los elotes «Ilopango». Las historias de mis antepasados tienen sentido porque si los cultivadores que habitaban esa zona, habían enojado al dios de dioses, seguro los castigaría.

Muy cansado, me dispuese a buscar un lugar para acampar. Preparé una trampas con piedras y ramas para atrapar algunos peces, puse comida y esperé lo necesario antes de ir a averiguar si algún pez había caido en la trampa. Las lombrices nunca fallan y conseguí algunas mojarras, filines y bagres.

Mientras tanto, hice una fogata y me acosté para meditar mirando el cielo estrellado. Como estaba tranquilo y mirando como las estrellas se reflejaban en el espejo del agua, me acordé que en el norte de esa zona se encontraba un lugar que tenía el nombre de «citalá» que quiere decir: donde abundan las estrellas o río lleno de estrellas. Mi padre me contó que cuando decidió hacer el camino ancestral pasó por dicho lugar porque según dice, en ese lugar, se reunían muchos pueblos para comercializar sus productos.

Esa noche comí rico porque atrapé muchos peces. Me puse a asar varias mojarras. Luego, sin olvidar mi objetivo, me dispuse a preparar mi ceremonia.

Esa noche era luna llena y por eso, su presencia se hacía sentir en todos los seres sobre la tierra. Se dice que cuando la luna está llena y grande, es porque está más cerca de la tierra y por esa razón, las olas son mayores, es momento de sembrar aquellos árboles que salen de la tierra y es el momento propicio para los nacimientos. Su atracción es tal que los espíritus salen de la tierra y deambulan buscando otras almas. La gran caldera también puede sentir esa fuerza y en cierta manera, pude tener el deseo de salir o explotar.

Comencé a echar un poco de incienso y de repente, se escuchó un rugir que venía de las profundidades. Un temblor muy fuerte me hizo arrodillarme frente al fuego. Me dije: «el dios de dioses sabe que me encuentro aquí». Así que comencé mi actividad saludando a los cuatro puntos cardinales: el Norte hace referencia a Dios, la pureza y la paz. Mis ancestros utilizan el color blanco para identificarlo. El Sur, en cambio, se utiliza el color amarillo porque hace honor a la madre tierra, los frutos y la necesidad. El Oeste representa al señor de las aguas que puede ser fuente de paz o peligro, también se dice que el Oeste te pone en manos de la noche y su misterio. Por eso su color es negro. Apunta hacia el poniente. El Este, representa el señor del aire, fuente de nuestro aliento. Es importante para nuestra supervivencia y por eso su color es el rojo y apunta hacia el oriente.

En mi ceremonia, me propuse pedirle al gran astro blanco, la luna, que no despertara a la gran caldera y en cambio, trataría de ayudar a los hombres a ser más clementes con sus semejantes. Durante la celebración, la gran caldera provocó uno de sus multiples despertares y las aguas del lago se agitaron con su movimiento. Sin embargo, después de eso, se experimentó una calma abrumadora. Ni los grillos o sapos se atrevieron a cantar. La hermosura de la luna se pintó en el rostro del agua y pareció que ahí se puso a dormir.

Mientras reflexionaba, me acordé que mi padre me dijo que en mi camino encontraría un inmeso río que los ancestros llamaban: Lempa que significaba, a la orilla del río o en lengua Lenca, río enseñoriado. Al Oeste de ese manantial se encontraba la tierra llamada « cuscatlán », el lugar de cosas hermosas.

Mientras observaba el lago, agarré unas piedras pequeñas y planas con la intención de ponerme a jugar lanzándolas para que saltaran sobre la superficie. La idea era hacer el máximo de saltos y superar mi record que era de quince. Esa noche, no lo superé y luego, me senté para lanzar pequeñas piedras los más lejos que pudiera desde mi posición, sentado. En ese momento, al ver como cada piedras hacía círculos infinitos que me besaban los pies, porque los tenía en el agua, me acordé de un pasaje de mi vida. Yo solía ir a pescar con mi padre y sin saber por qué, tenía miedo de que muriera. Así que cuando él se metía a pescar, me ponía a tirarle piedras con la finalidad de decirle que lo estaba esperando. A veces, él sacaba una mano para saludarme y eso bastaba para tranquilizarme. Los círculos de cada piedra significaban que mi padre venía a mi, que no estaba solo. Esa noche quise estar al lado de mi padre y sentir su presencia. Me dio algo de miedo el pensar que quizás estaba enfermo, me necesitara o que hubiera muerto. De repente, un viento fresco que venía del oriente me ofreció un beso de tranquilidad y algo me dijo: «tu padre se encuentra bien, debes seguir tu camino. Deja que ellos hagan su camino, tú no debes dejarte influenciar por la duda, no le des cabida en tu sentir».

Mirando mi próximo objetivo, el volcán de dos tetas, el Chinchontepec me dormí con la certeza de que la gran caldera se mantendría tranquila por mucho tiempo.

La Siguanaba, la dama de la noche

Para llegar a una de las cimas del volcán de las dos chiches, me tardé varias noches porque el camino era bastante difícil. Mi padre me dijo que subir ese volcán representaba conocer el bien y el mal. Según su entender, la primera chiche representaba el mal porque según los antepasados, hay que conocer primero el mal para apreciar el bien.

Como en la vida nada sucede por casualidad, me preparé espiritualmente para enfrentar cualquier mal que se me presentara en el camino. Según mi padre, el peor mal o enemigo, no se encuentra afuera, sino dentro de la persona. Podemos enfrentar a cualquier enemigo si lo tenemos enfrente, pero al enemigo interior es difícil enfrentarlo porque es carroñero, traicionero y conoce muy bien nuestras debilidades.

En mi caso, yo estaba consciente que mi peor enemigo era la inseguridad. Dudaba mucho y me hacía pensar demasiado para tomar acción. Y sucedió lo que me temía: una tormenta fuerte me agarraró en plena montaña, subiendo por el barro y sin comer. No había escuchado ni un solo rayo mucho menos un relámpago. De repente, un aguacero fuerte y tupido comenzó a caer sobre mi espalda. Las gotas eran tan grandes que al caer rompían hasta las hojas de las plantas. En mi espalda sonaban como tambores batientes y sus golpes era fuertes.

El camino se hizo muy difícil porque las corrientes de agua comenzaron a bajar trayendo consigo todo lo que encontraba en su paso. Busqué una buena rama seca para apoyarme y tener mejor agarré. Sin embargo, el peso de mi matata y el bulto que llevaba me habían agotado las energúas. Me dije: «hace ratos hubiera hecho algo, no puedo seguir con este peso. Es de tontos empecinarse con algo tan evidente».

Me detuve en seco y me quité el peso de mi espalda. Busqué un buen tronco de un árbol y amarré fíjamente mis cosas. La idea era buscar un refugio cercano y volver por ellas. Luego, continué mi camino con más seguridad, agilidad y fuerzas. Sin embargo, no sabía lo que la vida me tenía preparado adelante. Por suerte, había tomado el tiempo de escuchar mi voz interior.

Caminaba con mucha dificultad hacia arriba agarrándome de lo que podía, mi cuerpo se sentía ligero y seguro. Las corrientes de agua eran cada vez más fuertes y arrastraban piedras, ramas y todo lo que encontraba delante. La tierra se comenzó poner floja y lisa. De repente, puse mi pie en una piedra y me agarré de una pequeña raíz sin pensar en su fragilidad. Ambos cosas cedieron y no me dieron opción de agarrarme de algo.

Cuando me di cuenta, iba para abajo deslizándome tratando de agarrarme de lo que pudiera.

Ahí pensé lo peor, no me podía deterner y comencé a caer por esa colina. Creo que en las primeras de cambio me doblé el tobillo y más de alguna costilla porque sentí que crujió algo en mi interior. Tratando de no hacerle caso al dolor seguía con mi instinto de sobrevivencia buscando como loco algo en qué agarrarme. De repente, sentí un golpe en mi cabeza. Había pegado contra algo y ahí no supe más de mi suerte.

Creo que me desmayé y que el todo poderoso me quiere mucho porque puso delante de mi persona un árbol fuerte con un tronco robusto. Ahí quedé doblado por la cintura.

Al día siguiente desperté al escuchar el cantar de unos pájaros. Al abrir los ojos me llevé mi primera impresión. Estaba doblado frente a un precipicio infinito. Unos cuantos metros más y no la contaba. Lo primero que hice fue dar gracias al dios de la vida. Luego, traté de averiguar que tan mal estaba y al darme cuenta que podía moverme, decidí buscar la mejor opción para salir de aquel problema. Por suerte, la lluvia había cesado.

Como pude fui trepando la pendiente hasta llegar a dónde había dejado mis cosas. Haciendo un cálculo rápido, pude contar más de cien metros de caída. Saqué algunos medicamentos y me hice unos menjurjes con bálsamo, leche de tempate, romero, menta, clavos de olor, jengibre, canela y flor de amapola. Me quedé un buen rato en el lugar para tratar de recuperar mis fuerzas y analizar la situación. La verdad, no me podía quedar ahí porque el cielo mostraba signos de continuar regando la zona.

Me hice unas compresas, unos vendajes y me dije: « Debo seguir, no me puedo dar el lujo de quedarme en este lugar porque corro el riesgo que otra tormenta me sorprenda».

Así que como pude comencé a subir la montaña dejando parte de mis pertenencias en el lugar. En ese momento, la tierra estaba algo húmeda y se tenía que subir con mucha precaución.

Por suerte, no muy lejos de ahí encontré una pequeña cueva bajo las rocas de un peñasco. Aunque no era muy grande, el espacio me cubría de la lluvia y me mantendría en lo seco. Según pude observar, el lugar seguramente era la guarida de algún animal o ave porque había vestigios de plumas, pelos y ramas secas que me sirvieron para hacer un poco de fuego.

Me acomodé y luego volví por el resto de mis cosas dónde guardaba algo de comer. Al regresar, me tomé un tiempo para verificar mis golpes y heridas con la idea de conocer mejor mi estado de salud.

El tobillo se había doblado pero no estaba quebrado, se había inflamado un poco. Tenía una herida en la cabeza y unos moretones en las costillas, pero según pude tocar, ninguna quebrada. Hice unos ungüentos, una tizana y comí algo. De repente, la lluvia se vino con un torrencial más fuerte que el anterior. El agua bajaba a grandes cantidades y desde dónde estaba podía ver la cascada que se formaba delante de mi. Puse algunas piedras en los extremos para que la corriente no entrara a la cueva. El ruido del agua, el calor del fuego y el cansancio provocaron que me diera sueño y cuando menos lo pensé, estaba completamente dormido sobre mis rodillas dobladas. Normalmente, nosotros descansamos sentándonos sobre los talones de los pies, pero como tenía el tobillo en mal estado, había decidido sentarme y cruzar mis piernas.

Creo que estaba muy mal, sentí que la temperatura de mi cuerpo se había elevado. Creo que me dio fievre y estuve delirando. Me acuerdo que en un momento determinado, me vi subiendo una escalera y que había llegado cerca de las nubes. A mi alrededor veía una especie de neblina blanca y por eso, me dije: «me morí, me *petatié*». Un sentimiento raro me invadió el espíritu, pero siendo lógico como pocos. Me respondí: «No estaba tan mal para morir de eso. Entonces, debo estar soñando. Y quizás, debe ser de madrugada, cerca de las tres de la

mañana. ¡Interesante! Veré que quieren decirme los dios».
Como ves, aún soñando trato de ser lógico.

Mis ancestros dicen que el dios de la vida nos habla tres
vecess al día: a las tres y a las seis de la mañana; luego, a
las seis de la tarde.

Me propuse entonces, seguir mi sueño. En ese
momento, las nubes se fueron esclareciendo. Me di cuenta
de una cosa: yo sabía que estaba ahí, pero no veía mi
cuerpo. Me dije de nuevo: ¡Interesante! El espíritu de la
curiosidad me invitó a tratar de averiguar y comencé a
remover las nubes, aunque no veía mis manos. De repente,
a lo lejos, pude observar otras escaleras y otras personas, a
ellas si les veía el cuerpo aunque no pude reconocer a
nadie. Lo curioso y el detalle del asunto era que unos
estaban más abajo o más arriba de mi persona. Unas
parecían estar sin moverse y otras querían bajar. Al ver a
cierto sector, pude observar que alguien ayudaba a otro a
subir, pero éste no aceptaba la ayuda. Después de insistir,
el sujeto se alejaba. De repente, escuché cerca de mí a
alguien que me pedía ayuda. Me le quedé mirando y su
rostro me recordaba a alguien con quien había tenido un
problema. En otras palabras, no era alguien de mi agrado.
Al principio me sorprendí, pero me dije: «Si necesita
ayuda, debo ayudarle». Extendí mi mano y el tipo se sujetó
para comenzar a subir por su escalera. Al pasar a mi lado,

me miró y no pude ver maldad en sus ojos. En ese momento, me quedé como en un vacío extraño. Al abrir los ojos, me encontré en la cueva y estaba amaneciendo. La lluvia se había calmado, pero seguía cayendo. Me dije: «Dios quiere decirme algo y me quedé a medias. ¿Tendrá que ver con mi vocación?» Cerré los ojos queriendo volver al sueño porque deseaba conocer el sentido del mensaje. Sin embargo, no pude volver a la escalera ni conocer en ese momento su mensaje. Claro que al final del camino de los volcanes, supe porque había soñado eso. Pero ahí no termina eso.

Sucede que al abrir los ojos, sentí un olor a animal un poco extraño. De repente, entre la lluvia, la oscuridad y cierta nebliana, observé a cierta distancia unos ojos que parecían brasas encendidas que estaban clavadas en mi persona. Me miraban fíjamene y sin ninguna emoción. Como estaba medio dormido, moví los parpados de arriba abajo queriendo limpiar mi visión. Mi sorpresa fue grande cuando descubrí que era un perro o lobo de color negro intenso, con sus orejas paradas y un estilo desafiante. Me dije: « ¡Es un lobo!». Moví la mano tratando de buscar mi machete porque es bien sabido que esos animales son muy peligrosos. Cuando sentí el instrumento, apreté el mango y por un segundo perdí de vista del animal. Me puse nervioso porque seguramente estaba a punto de atacarme por detrás o se había marchado. Cuando volví mi mirada hacia el otro costado, pude observar otro lobo o perro que estaba alejándose, pero éste no era de color negro, sino blanco casi como la nieve. Ahí me dije: «¡Era el cadejo!». El bien y el mal me han visitado. En ese momento, recordé dos cosas importantes: una fue que al ver el cadejo negro tuve miedo y la otra, al ver al cadejo blanco, tuve paz y tranquilidad. Decidí entonces, echarle más leña al fuego y ahí me di cuenta de que en ambos lados había un manojo de pelos negros y blancos. Eso significaba que ambos animales habían dormido conmigo. Me quedé un poco asustado y bastante preocupado porque no me gusta estar ausente de mi realidad. Prefiero estar consciente de lo que me pasa para decidir mis acciones, no que otros decidan por mi.

En ese momento realicé que estaba en una de las montañas del volcán de Chichontepec, el volcán de las dos tetas o chiches o sea, el bien y el mal. Ese día, la lluvia siguió, pero al caer la noche se terminó. Sin embargo, me quedé recuperándome tres noches más. Una cosa curiosa que me pasó fue que al pie de una caída de agua, no lejos de la cueva encontré otras pepitas de oro, como en los boqueroncitos. El metal que los latinos y mestizos aman sobre todas las cosas y que para nosostros no es más que una simple piedra. Y aunque estas personas suelen matar por dicho metal, me dije: «A lo mejor, más adelante me pueden servir para hacer intercambios por algún alimento». El país de los volcanes estaba rico en minerales sacados de lo profundo de la tierra.

El tiempo no había cambiado mucho, el sol apenas había atravesado las nubes para volverse a esconder y la mayoría de animales se resguardaba porque no era de sabios arriesgarse mucho. La llovizna ocultaba los ruidos, las sombras y la realidad. El frío ponía los sentidos algo adormitados. Sin contar que en la cima de la montaña, la temperatura bajaba bastante por las noches y las madrugadas.

Como todavía estaba en recuperación, no me sentía al cien por ciento para continuar por el camino de los volcanes. En ese momento sabía que estaba llegando a la mitad de mi ruta. La cima de la chiche del mal no estaba muy lejos y ese objetivo era bastante alcanzable. La duda estaba en saber si valía la pena arriesgarme porque el camino estaba liso y rocoso, otra caída podría significar el final. Meditando, me vinieron algunos recuerdos a la memoria. Mis antepasados decían que un hombre siempre tiene que estar en movimiento, no se podía quedar mucho tiempo en un solo lugar porque corría el riesgo que otro ser quisiera ocupar el lugar que ocupaba. Que la comodidad no era buena consejera porque no permitía avanzar en la vida. El miedo a lo desconocido provoca que el hombre se quede inerte, incapaz de reaccionar, paralizado física y espiritualmente. Que todo hombre nace con dos personalidades, la que todos vemos y la que escondemos. Un hombre bueno y un hombre malo. Que todos los días nacemos a la vida al abrir los ojos y que morimos al dormir. Por esa razón, cada día tenemos la esperanza a ser mejores que ayer, pero que muchos nos aferramos al hombre viejo y no permitimos que el hombre nuevo avance. Es como meternos en el agua para lavar nuestro cuerpo y al salir, se sale con un cuerpo diferente: limpio, alegre y activo. Que los hombres acostumbran alimentar el cuerpo físico, pero que se olvidan de alimentar el cuerpo espiritual, siendo éste el más importante. Que las peores enfermadades no son las físicas, sino espirituales. Un ciego de la vista puede seguir en la vida, pero que un ciego espiritual muchas veces se queda varado sin saber a dónde ir. El hombre tiene que ser siempre agradecido y debe de estar consciente que no es más importante que las plantas ni los animales. La madre tierra es la dadora de vida y todo aquel que está ligado a ella de forma directa tiene más importancia. Los árboles y las plantas pueden nutrirse directamente de ello. En cambio, los que estamos separados tenemos que buscar nuestro alimento. Nuestra raza es consciente de ello, por lo que antes de cortar un árbol, se tiene que pedir permiso y prometer sembrar otro. Antes de matar a un animal hay que pedir permiso y confirmar que no es una hembra o muchos menos que esté en estado de gestación. La mujer, por ser una dadora de vida, tiene que ser alguien más importante que el hombre en cuando el mantenimiento de la especie. No se puede maltratar y al hacer el aparreamiento o coito, la mujer tiene que estar de espaldas a la madre tierra por respeto. Las otras formas son como imitar a los animales.

De repente, de la nada, apareció una figura femenina. Mi asombro fue grande. Una mujer en esos lugares, sola y a esa hora, no era normal. Parecía que le había pasado lo mismo que a mi persona, se había resbalado. Sus ropas estaban rotas y mostraba algunos golpes, rasguños y dolencias. Al principio creí que estaba soñando, pero como estaba sentado sobre mis pies descansando, me di unos cuantos golpes en en las pantorrillas y aproveché para buscar con sigilo el cuchillo. Como decía mi madre: caras vemos, corazones no sabemos. Muy guapa puede ser una hembra, pero hay que recordar que sólo muestra su lado bonito, el oscuro lo guarda muy dentro. Además, recordé que estaba cerca de la chiche del mal.

La mujer me dijo:

— ¡Hola! ¡Tengo frío! ¿Puedo calentarme? — Me miró con un de dolor profundo. Sus ojos negros cautivaron mi interior y me sentí débil ante su presencia. Eso no me gustó para nada.

— ¡Claro que sí! — Le dije alejándome un poquito de la fogata sin dejar de verla. Me recordé que a lo desconocido nunca hay que darle la espalda. Además, me puse alerta y de manera disimulada, pude determinar las rutas de escape en caso de peligro. Esa es una de mis cualidades como cazador que aplico cuando me siento como presa. Y en ese momento, algo me decía que no era el cazador.

La mujer se acercó a la fogata y se sentó sobre sus pies, como imitando mi posición. Me dije: « Esta chica no es de mi raza, pero conoce nuestras costumbres. Me está imitando o ha vivido entre los nuestros. En ese momento, reaccioné que me había saludado en mi lengua: me había dicho «niltse, sekui, oninozco».

Como tenía en el fuego agua caliente y unas yerbas, me miró y con el rostro me pidió permiso para agarrar. Como mi madre me había educado que no se le puede negar nada al necesitado, le di mi consentimiento. Además, le acerqué un pedazo de carne seca y un pedazo de tortilla «tlaxcali» para que pudiera alimentarse. Curiosamente, en ese momento, el miedo que tenía en la piel se había alejado y una especie de paz interior se había instalado en mi persona. Esos altibajos en mi interior me tenían desconcertado.

La chica tenía el cabello negro como la noche y al agachar la cabeza, la melena caía sobre su cara y sus hombros cubriendo con el gesto sus pechos. Al rato, se puso a tocarse las heridas y los golpes. Murmuró cierto dolor. Sin pensarlo, me puse a preparar unos menjurjes medicinales y se los di para que se los aplicara. La mujer me sonrió al recibir el regalo y muy despacio se colocó la medicina. Al terminar, me dijo: «Estoy cansada y tengo sueño». Se acostó como si fuera una niña, doblada y de lado mirando el fuego. Me quité la colcha que tenía sobre mi y se la coloqué para que la calentara. A los minutos, la chica pareció dormirse. A partir de ese momento, me quedé pensativo y no quise dormirme, le puse más leña al fuego. La lluvia comenzó a caer muy fuerte, como cuando me había deslizado. Me dije: «por suerte no me marché». El tiempo pasó y como no soy un ser nocturno, el sueño me comenzó a invadir. Cuando sentí, me había dormido. A todo eso, no dejaba de llover y el fuego disminuía su intensidad. El frío se metió en la cueva y comencé a temblar dormido.

En un momento dado, cuando abrí mis ojos, me encontré acostado sobre la mujer. La fogata estaba casi apagada y al sentir el calor del cuerpo femenino, no fui capaz de negarme al contacto. Sin embargo, me quedé dormido. Al volver a despertarme, la mujer ya no estaba ahí. Se había marchado. Me puse a meditar y buscar pruebas de su presencia. Me acordé que al estar frente al fuego, su figura no proyectaba sombra y nunca me miró de frente. A pesar de estar herida, no sangraba. En ese momento me acordé de la historias de mis antepasados sobre la hembra que aparecía a los hombres en las montañas: «siuatsin», es una mujer amada cuando esta provoca sentimientos nobles, los pueblerinos le pusieron el nombre de «Sihuanaba» que era la contra parte a la mujer buena porque esta engañaba, poseía y enloquecía a los hombres que encontraba.

Como no consideraba que estaba loco o poseido por algún espíritu maligno, me dije que había sido la mujer buena que había estado conmigo esa noche. Nuestros ancestros dicen que es la misma mujer, pero que la mala al encontrar un hombre de buenos sentimientos, se convierte en buena. Es decir que no va contra la naturaleza de la persona. Ese día me dirigí a la primera chiche e hice mi oración.

En esta oración, dije: «dios del mal, de lo negativo, de la oscuridad. Con mucho respeto me dirijo a tu persona para agradecer tu presencia porque significa la oportunidad para crecer como persona. Cada desafío, cada prueba me empuja a ser mejor, a conocerme y a alcanzar mi potencial como ser humano».

Al día siguiente, agarré camino a la siguiente chiche y me instalé cerca de su cima. Curiosamente, esa noche, descubrí que las pepitas de oro que había recogido habían disminuido. Me quedó la duda si la mujer se había llevado las pepitas de oro a cambio de no hacerme daño. Si fue el caso, me pareció muy barato el precio que pagué por ese encuentro.

Mi siguiente destino era el volcán de Usulután o de las almas encadenas.

*«Ponerse en paz con el dios del bien y el mal significa estar consciente que caminas por un sendero en el que puedes caer fácilmente si no estás fuerte espiritualmente. El bien te ofrece un camino tranquilo, pero en esa tranquilidad te puedes quedar en la comodidad de no querer avanzar. El mal te ofrece un camino de inquietud, miedo y zozobra que amenaza tu paz espiritual y te mantiene alerta, vigilante y te invita a superar obstáculos, desafios y miedos. El mal puede ayudarte a crecer y el bien a estancarte. Por eso, es necesario conocer ambos mundos para tener consciencia de tus deseos, hacia dónde te diriges y qué quiere tu corazón»*

# V

## EL VOLCÁN DE USULUTÁN

## (ENTRE LOS OSELOTES/ EL MACHU PICHU DE EL SALVADOR)

(El dios de las almas encadenadas)

«*El dios de las almas es la deidad que puede elevarte al cielo o llevarte al infierno del inframundo. El alma de una persona es la parte mística y sublime del ser humano. Ese cuerpo celestial que posee en su seno lo más puro de un ser. Es lo que anima a la persona a ser buena o mala. Es ese susurro, aire, vapor o sombra que habita en el centro de cada ser. El dios de las almas es quién recoge en su manto y decide hacia dónde las envía. Unas pueden ir a la luz del cielo y otras al laberinto de la oscuridad. Puede darle alas para que se acerquen a la divinidad o las encadena para que penumbren en el abismo del inframundo*»

El recorrido hacia el volcán de Usulután

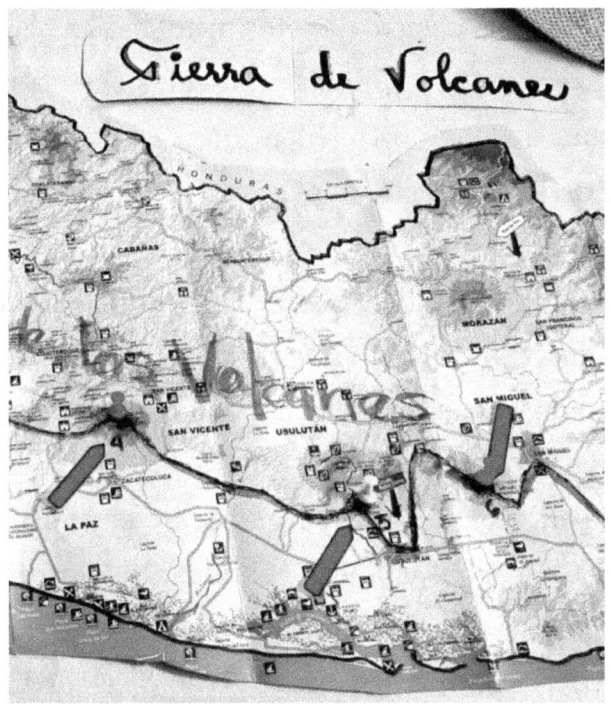

En el quinto tramo del camino de los volcanes nos lleva en dirección del bosque la Joya, el valle de Jiboa, el río Lempa, Berlín, la laguna de la alegría, el peñón de las almas encadenadas en la cima del volcán de Usulután.

El dios de las almas encadenadas

Se dice que en el vientre de este volcán habita el dios del inframundo en dónde las almas pufirican su espíritu y sólo aquellas que lo logran pueden dar el paso hacia la divinidad, de lo contrario quedan vagando y encadenadas en el mundo de las tinieblas.

El inframundo (Mictlah) es un espacio del tiempo por dónde las almas tienen que pasar necesariamente mientras se despegan de su cuerpo material. Cada persona, según su proceder en la vida, necesita de cierto tiempo para purificar su alma o quedarse para siempre en la oscuridad. Se le llama de igual manera, el lugar de los muertos (Mictlán). El inframundo se encuentra en lo más profundo de la tierra y es representado por algunas divinidades mitológicos y fantásticos, como: el jaguar de dos caras; la serpiente con cara de cerdo; el ave con cara de perro; el dragón con alas de aguila,etc.

Según los sabios, en el inframundo hay varios niveles o etapas que se tienen que pasar y cada etapa está designada a una deidad. La parte que divide la vida y el inframundo se llama: Cinvat. Es como el puente que se cruza para llegar al otro lado, es ese espacio que separa a ambos mundos: los vivos y los muertos.

## El bosque la Joya

Estando en la cima del volcán de Chinchontepec, se me ordenó bajar hasta el lugar llamado el cementerio de los ancestros. Mi abuelo me había dicho que antes de dirigirme al lugar debería de recuperar fuerzas en un bosque muy agradecido y bendecido llamado: la Joya. Ahí se encontraba dicho cementerio.

El bosque la Joya, es un lugar encantado, lleno de vida y no muy lejano que colinda con el río Lempa que significa río grande o enseñoriado según el dialecto Lenca porque todo ese territorio pertenecía a dicha comunidad indígena.

Por su parte, Lenca significa , señores de las piedras o de las tierras con muchas piedras. Ahí habitaban muchos grupos y sus tierras tocaban ambos mares y un gran lago que quedaba en el oriente en tierras nicas.

El lugar a dónde tenía que dirigirme, según mis antepasados, era una joya de la naturaleza, por eso le decían a toda esa zona: Koskatlan o Cuscatlán. Sin embargo, como convergían muchos ríos, igualmente le decían: Kanatlan o sea: lugar de abundancia de agua. Y cómo todos sabemos, dónde hay agua, hay vida y peligro. El agua para nuestra cultura es símbolo de vida y de muerte. Por esa razón, antes de introducirme al teritorio Lenca, tenía que tomar una pausa en el camino. Ahí podía descansar, comer y recuperar mis fuerzas. Como buen cazador, la lógica me indicaba que tenía que dormir como un conejo, con los ojos abiertos porque el peligro podía llegar de cualquier parte. Esa zona, por haber muchas aves y animales, atraía de igual modo a las bestias del ultramundo y a los depredarores silvestres. Según me habían advertido, había muchos: ocelotes, coyotes, pumas, tigrillos, venados cola blanca y roja, y muchas culebras venenosas. De igual modo, al caminar tenía que tener cuidado porque como era territorio volcánico, existían muchos hervideros de agua, fuentes termales y tierras húmedas que me podía tragar o quemar de inmediato. Inclusive, existe una barranca ancentral dónde animales y humanos iban a terminar sus días, el cementerio ancestral. Ahí podía encontrar muchos fósiles de especies de nuestros antepasados. Era un cementerio natural escogido por los seres vivos, le decían: tetocoyan. De igual manera, toda esa zona era temida porque las almas deambulan libres y por supuesto que para los vivos, era un sitio donde asustaban mucho, las almas andaban en pena.

Sin embargo, el peligro vino de dónde menos lo esperaba. Por costumbre, siempre ando probando ciertas plantas, hongos e insectos para determinar si son fuentes de alimento. Desde pequeño, aprendí a desarrollar un sentido que me ayudaba a detectar el peligro y las bondades de ciertas plantas e insectos. Pues bien, al introducirme al bosque caminaba como de habitud, con mucha cautela y tratando de hacer el menor ruido posible. No es fácil porque cualquier movimiento puede quebrar un rama seca, una hoja o una piedra. Es de suma importante caminar como lo hacen los burros: despacio, mirando dónde pisas, tratando de hacer el menor esfuerzo posible y abriendo, de lado, a lado ojos y oídos.

El lugar es fantástico porque descubres fácilmente la vida salvaje. Había mucha vegetación por lo que decidí probar ciertas hierbas y hongos que me parecieron inofensivos. Se me olvidaron ciertas reglas de vida muy importante a aplicar en el bosque: no te dejes influir por el ambiente, lo que parece bien a simple vista, no necesariamente es bueno, puede esconder algo malo. Siempre desconfía de lo desconocido. No des por hecho que por sentirte seguro, estás seguro. Los sentidos nos pueden engañar. El sentimiento de comodidad o seguridad te pueden traicionar lo racional.

Quizás por ir concentrado en lo que hacía, se me fue la pizcucha por unos segundos. Creo que en un momento de distracción, probé algo que me confundió los sentidos y perdí mi concentración. Comencé a ver sombras extrañas y un sentimiento de inseguridad que me hizo pensar que algo estaba a punto de pasar. No lograba razonar como normalmente lo hago. Mi corazón se puso a palpitar fuerte, como si me iba a dar un ataque cardíaco. Ahí, me comencé a poner algo nervioso. Para colmo de males, no me fijé y me topé a una planta de chichicaste. Esta planta tiene en sus hojas, unos pelos finos que al contacto con la piel provocan picazón, ardor, enrojecimiento de la piel e inflamación.

Desde que la reconocí, comencé a sentir los efectos y pensé en algunas maneras de curarme: la cura era ponerme agua fría en los lugares que me ardía; buscar un panal con miel para suavizar la picazón y como sabía que luego tendría dolor de cabeza, me puse a buscar dentro de mis cosas algo de menta o jengibre. Pensé para mí, «¡estoy en la tierra de los volcanes!» Así que debe de haber algún hervidero de agua cerca, un ausol. Decidí, entonces, buscar un árbol alto para subirme y encontré un cedro. No lo pensé dos veces y me trepé, el árbol estaba en plena floración. Desde lo alto pude observar unas bocanas de humo no muy lejos del lugar. Sin embargo, no contaba que era alérgico al polen del cedro. La cosa se complicó más porque mis ojos se me pusieron rojos, llorosos y con una picazón fuerte. Cada segundo sentía que me ponía mal. Hasta sentí un sudor frío que significaba infección y fiebre.

De repente, mientras me dirigía al ausol «atsoloni» lugar donde hierve el agua, comencé a estornudar y a sacar agua de las narices como si tuviera gripe. La cabeza me comenzó a doler y mi cuerpo se sentía débil. En ese momento, comencé a tener miedo a la muerte porque me acordé que estaba en el bosque y en esas condiciones era presa fácil para cualquier depredador.

Llegué al lugar y encontré un pequeño pozo con agua azufrada y tibia, no caliente. Me metí por completo y comencé a sentir alivio en mi cuerpo. Sin embargo, creo que me desmayé. Por suerte no era hondo porque me pude haber ahogado. Cuando me desperté era de noche y me sentía aturdido. Además, no estaba solo. Unos lobos estaban merodiando el lugar. Por suerte, el lugar era inestable y si me atacaban podía caer en algún pozo hirviendo. Agarré mi puñal hecho de obsidiana y algunas piedras. Les lancé algunas pequeñas rocas y pude golpear al líder. Eso provocó que se alejaran. Sin embargo, sabía que volverían y tenía que buscar un lugar seguro para pasar la noche.

Yo seguía enfermo y débil, pero no tenía elección. Además, para nosotros, la noche es el mundo de los depredarores y de los seres del inframundo. Nos acostumbran a que se debe respetar la noche, no cazamos en ese tiempo. Para nuestro pueblo, la noche es para recuperar las fuerzas y en el día se debe de aprovechar desde que el sol pinta el cielo.

Así que me levanté y traté de alejarme caminando en contra del viento para que no siguieran mi rastro. Cómo es muy difícil caminar a oscuras y en lugares desconocidos, no me di cuenta de la existencia de un barranco. Di un paso en falso y me desplomé rodando hasta quedar trabado entre unas raíces y rocas. Volví a perder el conocimiento.

Al abrir los ojos, ya era de día. Me puse a ver a mi alrededor y luego, me puse a verificar el cuerpo para ver en qué estado me encontraba. Los efectos del chichicaste y el polen de cedro habían pasado. Muchos moretones y raspaduras en mi cuerpo, pero nada que lamentar. Como pude me destrabé y descendí el barranco. Ahí descubrí algo muy curioso, había en el lugar muchas osamentas. Parecía como si se tratara de un cementerio de animales. Me puse a observar los esqueletos y algunos me parecieron extraños. Esos animales nunca los había visto. Me dije que, posiblemente, eran animales que vivieron en tiempo de mis antepasados. Curiosamente, en los alrededores no se encontraban muchos animales vivos. Me dije que la naturaleza era sabia y ellos saben respetar los lugares sagrados. En ese momento caí en cuanta y me dije que me encontraba en el cementerio ancestral.

Así que como ese lugar representaba un lugar seguro para recuperarme, hice mi espacio y desde ahí salía a cazar algo para comer. En el lugar estuve cinco días. El territorio Lenca me había dado una bienvenida especial. En el lugar aproveché para ponerme en paz con mis ancestros y al mismo tiempo, le pedí su colaboración en mi aventura.

El territorio Lenca contaba con muchas comunidades y era muy famoso por sus fiestas dedicadas al maíz, hacían muchas comidas muy ricas, cómo: el atol de maíz negrito al cual le echaban achiote y chile. En unos lugares le llamaban: atol chuco o sucio. Igualmente eran muy apetecidos los tamales pisque, la chicha y los alfajores. En sus bailes, era común ver las danzas tradicionales, como: El pitero, el son de lolotique y la retreta. Me recuerdo que en esa zona está un lugar llamado: el Chompipe, un templo de veneración. Mi padre había tenido una experiencia religiosa muy agradable en dicho lugar.

En toda esa zona, uno de los lugares de mucha importancia y muy tradicional era: Quelepa. Se le llamaba la meca religiosa de los Lencas. A sus alrededores se encuentran muchos vestigios de nuestros ancestros: piedras talladas, tumbas, juegos de pelotas, la famosa piedra del sol y del disco del jaguar. Según me comentaron, inclusive en esa zona hay muchas cuevas con dibujos ancestrales.

De igual manera, antes de pasar el famoso río majestuoso, se encuentra un valle muy fértil dónde se cultiva mucho maíz. En ciertas épocas del año, cuando el maíz está tierno, su peluza amarilla o dorada, con el brillo del sol, provoca un esplendor hermoso. Por eso, muchos le llaman el valle de Jiboa o valle del jilote o maíz tierno.

El valle de Jiboa o del maíz tierno

Así que estando en el bosque de la Joya me recuperé por completo y me puse en camino hacia las riberas del río enseñoriado, el Lempa. En ese momento estaba en territorio de los Lenca.

Antes de llegar al río, me encontré con un valle muy hermoso llamado: el valle del maíz tierno o Jiboa. Escogí un lugar para hacer mi campamento y me quedé teniendo como postal, el volcán de los oselotes o de Usulután, también conocido como el volcán dónde están encadenadas las almas.

En el lugar me quedé otra semana y me dirigí a la orilla del río enseñoriado: el Lempa. Al llegar me pude dar cuenta de su grandeza y señorío. Tuve que buscar quien me ayudara a pasar porque consideraba que por mi propia esfuerzo era casi imposible. La fuerza de la corriente y la presencia de algunos lagartos detuvieron mi ímpetu hasta que unos pescadores me cruzaron a la otra orilla.

Al nomás pasar el río, pude comprobar la abundacia del valle y del por qué su nombre. Me encontré con algunos maizales en pleno florecer. Al caminar en dirección del volcán de Usulután, algo me llamó la atención.

Curiosamente, desde la distancia, el cerro de las dos chiches me dio la impresión que estaba viendo a una mujer acostada mirando al cielo con su melena tirada hacia atrás. La imagen me recordó a la mujer que me visitó en la montaña y la duda me surgió en ese momento. No sabía a ciencia cierta si había sido un sueño o una realidad. La verdad era que ahí había encontrado las dos partes que componen la belleza de la mujer: su bondad y su misterio.

En ese momento iba camino a la cima del volcán de Usulután, mi destino me dirigía a la sierra Tecapa y a visitar la laguna de la alegría porque según contaban era un lugar mágico. Sus aguas color esmeralda y verduscosa provocada por el azufre que emanaba de las profundidades daba la sensación de estar frente a un espejo mágico.

Ahí tenía que acampar para luego dirigirme a la cima del volcán, especialmente a un peñazco de forma muy especial que parecía que las rocas estaban como encadenadas entre sí. Por esa razón, se le conocía como la peña encadenada o lugar dónde las almas permanecen encadenadas.

Acceder al lugar era muy difícil porque la erupción había reventado la mitad del cráter. El camino hacía dicho peña era muy peligroso porque se tenía que caminar por un sendero muy delgado que tenía precipicio a ambos lados.

## La laguna de la alegría

Para llegar a la laguna de la alegría, me detuve en el pueblo de Berlín. Según me contaron, ese nombre se lo pusieron porque ahí habitaron unos antiguos colonizadores y llegaron de lugares que quedaban al otro lado del mar. Ahí, me hablaron de la laguna y su sirena; así cómo de la cueva de los duendes de Gramalón. En esas cuevas los antepasados hacían sus ceremonias religiosas en honor al dios del inframundo. Esas cuevas tienen unos doscientos metros de recorrido y unos 20 metros de profundidad. Se dice que ahí habitan ciertos personajes que son muy juguetones y como se está en un sitio religioso cerca del inframundo, ellos te pueden perder en ese pequeño laberinto. Aconsejan que cuando estás dentro del lugar, te detengas un momento para pedir perdón a las almas y espíritus del lugar, de lo contrario te perderán. Por curiosidad le fui a echar una mirada y luego me dirigí a la laguna de la alegría dónde tenía pensado acampar. A la laguna le habían dado dicho nombre porque ahí se reunían siempre los jóvenes a disfrutar de sus aguas. Según me dijeron, a la laguna, por su color esmeralda, se le conocía, como: la esmeralda de América.

En dicha laguna me quedé una noche acampando. Según la leyenda, una mujer mitad pescado que vivía en las profundidades, salía a compartir con los jóvenes porque al salir del agua, se convertía en una hermosa mujer. Sin embargo, no tuve suerte de verla ni compartir con ella porque no salió.

Eso sí, pude sentir la presencia de algo espiritual que perturbó mi soñar. Sentí que me levantaban y que me llevaban flotando por toda la orilla de la laguna. Lo curioso fue que al despertar, no estaba en el lugar dónde me quedé a dormir, sino a varios metros de distancia. Un lugareño me dijo que quizás habían sido los duendes quienes habían venido durante la noche a molestar mi sueño.

Al amanecer, agarré mi camino a la cima del volcán y al atardecer estaba llegando al peñón de las almas encadenadas. En verdad, el sendero fue muy difícil y casi me caigo, pero con mucha pericia llegué a mi destino. En el lugar pude ver claramente que era un sitio sagrado porque había escritos antiguos en las rocas y se sentía una fuerza espiritual muy fuerte. De igual manera, al subir a la cúspide descubrí la hermosura de la formación que había quedado de un lado del volcán. A esa parte le llamaban: Machu Pichu. No me preguntes que significa porque nadie del lugar sabía su significado.

Desde ese punto, se podía observar el próximo volcán que estaba en mi camino: el volcán Chaparrastique que significa tierra calurosa o del chaparro. El chaparro es un árbol muy fuerte y resistente al calor, al fuego y las tierras arenosas. Sus hojas y brotes se utilizan para hacer tisanas o la bebida alcohólica que lleva su nombre. También, desde ahí se veía un inmesso cráter que según mis antepasado era el fruto de un inmenso volcán. Ellos le llamaban, el Pacayal porque abundaban las pacayas. El volcán tenía el nombre del pueblo que quedaba cerca, Chinameca que significaba: lugar de las chinamas o casas de paja. En ese lugar las casas eran construidas de bajareque o sea que las paredes eran hechas con palos entretegidos con cañas y barro; sus techos siempre eran de paja. De igual manera, desde la peña encadenada se observaba el pueblo de Usulután mi siguiente destino, la caldera del diablo.

En el peñón de las almas encadenadas, los lugareños decían que habitaban las almas de aquellos que no habían podido tener la oportunidad de reconocer sus faltas, pedir perdón y sobre todo, recibir el perdón antes de su muerte. Contaba la leyenda que los pobladores agarraban a todos aquellos maleantes o malas personas que estaban poseídos por espíritus del inframundo y las llevaban al peñón para amarrarlos con cadenas para que los espíritus malos se los llevaran a la oscuridad de ese mundo. Esas personas al ser llevados gritaban, lloraban y arañaban las rocas queriendo evitar ser arrastrados. Por esa razón, en el lugar se encontraban rasgos de esos eventos negros.

En mi caso, sentía la necesidad de estar ahí para sentir compasión por esas almas. Mi abuelo decía que la vida da tantos tumbos que nadie sabe si en un momento dado se puede caer en las garras del mal y perder el camino de la divinidad. Los hombres estamos llamados a ser, seres de la luz; alcanzar cierta divinidad, pero que la vida a veces no alcanza y nuestros hijos tienen la obligación de ayudar a todos aquellos que no les alcanzó el tiempo. Los seres humanos, en cierta manera, somos un solo cosmos, una sola especie en busca de la eternidad.

Esa noche, al pie del peñón me preparé para mi ceremonia que llevaría como fin, pedir por las almas que andan perdidas y por supuesto, por mi alma para que no caiga en ese perpetuidad oscura. Mi oración iba en ese sentido:

*«Con clamor y piedad, dios del inframundo, te pido que tengas compasión con todas las almas que vivien*

*encadenadas a la roca del egoísmo, de la mentira y de la desesperación. Permite que de alguna manera tengan la oportunidad de gozar del descanso eterno. Que puedan encontrar el camino entre los laberintos de tu mundo, entre los reinados de deidades. Quisiera rogar para que aceleres su estadia junto a ti. De esa manera, estas almas sean libres de su maldad y su penitencia por el mundo de la oscuridad sea breve. Que el proceso de su purificación no se detenga para que alcance la gracia de entrar al mundo de la divinidad eterna. Te ofrezco poner en el camino de los volcanes mi oración perpetua para acallar en lo que pueda las llagas del dolor y sufrimiento de estas almas».*

Esa noche, por alguna razón que desconozco, escuché en mi interior el crujir y dolor de esas almas encadenadas. Sentí compasión y tristeza al pensar que alguno de mis seres queridos podría estar pasando por esa purificación. Cerré mis ojos y pedí con más ahínco la compasión por sus almas.

Antes que el sol me brindara sus primeros rayos de luz, comencé mi descenso hacia la caldera del diablo. Desde ese punto, pude ver claramente mis dos objetivos finales: el volcán Chaparrastique y el Conchagua, dónde se encuentra el espíritu de la montaña y por consecuencia, el descubrimiento de mi vocación. A esa altura de mi camino, ya tenía una idea por dónde iba mi vocación. Y eso, porque sabía perfectamente que una vocación es un regalo de dios y no se descubre al azar, es parte de tu vida y siempre ha estado ahí, simplemente que no la hemos sabido descubrir. En ese caso, viendo mi caminar, me daba cuenta perfectamente en que ocasiones o actividades mi alma había sentido que tocaba el cielo.

Arriba en la montaña, la frescura del lugar daba deseos de dormir un poco más. Sin embargo, a medida que bajaba, el calor se hacía cada vez más presente. Al estar al pie del volcán, todo mi cuerpo estaba bañado en sudor. La caldera del diablo comenzaba a dar sentido a su nombre.

Mi próximo destino me invitaba a bajar a un lugar que se llama: Usulután que quiere decir, entre los ocelotes. Imagino que en tiempos antiguos había muchos de esos animales sobre esas tierras. Según tenía entendido, era una zona muy caliente porque estaba cerca de la costa. Los lugareños llamaban al lugar, en son de broma: «toposapastli miktlan» que quiere decir; caldera del infierno, lugar muy caliente, lugar cerca del inframundo, pero que hoy le llaman: la caldera del diablo.

«*Ponerse en paz con el dios de las almas significa que aceptas que tienes que trabajar para que tu alma no quede atrapada en el laberinto del inframundo. Significa que aceptas que no eres sólo de carne y hueso, que estás constituido de alma y espíritu. Por lo tanto, de la misma manera que alimentas tu cuerpo físico, debes de alimentar tu alma y tu espíritu. Y es ahí, la importancia de saber cómo alimentas estos dos elementos de tu existencia para que crezcan robustos y sanos para que no caigan en la desnutrición y sean presas fáciles de sentimientos impuros, malsano y deshonestos. Caminar enla paz de tu alma significa ser testigo del dios de la vida, la luz, la belleza y del amor.*»

# VI

## EL VOLCÁN CHAPARRASTIQUE
## (EL VOLCÁN DE SAN MIGUEL)

(El dios del amor y la pasión)

«El dios del amor pasional es la deidad que te permite experiementa el lado carnal del amor que puede provocar perder tu esencia en el amor»

El recorrido hacia el volcán Chaparrastique

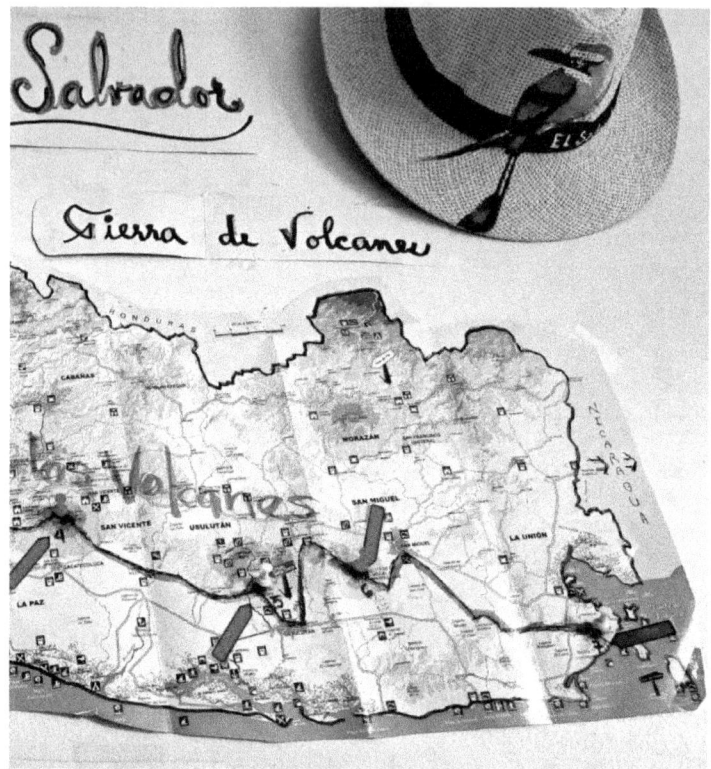

El camino de los volcanes en esta etapa nos lleva hacia la caldera del diablo, las piletas de monte fresco, el pueblo de Chinameca, el cráter del volcán Pacayal y el volcán Chaparratique.

## El dios del amor pasional

El amor pasional es una fuerza ardiente que te hace perder los sentidos y tu control natural. El amor pasional se deja llevar por la atracción carnal, lo que está a la vista y lo que mueve tus sentimientos más animales. Este dios te hace recordar que en tu ser existe un animal capaz de devorar a su semejante, pelear hasta dar su vida por un deseo, poseer a otro ser sin tener escrúpulos, reglas y normas. Este dios nos regala momentos fugaces de gozo, de alegría y de gloria. Efímeras vanidades que al desaparecer te hunden en la soledad de una ilusión, en el vacío de una desesperanza y en el olvido de una mentira.

En el camino de los volcanes es importante ponerse en paz con el dios del amor pasional. Es el dios que representa la esencia del ser humano porque hemos sido creado por alguien que ama, que sueña y que desea. Sin embargo, este amor es más carnal que espiritual. Es tan poderoso como el espiritual porque provoca que los seres perdamos la cabeza por lo que vemos, deseamos y soñamos en el otro. Este amor puede tomar diferentes expresiones o formas: el cuerpo humano, la belleza de una mujer o de un hombre; una pasión profunda basada en un contacto físico; una envidia; celos enfermizos; deseos carnales o un amor que pone sobre un pedestal a una persona.

## La caldera del diablo

El camino hacia mi próximo destino no fue muy complicado y ese mismo día estaba llegando a la caldera y desde que toqué el valle lleno de piedras volcánicas, mi cuerpo sintió el deseo de salir huyendo del lugar por el calor inmenso que se sentía a eso del medio día. En verdad era como una caldera, los ausoles no se acercaban a ese tipo de calor. La brisa que llegaba del mar era cálida en lugar de fresca. Mi estancia se hizo cada vez más insoportable. Mi idea estaba clara: no más de un día para luego volver a las montañas.

La ciudad de los Ocelotes, como bien indicaba su nombre, está cerca de la llanura costera. Para mi sorpresa, el lugar era muy concurrido y el comercio de mercancías abundaba. Pude notar mucho comercio con maíz, frijol, maicillo, café, caña de azucar, algodón, frutas y maderas.

Como el pueblo de Usulután está cerca de la ciudad de San Miguel, se había establecido una rivalidad por el comercio, la diversion y el juego. A los migueleños le llamaban: «garrobos» y a los usulutecos, «cachudos» que tenía dos sentidos: uno, por el diablo y dos, por que las mujeres traicionaban a sus hombres. En ese tiempo, muchas damas iban a trabajar a la ciudad de la perdición.

Hablando con algunas personas, me dijeron que el mejor lugar para no morirse del calor era ir a visitar unos nacimientos de agua fresca, llamados: las piletas de monte fresco. Ahí, se habían construidos unas especies de albercas cerca de los nacimientos de agua. Eso sí, el lugar era muy visitado por todo tipo de animales, especialmente por los oselotes por quienes la región y el volcán llevaban su nombre.

Igualmente me habló de un sitio muy especial que no quedaba muy lejos del lugar: La bahía de Jiquilisco. Según me comentaron, se parece mucho a Barra de Santiago, pero que es el doble del tamaño, con islas y playas vírgenes. Desde ese lugar se suele apreciar buena parte de los volcanes del oriente del país. En especial me habló de un bosque encantado llamado: Xirihualtique.

Sin embargo, decidí guardar esos nombres para un próximo viaje. No me quería desviar de mi camino por lo que me dirigí a las piletas. Mi idea era pasar ahí la noche.

Las piletas de monte fresco.

Dichas pilas no estaban muy lejos del lugar, a unos diez kilómetros de distancia. Llegué casi al anochecer y lo primero que hice fue meterme con todo y ropa para empaparme del líquido sagrado.

Lo curioso del lugar era que había varios nacimientos de agua, pero en uno salía agua tibia y otros, agua fresca. El lugar estaba sobre muchas rocas, árboles y montes. Era como un oasis en medio de esa caldera.

Esa noche me quedé a dormir dentro del agua porque no soporté el calor, ahí pude hacer mi oración para pedir por las almas que deambulan por la caldera del inframundo. Me imaginé un sitio caliente, solitario y lleno de desesperación.

Como lo había planificado, sólo me quedé unos días en la caldera del diablo. Por suerte, los dioses me hablaron y me dijeron que me dirigiera al pueblo de Chinameca para luego dirigirme al Pacayal. Así que no me hice de rogar y me encaminé a las montañas.

## Chimaneca, lugar de chinamas.

En la ceremonia de las piletas de monte fresco recibí la indicación de dirigirme al Pacayal antes de buscar mi próxima cima: el volcán Chaparratique. Ese volcán, en cierta manera, representaba en mi camino, el encuentro con el símbolo del amor pasional. En mi ruta, tenía que ponerme en paz con el dios del amor pasional. Sin embargo, por alguna razón, tenía que ir primero al Pacayal y en ese camino debería de pasar por un pueblo muy peculiar: Chinameca. Luego, comprendería la razón: no podía pasar al lado del cráter más grande de la tierra de los volcanes. El Pacayal o cráter de Chinameca que había sido la explosión más grande de esa región, más grande aún que la de Ilopango.

Me tardé casi todo un día en llegar al lugar que tiene el significado de «lugar de chinamas o ranchos» y según me comentaron los lugareños se le conocía antes como «cerro de los pinos alegres» porque está llenos de pinares en sus colinas y cuando el viento pasa los mueve provocando que parezcan bailar al ritmo de la brisa.

Siendo parte importante de la cadena de volcanes, El cráter del Pacayal tenía que tener, en alguna parte, algunos respiraderos. Los aldeanos me hablaron de los más importantes y entre ellos sobresalía el de los infiernillos. Su nombre daba una idea del lugar.

Me acuerdo que al pasar por unas casas o chinamas, me regalaron unos totopostes y unas tustacas para el camino. Mi abuelo me había hablado de esos dos alimentos exclusivos de ese lugar. Son hechos a base de maíz. Uno es redondo y salado; el otro, plano como una tortilla y lleva encima una melaza hecha de miel de canela. Estos dos alimentos son consumidos solos o acompañandos de una taza de café de palo. En ese lugar cultivan un café especial llamado: Pacamara que tiene una intensidad en su olor y da un sabor cómo a chocolate y mantequilla.

Esa noche me quedé en las cercanías del pueblo porque un lugareño me dio dónde dormir después que le hablé de mi caminar. Quizás miró mis pies algo sucios y en mal estado. Me prestaron una hamaca para que descansara de manera más cómodo. Eso si, antes de que amaneciera me estaba marchando en dirección de la laguna seca, como le llamaban al cráter del Pacayal.

Como bien sabía, por mis antepasados, ese cráter en forma de herradura quizás era el más grande y bien formado de toda la sierra y del país de los volcanes. Por el mismo, representaba una belleza extrema de la naturaleza. Sólo viéndolo, uno se imaginaba la grandeza de su erupción. Mis antepasados le llamaban: la gran explosión. Según cuentan, ese volcán lanzó lava y piedras tan lejos que llegaron hasta el mar. Además, nunca se apagó por completo y en su centro, todavía está un cono que sigue creciendo. Se dice que un día de tantos volverá a hacer erupción.

Al estar en los límites de la laguna seca, pude apreciar la magnificencia del volcán Chaparrastique. Se veía maginífico, elegante y seductor con su cono casi perfecto. En ese lugar se encontraba la casa del dios del amor pasional.

El cráter del Pacayal tiene una ancha caldera que los lugareños llaman: la laguna seca. Fácilmente se ven algunas fumarolas que salen del lado norte del lugar. Según me dijeron, no lejos de ahí existen unos ausoles con aguas termales para continuar con mis curaciones. Imaginé que se trataba de los infiernitos. Para saciar mi curiosidad, los fui a visitar. El lugar tenía algo especial, la tierra o el barro tenía diferentes colores. Curioseando por el lugar, me encontré con varios nacimientos de agua cristalina y para mi sorpresa, en algunos lugares salía agua fría, en otros calientes y en otros, tibia. Sin embargo no me quedé mucho tiempo porque pensaba regresar.

Retomé mi camino y volví al cráter, busqué un lugar para hacer mi campamento. Saqué de mi matata los obsequios recibidos del rancho que me había acogido la noche anterior: los tostones, las tustacas, el café de palo y una botella de la bebida fabricada del árbol del chaparro.

Al anochecer, me preparé para dormir muy temprano para que mi cuerpo se recuperara, me decía para darme ánimos: «¡No falta mucho para el final! ¡Un poco más!». Comí rico y bebí café. Lo cierto es que el sueño me abandonó. Creo que fue el café Pacamara. Así que no tuve otra opción que ver las estrellas y ponerme a pensar sobre mi recorrido hasta ese momento. Me acordé del licor que me habían regalado y me puse a degustarlo. Mala idea, me puse febril. Esa bebida se parecía mucho a la «chicha» que es fabricada con raíces de algunas plantas.

Teniendo frente a mi al volcán Chaparrastique, hice mi ceremonia de agradecimiento. Bebí la bebida de chaparro y me comí los tostones y tustacas que me habían quedado.

Había cazado unas godornices junto a unas palomas ala blanca y me las comí asadas. El lícor me pegó rápido porque todavía no estaba al cien por ciento recuperado. Así que esa noche dormí bien, como un bebé.

Al amanecer me dolía la cabeza y el cuerpo estaba a desagusto. Decidí, entonces, dirigírme a los ausoles que no estaban muy lejos del lugar. Al estar cerca, el el olor penetrante me recibió con los brazos abiertos, se escuchaba un ruido extraño saliendo de la tierra. El sonido daba a entender que la tierra se movía o se hundía. Las estelas de humo que salían era muy grandes. Había un hervidero grande que según, los lugareños, se utilizaba para lanzar a las personas cuando cometían una falta grave. Al acercarme pude observar como saltaba el agua dando la impresión que podría explotar. Impresionaba como tiraba el agua hirviendo y caía cerca de mis pies. No me imaginaba como podrían lanzar a alguien ahí. Era como caer directamente en el infierno. Por esa razón, preferí quedarme cerca de uno de los hervideron más pequeños para gozar del calor y del agua tibia para curar mis males de la borrachera. No tardé mucho tiempo en ver como mi piel se ponía brillante al reflejar el sol sobre mi piel. El olor a azufre era fuerte y sentía que curaba mis males. Parecía que me estaba desintoxicando de algo.

Claro que yo sabía que el culpable era el chaparro en mi cuerpo.

Al sentirme recuperado me dije que debía seguir para llegar aún de día a la cúspide del volcán del dios del amor, El Chaparratique. En ese momento, me dí cuenta de algo importante, no había orado en esas noches. Me dije que la curiosidad del licor me había desviado un poco de mi caminar. El dios de la pasión me había comenzado a tentar.

Por esa razón, comencé mi día orando al dios pasional para que no entorpeciera mi camino. Luego, me puse a merodear y como buen conocedor de la flora, pude darme cuenta que en esa zona abundaban mucho los pinos y por eso, su nombre. De igual manera me encontré con muchos árboles frutales de nance, tamarindo, guayaba, mango, pepetos, paternas, mamones, morros, anonas, mandarinas, almendros, naranjas, papaturros, limones y marañones.

Desde los linderos del Pacayal, el volcán Chaparratique se veía muy cerca, pero solamente era una fantasía porque aún me faltaba bastante. No se llegaba en un día.

## El volcán Chaparratique

A las pocas horas, iba rumbo a mi penúltimo objetivo en mi camino por los volcanes. Como no iba por caminos normales, sino a campo traviesa, a medio camino me cayó la noche y tuve que parar para dormir. Al amanecer seguí mi ruta, llegando después del medio día a la cima. Me instalé y disfruté del atardecer porque desde el lugar se apreciaba mi último destino, el espíritu de la montaña. De igual manera, la ciudad de la perdición, San Miguel y la belleza del océano. Del otro lado, se observaban puros cerros y montañas.

El cono del volcán es quizás uno de los más bonitos y grandes. A cálculo de vista diría que tiene unos mil metros de diámetro. Como está activo, fácilmente se puede apreciar que varios conos emiten humo. En lo personal sentía su actividad y en mi interior me decía que no la pasaría bien si en ese momento se disponía a explotar. Al poco tiempo de estar en la cima, un pequeño retumbo y vibración me hizo pensar que mi presentimiento podría hacerse realidad, pero sólo fue el susto al ver las piedras deslizarse sobre el arenal que tenía en su cuerpo el volcán.

Ahí me quedé esa noche y recibí el mensaje que debía ir a la ciudad de San Miguel, la ciudad de la perdición como la llamaban los lugareños de Usulután, aunque algunos le decían, de igual manera, la ciudad de los garrobos de manera despectiva.

Esa noche, durante mi ceremonia, el volcán se puso a temblar muy fuerte y por varios segundos provocó que me detuviera. Me dije: «¡Algo quiere decirme!». Luego, una nube gigantesca se posó sobre el cráter trayendo frío y oscuridad a mi alrededor. El fuego que había hecho para calentarme a penas se podía mantener activo, con mucho esfuerzo mantenía viva la llama y las brasas.

En mi oración le dije: « ¡Oh, dios del amor pasional! Hoy vengo a ti buscando ponerme en paz con tu divinidad. Quizás, pedirte perdón por todas mis faltas al amor que he hecho de manera consciente y de manera insconciente; por mis dudas en relación a tu presencia, por mis abstinencias de mi lógica. Tu que eres el abanderado del espíritu de la creación, concédeme la gracia de sentirme amado y bañado por tu bondad. Estoy consciente que tú no obligas a las personas. Que somos nosotros quienes cedemos a la tentación del amor pasional. Tú nos presentas la tentación como una manera de superar nuestras debilidades. Como un desafío para mantenernos en el camino de la verdad. Estoy consciente que nadie puede amar a los demás si no ha aprendido a amarse a sí mismo. Enséñame a amar a mis semejantes en todas sus expresiones. Siendo creado por amor, muéstrame el camino para ser expresión de tu espíritu. No permitas que mi actuar en hechos o palabras vayan en contra de tu designio. Quiero encontrarme en el centro de tu bondad para ser bondad. Quiero aprender a amarme en cuerpo y alma, pero de mandera integral no en parte. Que tus designios sean mi bandera y mi barca. Muéstrame el camino hacia la libertad de mi espíritu en relación a la gracia divina».

En ese momento, me detuve y al sentir el retumbo bajo mis pasos, traté de mantener mi equilibrio. Escuché unas palabras que decían: «el camino del amor te lleva por el sendero de la verdad que debes de transmitir a los demás. Serás un puente de las almas, una voz en el desierto, una huella en la calma y un lucero en la oscuridad». Mi vocación comenzaba a tener sentido y sentí un gozo indescriptible. La nube que se había posado sobre el cono del volcán, se fue disipando suavemente dando paso al manto de estrellas del univeso. Me sentí amado, querido y elegido.

Al terminar mi ceremonia, una alegría y gozo me invadió el espíritu. El dios del amor pasional me enviaba por alguna razón a la ciudad de la perdición y me preguntaba que tipo de tentación me esperaba en el lugar.

Soy honesto en decirte que tuve una sensación ambigua. No sabía si deseaba ir al lugar por todo aquello que me habían comentado o porque era un mandato del dios del amor pasional. No por nada le llamaban la ciudad de la perdición. Sin embargo, después de ponerme en paz, no podía temer si en el camino la tentación me coqueteaba.

Mi abuelo me había dicho un día en relación a las tentaciones: «No *son malas, por algo aparecen frente a nosotros. Nunca son iguales porque cada persona tiene diferentes deseos, caprichos o necesidades. Se dice que el dios del inframundo nos las pone enfrente para medir nuestra capacidad y fuerza interior. Las tentaciones son vestidos hechos exactos a nuestra medida. Son imágenes que al confrontarlas con la verdad desaparecen y pierden importancia. O sea que se parecen a los miedos, solo que éstas vienen de lo más profundo porque son el reflejo de una necesidad genuina. Ellas conocen perfectamente nuestras debilidades y se aprovechan de ello para ponernos obstáculos en el camino. Una tentación nunca te va a obligar. Te va a tratar de seducir el alma y el espíritu. Te tratará de convencer con argumentos lógicos sacados de tu mismo pensar. Es decir que nadie cae rendido a una tentación si no desea caer. Muchos ponen el pretexto que fueron ellas las causantes, pero la verdad es que son la excusa perfecta para explicar nuestra debilidad. Entonces, la tentación debe verse, desde el punto de vista positivo cómo la ocasión de crecer espiritualmente. Cada vez que vences una tentación, subes un peldaño en tu aprecio como persona».*

La verdad, nunca había estado en un pueblo dónde la gente podía perderse. Solamente, esperaba que no me pasara cómo le pasa a los gatos que la curiosidad los mataba.

En mi descenso, tuve que tener mucho cuidado porque la tierra estaba muy floja y en ciertos lugares tuve que deslizarme porque no se podía caminar. Luego, llegué a una etapa llena de roca volcánica que sólo en partes estaba cubierta por maleza o pequeñas plantas. Como mi objetivo era la ciudad de San Miguel no dudé en seguir por ese camino a pesar que estaba lleno de roca o lava que se había endurecido. Curiosamente, antes de llegar a dicha ciudad, la lava se detenía de manera abrupta a las orillas, luego un anciano me contaría del milagro de la virgen de la paz.

«*Ponerse en paz con el dios del amor pasional es aceptar que no eres perfecto y que el mismo amor no es perfecto. Que dentro de ti habita un animal que puede despertar en cualquier momento y hacerte bascular hacia esa pasión que te lleve por un mundo de abismos sentimentales, capaz de producir en tu persona soledades, desdichas y remordimientos. Estar en paz con esta deidad permite disfrutar del amor pasional en su dimención corta, navegar por aguas no tan profundas y disfrutar de esas fresas que al probarlas permiten conocer la pasión que es capaz de apreciar tu vida. La pasión puede hacerte avanzar si puede ser capaz de encausarse sobre la buena vía. La pasión es fuerza, dinamismo, atrevimiento, locura y deseo. Estas fuerzas son capaces de derribar muros, saltar cercos y atravesar montañas. Si están de tu lado, te harán fuerte, digno y valiente*»

# VII

## EL VOLCÁN DE CONCHAGUA

## (EL ESPÍRITU DE LA MONTAÑA, EL VOLCÁN DE LA UNIÓN O VOLCÁN DEL GOLFO)

(El dios de la paz, la esperanza y la vocación)

*« El dios de la paz, la esperanza y la vocación es la deidad que te confiere un estado de divinidad terrenal porque te permite trascender a lo infinito de un sentimiento.*

*La paz, como tal, nos permite alcanzar un estado capaz de luchar contra los pensamientos negativos, las emociones adversas y los vientos perturbadores. Una verdadera paz interior puede hacer transcender y tocar lo infinito del amor, atravesar las barreras del tiempo y el espacio, vivir en un mundo trscendental en dónde se puede gozar de la vida eterna.*

*La esperanza, nos reconforta y ofrece optimismo ante la adversidad, nos resilia con lo negativo y nos sostiene cuando el descalabro parece inminente. La esperanza nos acerca a la fe que podemos alcanzar la divinidad.*

*La vocación es el grito o llamada del amor que nos invita a ser felices anteponiendo nuestro egoísmo al bien de los demás»*

El recorrido hacia el volcán de Conchagua

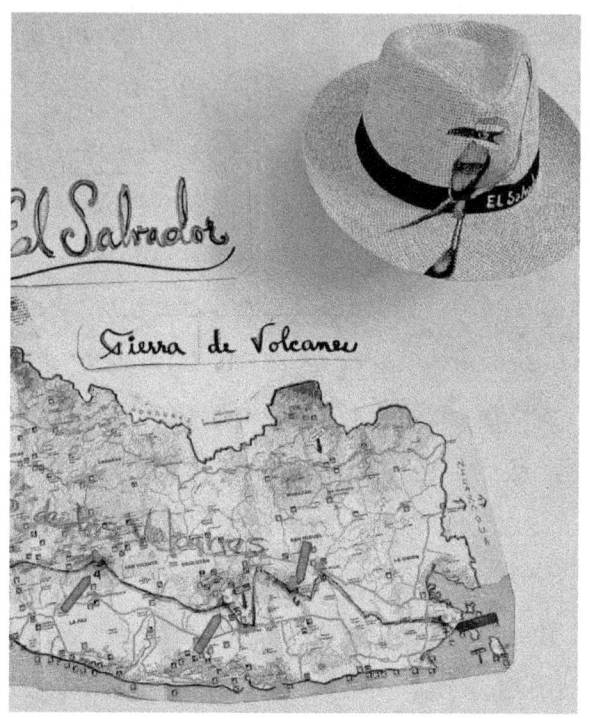

En esta última parte, del camino de los volcanes, se comienza bajando del volcán Chaparrastique dirgiéndose a la ciudad de San Miguel, para luego dirigirse hacia la laguna de Olomega; desde ahí, se sube a la cúspide del volcán de Conchagua, al lugar llamado: el espíritu de la montaña. Se espera hasta que dicho espíritu te revele la vocación que el dios de la vida te ofrece como don de amor. Luego, como broche de oro, se baja de la montaña hacia las playas en dónde se debe agradecer por tal donación. En esta ocasión, se llegara a la playa Maculis, su nombre es el diminutivo del árbol de Maquilishuat.

Se dice que en el vientre de este volcán habita el espíritu de un ser inmortal que ayuda a las almas buenas a convertirse en una luz verdadera y que, a las almas malas, las entrega al dios del inframundo. Un ser capaz de mostrar la belleza del cielo o el desconsuelo de un mundo oscuro, el infrmaundo. Es en la cúspide de dicha montaña que se realiza el milagro de la vocación humana, como premio por haber hecho el camino de los volcanes. Ahí, viendo el amanecer frente a la inmesurable belleza del golfo de Fonseca se nace en el espíritu.

## El dios de la paz, la esperanza y la vocación

El dios de la paz, de la esperanza y de la vocación hace referencia al dios interior, a ese que es capaz de revolucionar nuestro ser o de pacificarlo. El dios de la esperanza nos invita a soñar, a buscar, a desear y a nunca desfallecer en nuestro intento. Por eso, de igual manera, es el dios de las vocaciones porque una vocación debe de llevar el sello de la paz en su profundidad, la luz de la esperanza en su ventana y la certeza de encontrar la felicidad en lo que se hace.

La vocación es el encuentro del camino que nos lleva por el sendero de la paz interior, la esperanza de ser alguien especial y la alegría de saber que eres parte del proyecto del amor en dónde tus pasos son huellas de alegría.

Cuando se encuentra la verdadera vocación, se obtiene como frutos: la paz, la alegría y el amor. Todo se ve reflejado en tu manera de vivir. Se nota que amas lo que haces y tus palabras tienen luz de esperanza. De igual manera, la vocación trae consigo compromisos ineludibles: ser fiel a la palabra dada, celoso del don y dispuesto en el servicio. Una vocación es como una luz que siempre debe de brillar y ser un camino hacia la divinidad del otro.

La ciudad de la perdición, San Miguel.

En San Miguel se dice que se encuentra el amor pasional. Este lugar está representado por el aguila, un ave majestuosa capaz de volar alto y al mismo tiempo, ser una de las aves más depredadoras del reino animal. De igual manera, el dragón, una figura legendaria capaz de defender con coraje y valentía, como capaz de destruir con su fuego todo a su alrededor. En San Miguel, en medio de ambos seres, se elevó la figura de una mujer que trajo paz en medio del caos, la virgen de la paz.

Cuando comencé a bajar del volcán Chaparrastique tuve que hacerlo de manera lenta y poniendo mucho cuidado porque había mucha arena pequeña y floja. El paso no era firme y se deslizaba. Poco a poco, fui agarrando experiencia y en lugar de poner firme el pie, lo deslizaba dejándome llevar. Eso sí, con mi mano pegada a la tierra para controlar el deslizamiento. Al buen rato llegué a la base del volcán y ahí, el terreno se volvió complicado porque se tenía que caminar sobre las piedras volcánicas, éstas habían quedado puntiagudas y difíciles de subir. Un pequeño desliz podía provocar una cortadura. Ese obstáculo no me dejaba avanzar rápido. El color negro oscuro de la lava seca brillaba con el sol y reflejaba una luz que dañaba los ojos. Sin embargo, se convertían en refugio perfecto para algunos animales, como: garrobos, lagartijas, tenguereches y culebras.

Como soy buen caminante, no tuve problemas en hacerme camino entre las rocas. De repente, me comencé a dar cuenta de algo peculiar. No estaba solo y unos ojos negros y amarillos encendidos me espiaban de manera curiosa, atentiva y precavida. Y no era uno, sino muchos que apenas asomaban sus cabezas en los reducidos espacios de las rocas. Aquellos animales de color negro no eran otra cosa que garrobos y parecía que ahí habían hecho su ciudad principal. En mis adentros me dije: «esta noche como garrobo asado» Desde ese momento, fui preparando una cuerda para tratar de atrapar uno en el camino. La verdad, no fue tan difícil porque abundaban.

Esos reptiles negros son iguales a las iguanas, sólo que éstas son de color verde. Como dicen: nuestra madre naturaleza sabe hacer las cosas, los animales se adaptan a su lugar de adopción. En mi pueblo se dice que los garrobos son los machos y las iguanas, las mujeres. Sólo que unos viven en las piedras, barrancos y casas. En cambio, las iguanas, se encuentran en las montañas y en la punta de los árboles.

En nuestra cultura, ambos reptiles son comestibles. Sólo que hay que tener mucho cuidado al prepararlos porque la sangre es peligrosa. Si te cae en la piel, eso puede provocar que salgan erupciones. Pequeños brotes de piel que no hacen nada, pero dan un mal aspecto. Por esa razón, al matarlos, se le saca la sangre y se dejan colgados por un buen rato. Luego, se hacen asados o en algüaiste, sobre todo las iguanas con huevos.

Pues bien, al ver tanta comida mirándome, me dije: «al menos en la ciudad de la perdición no voy a morir de hambre» Ahí pensé que el nombre o apodo que daban los de la caldera del diablo, calzaba perfecto, le decían: la ciudad de los garrobos.

Precisamente, como estaba cerca de la caldera del diablo, el calor era igualmente insoportable. De igual manera, el nombre de Chaparrastique hablaba de una tierra calurosa en dónde había mucho árbol de chaparro. Así que busque el primer árbol para protegerme del sol y aún así, el calor no se aguantaba. Entonces, para no desidratarme, tomaba agua de mi tecomate a cada rato.

Sin embargo, había una diferencia, no había brisa ni posas con agua fresca. Me di cuenta de que el viento movía las copas de los árboles más grandes. Eso significaba que el lugar se encontraba en alguna especie de hondonada. Por suerte, siguiendo los consejos de mi abuelo, pude seguir el canto de los pájaros y éstos me llevaron cerca de un riachuelo en dónde hice mi primera parada.

Luego, al acercarme al pueblo, me di cuenta de otra curiosidad. La lava volcánica se detenía de manera abrupta en la orilla del pueblo. En el lugar habían puesto una estatua de una mujer con un niño en el brazo izquierdo y en el derecho, una palma. Ambos tenían una corona. En el lugar había muchas flores y parecía una especie de lugar sagrado. Me dio mucha curiosidad, pero seguí mi camino. Encontré un árbol de guanacaste y como buen guanaco, me quedé a acampar al pie de su tronco. Ese árbol me recordó el inicio de mi aventura por el país de los volcanes.

Como tenía un poco de temor de entrar a la ciudad de la perdición, mi decisión de quedarme en las cercanías parecía la más correcta. Rápidamente, pude darme cuenta de su dinamismo. Desde ahí se escuchaba mucho ruido. Queriendo vencer mi miedo, me decidí ir por algo de comida y ver cómo era la mentada ciudad de la perdición. En mis adentros, me decía: «¡La curiosidad mató al gato! Espero no dejar ahí mi pellejo».

Me acerqué para intercambiar algunas piedras de oro por alimento y aproveché para preguntar algunas dudas. Por suerte, me encontré a un lugareño, don chepe, y éste me aclaró muchas cosas, como por ejemplo: que a la ciudad le llaman la ciudad de la perdición porque es una ciudad muy alegre, dinámica y comercial. Así que el miedo comenzó a desaparecer y hasta me sentí cómodo viendo todo ese movimiento de gente mestiza en su mayoría.

Me puse a caminar por una gran avenida y en cierto momento, me encontré en una boca de calle que llevaba a unos lugares de dónde salían los hombres muy borrachos. Imaginé que en el lugar había mucho chaparro, como el licor que me habían regalado en el pueblo de Chinameca.

Caminé despacio para observar todo lo que ocurría. Una música de una maquina que llamaban «cinquera», me atrajo al lugar y me quedé cerca de la puerta. En un momento dado, una mujer muy coqueta se acercó y me preguntó si andaba buscando diversión. Le sonreí sin contestar. La dama me preguntó si tenía en mi poder unas monedas y como no le entedí nada, le mostré unas pepitas de oro. Ahí pude ver cómo los ojos de la chica se abrieron de par en par, me agarró unas y me dijo que me sentara a esperar.

Al ratito regresaba con una botella de licor y me la ofreció. La agarré por educación, uno no puede despreciar las amabilidades. Sin embargo, no bebí por precaución. Como dicen, estaba en estado de alerta en un mundo desconocido.

Al rato, sin darme cuenta, unos tipos llegaron por la parte de atrás y me quitaron mi matata a la fuerza. Quise oponerme, pero analicé mis posibilidades y sabía que las llevaba de perder. Me dije: «¡A veces, las batallas se ganan saliendo ileso del combate!» Así que no me opuse, les di mis pertenencias y llevándose las cosas, me dejaron en paz. A la vuelta de la esquina encontré mis cosas y solamente, se habían llevado lo que ellos consideraban de valor, o sea: las pepitas de oro.

Me quedé algo extrañado, luego me puse a atar cabos. Comprendí de dónde venía todo. Sonreí y me alejé del lugar. Estaba con todos mis huesos completos y no tenía ningúna herida. Antes de alejarme, la misma dama se había acercado y me había preguntado si deseaba algo más. Como no soy tonto, la miré fíjamente: cómo diciéndole: ¡Sé muy bien que fue usted quién envió a esas malas personas!

Al no recibir contestación de mi parte, la mujer llamó a un tipo para que me sacara a empujones del lugar. Ahí comprendí uno de los consejos de mi padre con relación a las mujeres: «Son seres completamente diferentes a los hombres, no trates de comprenderlas. Su manera de actuar, pensar y hablar, casi siempre, están en el lado opuesto». En ese momento, esas palabras se volvieron realidad y haciendo caso omiso de la situación, volví al lugar bajo el árbol de guanacaste.

Me puse a pensar en las mujeres de mi cultura. Para nosotros, ellas son sagradas y merecen mucho respeto. Si se desea tener una relación no necesitas pagar nada, pero si es por ayudar al joven o al hombre, se facilita con agrado. La mujer nuestra es muy importante para la cultura porque tienen a su cargo la educación de los hijos en los aspectos sociales y familiares. Son las encargadas de trasmitir los valores religiosos, éticos y sexuales en la etapa infantil. En la preadolescencia, la educación es trasladada a los adultos.

La mujer como dadora de vida es la imagen de la madre tierra entre los hombres por lo que se le debe un respeto y cierta devoción. Una madre es alguien, sumamente, especial. Su vínculo va más allá de los corporal porque a pesar de haberse cortado el cordón umbilical, el cordón espiritual sigue intacto y se solidifica con el pasar del tiempo.

A mi regreso, volví a encontrarme con el señor que me había hablado de la ciudad de la perdición y caminamos por un buen trecho en una conversación muy amena. Le pregunté si todo el tiempo esa ciudad tenía ese movimiento y vida. Ahí me habló de una actividad muy especial que provocaba mucha animación entre las personas. Me conversó sobre el juego de pelota y la rivalidad entre dos equipos del pueblo. Según me habló, el equipo de los más pobres se llamaba: Dragón y el otro, con el cual se distinguían los que tenían más riqueza, tenía el nombre de Aguila. Al inicio me entusiasmé porque creí que hablaba del mismo juego que practicaban mis ancestros que llevaba el mismo nombre: juego de pelota.

Para nuestra cultura era un juego, pero de igual manera era algo sagrado porque era la reprensentación del bien y el mal, enfrentándose. Era una ceremonia en la cual participaban los caciques más importantes y en muchas ocasiones, los perdedores no solamente perdían el juego, sino la vida. Se buscaban a los guerreros más fuertes, hábiles y jóvenes para representar a sus pueblos. Los equipos eran entre tres y cinco. Se utilizaba una bola fabricada con hule que se obtenía del árbol de caucho y ésta se intentaba meter con la cadera en un círculo colocado en una pared a unos dos metros de altura. La idea era mantener la pelota en el aire utilizando cadera, muslos y brazos. Si la pelota caía, se perdía el punto. Los pies, manos y cabeza no estaban permitidos. Al inicio, este ritual era de vida o muerte, pero fue evolucionando hasta convertirse en una ceremonia de convivio entre los pueblos.

Sin embargo, para mi sorpresa y según me comentó el señor, se trataba de otro tipo de juego de pelota. Aquí, los jugadores eran once contra once y la pelota se metía en una especie de red muy ancha defendida por una persona que tenía la particularidad que, solamente él, podía agarrarla con la mano. De igual forma, el resto, solamente, podía tocar el balón con los pies, cabeza y algún miembro que no fuera la mano. Este juego tenía una duración establecida de dos períodos de cuarenta y cinco minutos, con un descanso de quince. En cambio, en el juego de nuestra cultura, el juego se terminaba hasta que uno de los equipos metiera nueve pelotas en el círculo de piedra en la pared. Si había empate, se seguía hasta que uno de los dos ganaba.

También me habló de la imagen que había visto a las orillas del pueblo. Según me contó, es una virgen o sea una mujer que no ha sido tocada por un hombre. Sin embargo, la mujer que estaba en la imagen llevaba en sus brazos a un pequeño. El lugareño me dijo que le llamaban: «Nuestra Señora de la Paz». Me contó una historia interesante. Me dijo que cuando el volcán Chaparrastique hizo erupción, se dio un fenómeno muy impactante: entre temblores fuertes y tormentas eléctricas, el volcán comenzó a tirar piedras y lava con mucha intensidad. Los pobladores al ver como la lava se acercaba al pueblo, tuvieron mucho miedo y decían que el dios de la vida los estaba castigando por su mal comportamiento.

La maldición de la ciudad anunciaba que estaba destinada a ser aniquilada. Al ver como la lava consumía todos los terrenos agrícolas y avanzaba sin mostrar signos de querer detenerse, muchos se pusieron a orar y a pedirle a los dioses que les ayudaran mostrando signos de arrepentimiento. Como la mayoría de ese pueblo se declaraba católico, se reunieron en el parque frente a la catedral. Se pusieron a orar y a pedir perdón; luego, cargaron en hombros la estatua de dicha virgen y caminaron rumbo al volcán. Colocaron la imagen a la salida del pueblo y se arrodillaron pidiendo clemencia.

Al ver que la lava no se detenía, la gente comenzó a gritar «¡Sálvanos reina de la paz!». Y en ese momento, el cielo se esclareció cómo por arte de magia. Todos se quedaron asustados y asombrados. El volcán retumbó fuerte llamando la atención de todos a su alrededor. Unas nubes blancas que parecían unas plumas se posaron sobre el cráter y cómo estaba entrando la noche, el atardecer era de color dorado. En un momento dado, en las nubes se dibujaron palmas que tenían el color del oro moviéndose como alabando el cielo.

Milagrosamente, la lava se detuvo frente a la virgen salvando la destrucción de la ciudad de la perdición. Todos lloraron de alegría y alabaron a la virgen de la paz por haberles escuchado sus oraciones. A ese lugar le llamaron: «el milagro de la paz» y posteriormente, le pusieron en la mano derecha a la imagen, una palma de oro para recordar las plumas que habían aparecido sobre el volcán.

Esa noche, tuve un sueño muy peculiar. Un ser mitológico me raptó y me llevó a la cumbre del volcán. Era un dragón con alas de aguila. Estando en la cima, me dijo: «te he traido a la cima para que veas la grandeza de mi poder. Deseo que te quedes en la ciudad de la perdición. Aquí se encuentran las mujeres más bellas y sensuales del país de los volcanes y puedes escoger la que más te guste. Le respondí que la belleza de la mujer no se encuentra en su exterior, sino en su interior. Me respondió que si no me interesaban las mujeres, me podía ofrecer la alegría de poder dominar el capricho de los hombres, me daría el poder de dominar sus necesidades. Entonces, le respondí que no andaba buscando poder para dominar la necesidad de los hombres, sino ayudarlos a encontrar su vocación.

La bestía me dijo, entonces: veo que eres una persona humilde, entonces te puedo hacer santo ante los hombres. Serás admirado, venerado como la reina de la paz. Por un segundo, la tierra bajo mis pies se tambaleó y tuve el deseo de ceder, pero al mismo tiempo me acordé de un consejo de mi abuelo. «La tentación es sólo el reflejo de tu debilidad». En ese momento, reaccioné y le dije: No estoy haciendo el camino de los volcanes para obtener amor, poder o veneración. Simplemte, quiero saber exactamente cuál es mi vocación para ser feliz, solidario y congruente en mi vida.

En ese instante, se apareció la dama de la paz. La reconocí porque era igual a la imagen de la entrada del pueblo. Le dijo con voz suave y tierna al ser mitológico: «¡Deja en paz al pequeño, él tiene un alma buena y está en busca de su destino!» El ser mitológico, le respondió: «Por eso me interesa, los seres perdidos ya los tengo en mi poder, me interesan los seres de la luz». La dama, le respondió: «¡No me hagas enojar y déjalo en paz!» Luego, me miró con mucha ternura y desapareció de mi vista, detrás de unas nubes blancas que al ir desapareciendo formaban unas palmeras doradas que se movían cómo adorando a la dama.

De repente, se escucharon muchos cuetes y bombas, creí que el volcán había hecho erupción. Me desperté algo asustado y me di cuenta de que era la celebración de la conclusión del juego de pelota. Esa noche, no supe quién de los equipos había ganado, los emplumados o los tira fuego, pero se escuchó mucha pólvora, música y algarabilla.

En mi caso, como suelo dormir temprano, no fue nada placentero ver a mis semejantes comportarse como animales nocturnos. Además, el calor insoportable provocó que varias veces me fuera a meter al agua fresca de la quebrada. El sueño que había tenido me dejó muy pensativo y casi no puede dormir. Sin embargo, una luz se iluminó en mi interior, recordé una de las respuestas que le dije al ser mitológico: « no ando buscando poder para dominar la necesidad de los hombres, sino ayudarlos a encontrar su vocación». Sonreí porque aquella frase parecía una respuesta clara a mi interrogante. En ese momento, solamente me quedaba confirmar esa respuesta.

Por eso, antes de que amaneciera ya estaba preparando mis cosas para continuar el camino aprovechando la frescura del despertar del día. Esa noche había recibido el mandato de dirigirme hacia la laguna de Olomega. Como estaba en el territorio Lenca, su nombre significaba: laguna de anguilas.

La laguna de Olomega o de anguilas

Ese mismo día estaba frente a esa inmesidad de agua que tenía unos islotes pequeños. Los pescadores decían que no era muy profunda, no tenía más de tres metros. En tiempo de sequedad, la laguna se mantenía estable, pero que en invierno era inhabitable porque inundaba todo a su alrededor.

Por esa razón, el lugar se volvía en verano una especie de oasis para las aves y animales. Al nomás llegar cerca de la orilla pude observar manadas de garzas blancas, pichiches, gallinetas y gaviotas. Además, unos patos que hacían un canto como si eran cerdos. Los lugareños le llamaban: pato chancho.

Según me dijeron tenía que tener cuidado con los lagartos, las serpientes y los coyotes. Los venados, igualmente, se animaban a ir a beber agua, pero con mucha cautela. Hice mi lugar de descanso mirando al volcán Chaparrastique. Su figura era hermosa y perfecta. Preparé mis anzuelos y me puse a pescar. Al rato tenía una buena cantidad de peces. En mi ensarta tenía: mojarras, bagres, tilapias y guapotes.

Esa noche dormí muy bien, sin tanto calor porque estaba cerca del agua. Sin embargo, no me quedé en la orilla por los lagartos. Como siempre, dormí con un ojo cerrado y otro abierto, *por si las moscas*. Puse todos mis sentidos listos para atender cualquier ruido cercano y despertarme rápido. En el bosque es necesario tener presente que el enemigo puede llegar en cualquier momento y tan sigiloso como la suave brisa del viento. Por suerte, todo pasó de manera tranquila. Me había reposado bien y me desperté dispuesto a seguir mi camino. Mi último volcán estaba a la vista y no deseaba perder mucho tiempo. Una ansiedad y alegría por terminar el camino de los volcanes me inundó el espíritu y el alma.

## El volcán de Conchagua

Ese día agarré camino hacia mi destino final: El espíritu de la montaña en el volcán de Conchagua. El significado de la palabra en origen Lenca es: lugar estrecho o tigre que vuela. De ahí viene la leyenda que cuentan los pobladores. Ellos dicen que dentro del volcán vive un ser mitológico que se asemeja a una gran culebra «un sierpe». Según dicen, en ese tiempo, la zona estaba protegida por otro ser mitológico llamado «comizahual» que significa «fiera que vuela». Era un tigre alado que cuidaba todos los alrededores y por esa razón, la gran serpiente no salía del volcán a ver los atardeceres mágicos que desde la montaña se observaban. Entonces, la serpiente para engañar al tigre alado, salió por la playa por unas cuevas , en forma de mujer. Sin embargo, como no podía ver todo el paisaje decidió subir la montaña. Al estar arriba, un atardecer se pinto de oro y esmeralda que provocó el enamoramiento del alma de aquel ser. Se enamoró tanto de aquella belleza delante de sus ojos que deseo quedarse a vivir para siempre en ese lugar.

La mujer se descubrió enamorada y quiso dejar ahí su espíritu eternamente porque había encontrado la razón de su vida. Una alegría inmensa le demostró que esa era su vocación: ser admiradora de aquel paisaje místico, mágico y maravilloso que enamora las almas que buscan un poco de amor. Cuando el tigre la vio, no creyó que fuera la culebra y enamorándose de ella, no lo pensó dos veces y se la robó.

Por eso se dice que al subir a la montaña, las personas encuentran en el espíritu de la montaña su vocación. En cada atardecer, el dios de la vida ofrece a cada ser viviente la bondad de su alma y le descubre su verdadera vocación para acercarse a la deidad interior.

Subir el volcán me llevó dos días desde la laguna, pero valió la pena. Al llegar a la cima, el sol estaba cayendo en el horizonte y pintaba todo el paisaje de colores purpuras mezlcado con oro y plata. Se respiraba paz, tranquilidad y amor por la vida.

Desde ahí veía como el mundo desaparecía delante mi persona. La tierra, poco a poco, se iba sumergiendo. El Espíritu de la montaña se apoderaba de mi alma y provocaba un sentimiento de amor indiscriptible. Esa noche, en mi ceremonia pedí que el dios de la vida me ofreciera la oportunidad de conocer mi vocación, como decía la leyenda de la culebra. De repente, comencé a hacer mi recorrido por los siete volcanes y pude recordar que en cada uno de ellos había encontrado algo especial:

me había puesto en paz con el dios de la vida; conmigo mismo; con la creación y con mis semejantes.

En un momento dado, escuché claramente la voz de dios que me decía: «has sido escogido para que guíes a tu gente por el camino de la vida y ayudándolos a volver al camino de la verdad». Ahí comprendí que mi vocación era ser sabio de mi pueblo.

No era un camino fácil porque significaba que debía prepararme mucho. En mi cultura se dice que un ciego no puede guiar a otro ciego. Tener conocimientos profundos de la vida y su significado no es fácil y no es para cualquiera. Encontrar el equilibrio, armonía entre los seres y la creación es una tarea extremadamente delicada. Ser muy espiritual para que los grandes espíritus confíen en mi persona no *es pan comido*. Conocer a profundidad cada ser, planta o animal para poder obtener lo mejor de ellos, no se hace en un día, lleva siglos de aprendizaje. Poder obtener del mal algo bueno, sólo es de sabios. Conocer la profundidad de un pueblo, su religiosidad, cultura, moral, intelectual, leyes y costumbres es una gran responsabilidad. Ser chamán en mi pueblo es un privilegio que pocos pueden tener y me encontraba siendo elegido para ese puesto.

En mi oración de agradecimiento, dije:

«Dios de la vida, dios de la eternidad, te agradezco infinitamente la bondad de darme a conocer el camino que tengo que seguir en la vida. Si es mi vocación, trataré de hacerla lo más fiel a mi persona. Tú sabes muy bien que no me interesa la riqueza, el poder ni la veneración. No será una tarea fácil, pero cuento con tu apoyo para poder crecer en espiritualidad, amor y enseñanza. Guíame para ser un hombre bueno, sabio y buen maestro. Que el regalo de amor que me haces al concederme la oportunidad del conocimiento sea siempre en bien de los demás. Sé siempre mi guía, pon seres que me ayuden a avanzar y no permitas que se apodere de mi alma el deseo de ser como tú. Quiero ser, simplemente, una huella más en el camino correcto, una gota de agua en el desierto de los hombres, un poco de sombra en el camino del cansado y una pequeña luz en la oscuridad de aquel que desea volver a ver tu rostro»

En el lugar me quedé una luna llena y me fui hasta que me dijeron que mi camino no terminaba ahí. Escuché que me dijeron: «En la vida, siempre hay que cerrrar círculos. Y tu camino de los volcanes termina al pie del volcán frente al dios de las aguas, el mar. Busca al pequeño maquilishuat».

Al día siguiente, decidí bajar del volcán para buscar la orilla del mar. Ahí encontré una playa muy hermosa llamada por los nativos : Maculis que es el diminutivo que le dan al nombre del árbol de flores rosadas, maquilishuat. Al escuchar su significado, comprendí que era el lugar mencionado. En el lugar me quedé una semana gozando del privilegio de sentirme encaminado en la ruta correcta. Mi destino me invitaba a ser: ¡uno de los sabios para mi pueblo!

Me acuerdo que tenía un gozo en mi alma tan inmenso que no me cabia dentro del cuerpo. Un deseo de gritar a todo el mundo y curiosamente estaba solo en ese momento. No sabes cómo quise que mis padres y mis abuelos estuvieran a mi lado para compartir con ellos tanta alegría.

Me recuerdo que caminé por la playa hasta llegar a unas cuevas hechas por las olas del mar. Ahí, en la entrada, respiré fuerte y grité, siete veces, con todas mis ganas diciendo: ¡Gracias dios de la vida por darme a conocer mi vocacion! Caí rendido de rodillas sobre la arena y me puse a llorar como un niño. Cuando levanté mi rostro, me encontré frente a un pequeño caracol vacío. Lo agarré y me lo puse en uno de mis oídos, me senté y mirando al mar escuché su canto enamorándome el alma.

Desspués de regresar de mi primera caminata sobre las arenas volcánicas de color negrizcas busqué un lugar para hacer mi campamento. Los gritos realizados en la cueva me habían aliviado el alma y sentía caminar volando. Una extraña sensación de libertad me inundaba el espíritu.

Me acomodé sobre un peñazco bastante elevado, las olas golpeaban fuertemente sus paredes y daba la sensación que estaban tocando un tambor. Me dije: «los tambores siempre anuncian una novedad». Sonreí porque sentí que anunciaban mi alegría.

Hice un fuego y me senté mirando de frente el atardecer que comenzaba a buscar la línea del horizonte en el poniente. El cielo se había vestido de colores vivos combinados con el rojo, amarillo, anaranjado y blanco. El sol, por un extraña razón, tenía un rojo intenso como si se estuviera quemando. En la distancia, una línea de pelícanos, volaban en una formación perfecta casi tocando la superficie del mar subiendo y bajando según el capricho de las olas. De vez en cuando, hacían una especie de media vuelta para caer de pico sobre el mar en busca de algún pez. La brisa fresca animaba mis cabellos y me recordaba en el rostro que el amor verdadero existía y se menifestaba en cada gesto de la naturaleza por muy simple que pareciera.

Ahí sentado, sonreí al recordar que antes de llegar a la playa había encontrado a un lugareño y le había preguntado sobre el lugar llamado por los dioses: el pequeño maquilishuat. El señor muy amablemente me había explicado que Maculis era su diminuto y estaba precisamente pisando sus playas.

Después de cenar, me acosté mirando las estrellas en su infinita misericordia. Ahí me recordé de la cueva dónde había gritado por la tarde. Me pregunté si en ella o en alguna cercana había salido la gran serpiente. Me dije que ojalá saliera en forma de mujer porque si el tigre alado se había enamorado era porque en verdad era hermosa.

Como era una noche clara, me puse a caminar mirando la belleza del mar pintado con cada estrella del universo. Un brillo mágico se reflejaba en cada ola que tocaba mis pies, pues la luna con su encanto me sonreía a cada paso. En ese momento, me descubrí enamordo del mar y su sensación de profundidad. Una magia eterna se pintó en mi alma. De repente, volteé a ver hacia las montañas y en ellas, se había formado un corazón. Me sentí agradecido porque la vida no dejaba de enviarme señales que era un ser de luz, una creación de amor. Luego, me dije: «si camino por todo lo largo del mar, podría ver desde otro ángulo el camino de los volcanes. ¡Ese podría ser mi próxima aventura! El camino de las playas del país de los volcanes». Sin embargo, como solía pasarme cuando me elevaba en mis pensamientos, algo me hacía aterrizar de golpe. Escuché dentro de mi alma que los dioses me recordaban mi vocación: serás un chamán para tu pueblo por lo que tu formación está primero antes que el placer. Así que mi próxima aventura estaba escrita en piedra: el camino de mis ancestros.

Ese caminar me ayudaría a conocer mi cultura y no era algo de unos meses, sino que me llevaría años, muchas lunas llenas. Por cierto, en ese camino encontraría a mi pareja, tu abuela.

El camino de las playas de la tierra de los volcanes es otra experiencia hermosa, cada lugar tiene su propio atractivo y sus olas invitan a navegar. En otro momento te hablaré de cada una de las playas por dónde pasé de regreso a mi hogar.

Cuando comencé mi regreso a casa, cada vez que podía sacaba el caracol para escuchar el sonido del mar. Se convirtió en mi amuleto. Lo he colgado en aquella esquina como recuerdo que un día realicé el camino de los volcanes.

Mi aventura por el camino de los volcanes fue excitante, peligrosa y llena de vida. Nunca me arrepentiré de haberlo hecho.

*«Ponerse en armonía con el dios de la paz, la esperanza y la vocación significa dar un paso al frente en el camino de tu divinidad porque te permite tener claro hacia dónde te diriges, cuáles son tus metas y pasos a seguir en el camino de la felicidad. Tener paz interior te permite ver las cosas en su verdadero valor, no más grande ni más pequeñas en su dimensión. Te ofrece una visión serena de cómo afrontar una adversidad, un peligro o un desafio. Estar en paz con la esperanza significa que te vuelves valiente, paciente, perseverante y seguro en un camino lleno de obstáculos. Descubrir tu vocación o estar en paz con tu vocación significa aceptar el mandato para lo cuál has sido creado, es descubrir la felicidad de hacer lo que te hace sentir bien, contento y feliz. Es caminar con la verdad que te hace ser un ente de luz, de verdad y de vida».*

De regreso con mi abuelo

Mientras mi abuelo me hablaba del camino de los volcanes, mi pensamiento se había ido siguiendo sus palabras. Había vivido cada una de sus historias cómo si hubiesen sido las mías. Cuando abrí mis ojos, vi al abuelo con una sonrisa de satisfacción. En ese momento, me dijo:

— ¡Huitsilín! ¿Estás listo para emprender tu propio camino de los volcanes?

Sin dudarlo dos veces, le respondí:

— ¡Koli! ¡Estoy listo! ¡Quiero y deseo hacerlo!

Al voltear y ver a mi madre que no se encontraba lejos, descubrí que lloraba a mares. Me levanté y la abracé con mucha ternura.

— ¡No llores! ¡Sabes que debo hacerlo! ¡Tengo la obligación de encontrar mi vocación en la vida!

— ¡Lo sé! Sin embargo, eso significa que debes volar lejos de tu hogar y de igual manera, significa que tendrás muchas adversidades que resolver. Me da miedo pensar que te puede pasar algo malo, pero al mismo tiempo tengo la certeza que eres un joven valiente, prudente e inteligente.

— ¡Eso es parte de la vida! No siempre voy a estar contigo y mi padre. Un día debía alzar el vuelo y no sé si me he tardado un poco.

Ahí intervino el abuelo y dijo:

— ¡Nunca es tarde para comenzar si es para comerzar el camino correcto! Ahora tenemos que comenzar a preparar tu equipaje. Lo primero que hay que hacer es descansar. Un hombre cansado no llega muy lejos.

El abuelo se levantó y se dirigió a su hamaca. Encendió un puro y se quedó mirando el techo mostrando en su rostro una sentimiento de agrado y satisfacción. Quizás era porque seguía cumpliendo su mandato: ser guía para los suyos, una luz en la oscuridad. Al verlo pude constatar la satisfacción de hacer lo que la vocación nos pide. Ví cómo respiraba paz, amor y satisfacción de hacer su trabajo con amor.

Esa noche, Carlos, quiso acompañar al abuelo quedándose en otra hamaca que se encontraba cerca del anciano. En la oscuridad, sentía una gran admiración por aquel hombre. En su interior, se decía: « ¡Quiero ser, cómo él! ¡Quiero sentirme, cómo él! ¡Haré el camino de los volcanes!»

Se quedó contemplando y mirándole con ojos de enamorado. Un deseo inmenso en su alma le pedía vivir todo aquello que el abuelo había hecho en su juventud. Él sabía que ese camino podría ayudarle a encontrar la vacación de su vida. Su madre, por otro lado, satisfecha de ver a su hijo enamorado del relato de su padre, sentía como una daga atravezándole el corazón porque sabía que su hijo comenzaba un camino largo y peligroso, pero lleno de esperanza.

El camino de los volcanes ya había comenzado a sembrar semillas de deseo en el joven adulto para iniciar otra etapa más de su vida. En sus ojos se veía la alegría, decisión y firmeza por empezar ese gran desafíio de vida.

*«**El camino de los volcanes** en el país de los volcanes no es una aventura más, es ir al encuentro de su propia vocación»*

## Cerrando círculos

(No se puede terminar un camino, sino se cierra pidiendo la bendición

para comenzar el siguiente)

En la vida se comienzan cosas y muchas veces se dejan inconclusas. Historias, pasajes, situaciones y hasta momentos. La vida nos enseña que para poder avanzar hay que ponerse en paz con su pasado. El agua de los ríos no vuelve a pasar por el mismo camino. De igual manera, en la vida, no se vuelven a vivir los mismos momentos por lo que es necesario cerrar dignamente ese momento. De lo contrario, se vivirá con un pie en el presente y otro en el pasado, evitando que avancemos en la vida. Es necesario cerrar ciclos, círculos o proyectos. Porque al cerrarlos, nos permite abrir otros con la esperanza, alegría y pasión de lo nuevo. Es normal sentir tristeza por lo que se deja, pero al mismo tiempo significa que comienzas otra nueva aventura y eso debe darte alegría. La vida sigue su camino y es obligación del hombre seguir sus pasos. Quedarse estancado es morir viviendo. La vida es para los que están vivos, no muertos en vida.

**El camino de los volcanes** tiene sus inicios bajo el árbol de guanacaste frente al río paz en la frontera Puente Arce y tiene su culminación frente al océano Pacífico en la playa de Maculis mirando la belleza del golfo de Fonseca.

*«Aquel que es capaz de encontrar la vacación para la cuál fue creado, tiene la posibilidad de ser feliz en la vida haciendo con amor su mandato divino y, al mismo tiempo, acerca a su generación a la divinidad deseada»*

## FIN

*«El camino de los volcanes es para todo aquel joven, hombre o mujer, que desee encontrar su verdadera vocación en la vida»*

# ÉPILOGO

*«Ser un puente entre los hombres y el dios de la vida»*

El camino de los volcanes es una narrativa indígena de la cultura Cotzumalguapa que invitaba a los jóvenes adultos, hombres, a realizar dicho andar para poder encontrar su verdadera vocación en la vida. La vocación para ellos tenía un significado especial: descubrir la misión que el dios de la vida había decidido con el objetivo de acercar a su generación a la divinidad. En otras palabras, cada generación estaba obligada a dar un paso adelante en el camino de la verdad, la vida y el amor que abría las puertas a la dividad suprema de cada ser.

El camino de los volcanes representaba subir al cielo o estar cerca de la casa de los dioses; de igual manera, significaba bajar a las profundidades del inframundo. Lugar dónde las almas se purificaban y conocían el lado oscuro de la vida como una advertencia a aquellos que desobedecían el mandato del amor.

De esa manera, cada volcán en el país de los volcanes, representaba una divinidad: **Illamatepec**, la vida;

**Izalco**, la luz; **Quezaltepec**; la belleza; **Chinchontepec**, el bien y el mal; **Usulután**, las almas encadenadas; **Chaparrastique** el amor pasional y **Conchagua**, la esperanza.

Nuestro personaje al encontrar su vocación descubre, igualmente, que está comenzando una nueva etapa: ser guía de su pueblo y para ello necesitaba mucho conocimiento, sabiduría y bondad espiritual. Un nuevo desafío en su camino hacia la divinidad se presentaba en forma de otro caminar: *el camino de los ancestros* porque nadie puede caminar sin conocer su pasado. Y su pasado significaba miles de lunas de conocimiento, historia y sabiduría. Cada expresión de su pasado estaba lleno de belleza, aventura y buenas nuevas para su espíritu.

Al final de su recorrido y recordando su senda por el camino de los volcanes, recordaba con entusiasmo que en algunos lugares cercanos a la playa como: Izalco, Panchimalco, Usulután y San Miguel habían mencionado que, en sus cercanías, habían lugares paradisíacos frente a la costa y el mar.

Nuestro héroe había conocido las playas del occidente del país de los volcanes, o sea: Garita Palmera, Barra de Santiago, Costa Azul, Metalío y Acajutla. Por eso, al escuchar los nombres de: Los Cóbanos, Mizata, El Zonte,

El Majahual, El Tunco, Las Hojas, Costa del Sol, el estero de Jaltepeque, la bahía de Jiquilisco, Playa El Espino, Punta Mango, Las Flores, El Cuco, Las Tunas, El Tamarindo, El Zapote, Punta Chiquirín y otras, le abrieron el deseo de visitarlas. En su regreso a casa, tuvo el privilegio de conocerlas.

Nuestro héroe había encontrado su vocación y con ellos, el inicio de una nueva aventura que lo llevaría a conocer las playas del país de los volcanes y el camino de los ancestros. Su abuelo había encontrado a su media naranja en ese caminar y, de igual manera, estaba la posibilidad de encontrar a su media naranja en ese viaje lleno de aventura, conocimiento y sabiduría.

En su hamaca, el abuelo de Carlos, parecía admirar el atardecer desde la cumbre del espíritu de la montaña. Se perdía en la inmensidad que veía delante de sus ojos. En aquel momento, sus ojos reflejaban un sol entre nubes de algodón e islas sumergiéndose en las profundidades una magia inexplicable que enamoraba la vida. El mar se escapaba en el infinito del horizonte mostrando la inmensidad del amor del dios de la vida. Se llenaba de esperanza el alma y el espíritu se iba a volar como atrapado por el tigre volador llevando a su amada hasta la cumbre de su aposento para ponerla en el pedestal de su devoción.

*«No hay nada más hermoso que encontrarse así mismo porque al hacerlo, encontramos el camino de nuestro destino»*

# BREVE DESCRIPCIÓN DEL ESCRITOR

**Robert Maximiliam (RoMax)** es el seudónimo artístico de **Herbert Roberto Lemus Rivera** un escritor novelista, cuentista, fabulista, poeta y cantautor. Uno de los tantos talentos de la diáspora salvadoreña que salió de su país huyendo de la guerra de los años ochenta. Nació en las montañas del Talpetate, municipio de San Francisco Menéndez, departamento de Ahuachapán. Hijo del profesor Maximiliano Lemus Juhl y de doña Victoria Rivera de Lemus.

Entre sus novelas publicadas encontramos **Romax**, una historia de amor; **La guerra que nunca quise, el Sapito, el Puto** y **Huellas**. Entre los poemarios, están: **Estrellas en mi cama, Féculas del corazón, Claroscuro de un amor,** y otros más. Entre sus cuentos más leídos están: **La virgen del Imposible, el rey cara chuca, los guanacos, los cipotes, el muerto viviente** y otros más. Una colección de fábulas: **fabulando el tiempo**.

**Pagina WEB: https://robertmaximiliam.wixsite.com/romax**

Su correo electrónico: robertmaximiliam@gmail.com

# OTRAS OBRAS DEL AUTOR

## LIBROS

ROMAX, UNA HISTORIA DE AMOR; **EL SAPITO**, LA HISTORIA DE UN CIPOTE; **EL PUTO**, AMORES FESTIVOS; **HUELLAS; LA GUERRA QUE NUNCA QUISE; LEXICO GUANACO; EL APRENDIZ DE CATEQUISTA; LA METODOLOGIA: VER, OIR, ACTUAR; CARTAS DE AMOR NUNCA LEIDAS**.

## POEMARIOS

**ESTRELLAS EN MI CAMA**; SEDUCIÉNDOME EN LA CALMA; **FÉCULAS DEL CORAZÓN**; ENAMORADO; **ENTRE SÁBANAS BLANCAS**; CLAROSCURO DE UN AMOR; **ADUCIENDO QUE TE AMO**; AGRADECIENDO; **EN LA MEDIDA DE LO POSIBLE**; AMÁNDOTE EN EL TIEMPO; **AUTORRETRATO; A MI AMIGO DE SIEMPRE**; MARIPOSAS DE PAPEL; **LETANÍAS DE UN POETA TRISTE**; AGONÍAS DEL SILENCIO; **EN EL OTOÑO DE MIS DÍAS**; QUIERO SEDUCIRTE; **OMNIPRESENTE**; GLORIAS AL DESNUDO; **AVIONES DE PAPEL; BESOS PARA MI MADRE**; OASIS DE ESPERANZA; **BRINDIS DE AMOR**; AMO A MI DIOS; **A TRAVÉS DEL CRISTAL**; AÑORANZAS DEL HIJO PRÓDIGO; **SINFONÍA DE UN ALMA EN PENA**; EN EL TIEMPO DE UN SEGUNDO; **EL CAITE DE JUDAS**; UN HIMNO AL AMOR; **VERSOS AL DESNUDO**; SIGO NECESITANDO DE TU AMOR; **EN EL AMPARO DE TU AMOR**; MIS SUSPIROS DE AMOR; **COLECCIÓN DE POEMARIOS 2019**; EN EL NOMBRE DEL AMOR; **REFUGIO DE AMOR**; EL CISNE NEGRO; **HUELLAS DEL ALMA**; AYER Y HOY; **EN EL SILENCIO**; SINFONÍA DE UN AMOR; **LETRAS EN LIBERTAD**; MAL DE AMORES; **ENTRE MUSAS Y BURBUJAS**; I LOVE MONTREAL; **COLECCIÓN DE POEMARIOS 2020; COLECCIÓN DE POEMARIOS 2021; COLECCIÓN DE POEMARIOS 2022; COLECCIÓN DE POEMARIOS 2023**.

## CUENTOS

EL TESORO; **EL MUERTO VIVIENTE**; LA VIRGEN DEL IMPOSIBLE; **EL REY CARA CHUCA**; LOS HUERFANITOS; **LA ISLA DE LOS SUSPIROS**; EL CIPOTE REZADOR; **LOS CIPOTES**; LA SEMILLITA; **EL COSMOS DE LA FRONTERA**; LOS GUANACOS; **COLECCION DE CUENTOS 1980-2010**

## CANCIONEROS

MI REFUGIO DE AMOR; **TU ERES MI IMSPIRACIÓN**; I LOVE MONTREAL; **EL CANTAR DE MIS CANTARES**; BACHATEANDO AL AMOR; **WHISPERS OF MY SONGS**; LE REVOLUCIONNAIRE EN MOI.

## ANÉCDOTAS

MI PRIMERA COMUNIÓN; LA HISTORIA DE MI FE; COMO EL AIRE QUE RESPIRO EL PUENTE; EL DESIERTO; LA BIBLIOTECA; DE COLORES; LA MINIFALDA; LA BRÚJULA; PERDIDO EN EL METRO; HISTORIA DE MI FE-COLECCIÓN 2017.

## FÁBULAS

FABULEANDO EL TIEMPO 2016

## LIBROS SACROS:

Ver, oír, actuar; el aprendiz de catequista.

www.ingramcontent.com/pod-product-compliance
Lightning Source LLC
Chambersburg PA
CBHW070623260626
47161CB00007B/2565